Indigo

Gérard de Cortanze

Indigo

roman

PLON
www.plon.fr

ISBN : 978-2-259-20301-2

« Que savons-nous au juste les uns des autres ?
Chacun de nous porte son propre Jugement dernier
en lui-même. »

Leo Perutz, *Le Maître du Jugement dernier*.

« Il faudrait voir un homme qui saigne et le montrer
dans les foires. Le sang est le plus beau des théâtres. »

Jean Giono, *Deux cavaliers de l'orage*.

1

Aux chutes de neige du lever du jour ont succédé de fines poussières blanches qui voltigent dans l'air froid. Un calme absolu règne sur tout, annonciateur du grésil qui ne manquera pas de tomber et blanchira les empreintes laissées par les hommes.

Bien que l'après-midi soit à peine entamée, la ville de Rumilly, sur laquelle veille la tour carrée sans clocher de l'église Saint-Pierre, est plongée dans une obscurité si épaisse qu'on peut penser qu'elle est encore tenue en lisières par la nuit. On ne voit plus rien des ruelles encadrées de vieilles maisons aux arcades en ogive ; ni de la rue principale où se trouvent les cafés et les boutiques ; ni de la gare du chemin de fer établie à l'extrémité de la place d'Armes ; ni des débris des remparts ; ni de l'esplanade du promontoire au pied duquel se marient les eaux du Chéran et de la Népha prises par les glaces. Rumilly, cité industrieuse et commerçante, est immobile, et comme en attente d'un événement qui la sortira de sa léthargie.

Cela fait déjà un certain temps que Jean, dit Petit-Cœur, et Pierre, dit Grand-Cœur, le nez collé à la fenêtre d'une bâtisse en pierre sombre, observent un étrange personnage dont tous les gestes, les déplacements, les attitudes leur semblent sources de mystères.

Enfants tardifs de Joseph Vibert, lequel, après avoir tenu un relais de poste sur la route d'Italie, entre Saint-Jean-de-Maurienne et Modane, s'était lancé avec succès dans la culture de la betterave quand Napoléon avait interdit l'importation du sucre des deux Indes, ils excitent tous deux l'intérêt le plus puissant. Parce qu'ils sont jumeaux, et dotés d'une ressemblance si parfaite que même Joseph prend parfois l'un pour l'autre. Mais aussi parce que les deux garçons crient haut et fort qu'ils ne toucheront jamais à l'argent amassé par leur vieux père et préféreront, en « vrais Savoyards », monter à l'assaut des cheminées parisiennes ou faire danser des marmottes au son d'un orgue de Barbarie. Si beaucoup attribuent à la mort prématurée de leur mère nombre de leurs extravagances, allant même jusqu'à en excuser certaines, et cela d'autant plus qu'ils apparaissent comme de bons garçons n'engendrant aucune mélancolie, il est un point sur lequel chacun s'accorde : leur résistance à toute forme d'autorité finira par les conduire à la catastrophe.

Bien que le betteravier les ait fréquemment mis en garde contre les dangers de l'hiver et leur ait à plusieurs reprises vigoureusement interdit de traverser la ville et de pénétrer dans l'enceinte de ce que tout le monde appelle ici le « Château », ils ont décidé, pour fêter le jour anniversaire de leurs dix ans, d'enfreindre l'interdiction paternelle et d'essayer d'apercevoir le maître des lieux et son canari bleu enfermé dans une cage d'or. Ainsi, après être passés devant la halle aux blés, la caserne, puis la manufacture de tabac, ils ont longé le ruisseau gelé où s'étagent moulins et battoirs, ont emprunté le petit pont de bois, se sont engagés dans le chemin couvert et sont arrivés devant une muraille où s'ouvre une porte en ogive défendue par une galerie à mâchicoulis. Le Château, immense édifice en ruine, n'est fermé par aucune grille, comme si la peur qu'il peut inspirer constituait aux yeux de son propriétaire la meilleure des défenses.

Après être entrés dans une vaste cour, avoir doublé une habitation de fermier ouverte à tous les vents et inoccupée, ils ont traversé une terrasse donnant sur un second rempart dentelé de créneaux, percé de meurtrières et d'embrasures, sont passés sous un réduit fortifié par une double porte et ont pénétré dans une seconde cour. Enfin, une rampe courte, mais rapide et glissante, les a conduits au pied d'un manoir dont le style architectural manque, et c'est un euphémisme que de le constater, d'homogénéité. Comme si un architecte fou en avait établi les plans, un enchevêtrement de tourelles et de bâtiments de hauteurs différentes, reliés les uns aux autres par de longues ouvertures percées d'étroites fenêtres, s'agglutine autour d'un donjon en partie effondré et couronné d'une ligne de mâchicoulis. Un embrouillamini de petits escaliers tortueux, irréguliers, surbaissés conduit à des portes ouvertes sur de vastes salles ayant conservé le caractère distinctif de l'époque où elles ont été décorées – Moyen Âge, Renaissance, Pompadour, rococo, etc. Aux murs et aux plafonds sont appendus des trophées de guerre et de chasse, des armures de combat et de tournoi – et, surtout, de larges bannières, drapeaux, étendards, fanions, oriflammes, guidons, colorés de toutes les variétés de bleu. A gauche de l'immense pâté architectural, au premier étage, dans ce qui a dû être une chapelle ou un oratoire et auquel on accède par un escalier, une pièce éclairée attire les regards des deux enfants qui poussent doucement la fenêtre, le cœur battant. A travers le vitrail coloré d'une étroite fenêtre ogivale apparaît une pièce éclairée par des dizaines de chandeliers. Tous les murs, de haut en bas, sont couverts de tablettes de chêne sur lesquelles repose une armée innombrable de livres, en ordre de combat, in-douze, in-octavo, in-quarto, in-folio, vêtus de veau, de basane, de parchemin, de peau de truie, de poils de zèbre, de pelage de tigre. C'est la bibliothèque.

Au centre de la pièce, l'homme étrange qu'ils sont venus voir – dont le simple fait de prononcer le nom peut remplir d'une intense frayeur celui qui s'y risque – est là, penché sur une table, une plume de corbeau à la main, écrivant dans un grand livre dont il tourne précautionneusement les pages ce qui ne peut être qu'une formule magique.

— C'est le diable, réussit à articuler Grand-Cœur, accoudé contre le barreau de fer tordu fiché dans le rebord de la fenêtre.

— Mais non, imbécile, c'est un Piémontais, c'est déjà suffisant, réplique Petit-Cœur. Quand la Savoie sera libre, il ira vendre ses truffes blanches ailleurs.

— Je te dis que c'est le diable !

— Et sa jument le cheval de Sallenôve, sans doute ?

— Parfaitement !

— Le canasson va apparaître d'un moment à l'autre, « le mors chargé d'écume rouge, secouant à grand bruit son caparaçon d'acier, et l'eau ruisselant à flots de son épaisse crinière », comme dans tes livres de contes !

— Et pourquoi pas ? Puis « il poussera trois hennissements lugubres et stridents pareils à la voix du clairon d'alarme »...

— Et ses sabots résonneront dans les salles sonores du Château ! Calme-toi, Grand-Cœur. Nous ne risquons rien tant que nous sommes ensemble.

L'homme, de haute stature – sa démarche, virile et souple, pousse certains à affirmer qu'elle fait penser à la mer –, a plutôt l'air d'un chevalier ou d'un roi du Moyen Age que d'un homme de son époque. Franc, ouvert, tout d'une pièce, libéral et tolérant, plein de bon sens, très fidèle à sa parole, il est dans le même temps sauvage, brusque, bizarre, passionné d'aventures et de périls. Pourvu de manières stupéfiantes qui en effarouchent plus d'un, il lâche parfois la bride à une verve égrillarde et à des instincts de paillardise qu'aucune digue ne peut alors retenir. Avec son gros visage jamais au repos, ses yeux bleus brillant d'une fièvre un peu hagarde, sa crinière blonde, ses épaules trapues, sa corpulence, son aspect farouche de sanglier, ceux à qui la science de l'Histoire n'est pas étrangère voient en lui un digne descendant des envahisseurs germaniques, le comparant à un duc des Lombards ou à un chef des Hérules, à un Hildebrand, un Odoacre, un Odon. Bourru en paroles, débraillé dans sa mise, il ne déteste rien tant que les salons, où d'ailleurs il scandalise tout le monde par la crudité de ses propos. N'aimant en cuisine que les plats grossiers, les ragoûts populaires, qui s'annoncent de loin par un chaud fumet d'oignon et d'ail, il est capable, lors d'un dîner de gala, de rester muet comme une carpe et de se contenter de dévisager les convives sans leur dissimuler son ennui grognon et sa hâte d'en finir. Mais tous s'accordent sur un point. Bien que cet homme mystérieux reconnaisse détester le labeur administratif, les rapports, les dépêches, les budgets, la paperasserie, il est, comme on dit, un véritable bourreau de travail ; été comme hiver, de cinq heures du matin à onze heures du soir, il ne cesse de lire, d'écrire, d'étudier, de conférer. Derrière son inélégance affichée et sa rudesse se cache en réalité une pensée des plus fines. Aussi, celui qui s'arrêterait à cette enveloppe extérieure repoussante serait certain d'être broyé sans ménagement, par une machine d'une subtilité démoniaque. Jean Antoine Giobert, pour ne pas le nommer, est en réalité un homme plein de malice et d'astuce qui peut à tout moment recourir à quelque expédient, quelque subterfuge ou, comme le dit son ami, le poète italien d'Azeglio, à « quelque jeu de gobelet au fond de son sac ». Son cerveau est un arsenal de vastes combinaisons qui en étonne plus d'un par la justesse de ses observations, l'aisance de sa parole, l'ampleur et la variété de ses aperçus, par la finesse de ses sourires, de ses réticences et de ses allusions. D'humeur un peu sombre, il est dans le bel âge et d'une salubrité attirante, et semble encore bien loin de la vieillesse qui enlève à l'homme la force de cacher son désespoir. Quant à sa métaphysique, elle n'est pas celle des Académies ni des Sociétés savantes, dont il fait cependant partie, mais de celles dont on est bien obligé de tenir compte lorsqu'il s'agit de mettre en balance l'irrémédiable solitude et la cruauté du monde.

Mais Grand-Cœur et Petit-Cœur ne peuvent comprendre toutes ces subtilités. Tout comme ils ne savent pas que le terrible habitant du Château n'est pas en train d'écrire un livre de sorcellerie mais un *Traité de l'indigo* adressé à un destinataire inconnu, et dont l'avertissement commence ainsi : « Ce n'est qu'avec une grande répugnance que je te présente cet ouvrage, sur un sujet qui excite l'attention de toute l'Europe. Il est le livre d'une vie. Je t'y livre le fruit de presque un demi-siècle de recherches. Etranger à la langue dans laquelle j'ai été contraint de l'écrire, j'aurais désiré qu'avant de te le livrer il eût été traduit en français par un écrivain habile, connaissant la matière et les ressources de la langue, mais le contenu même de cet ouvrage devant rester absolument secret, pour des raisons que tu… »

— Regarde, dans la cage d'or, le canari bleu, dit Petit-Cœur.

— Oui…

— C'était donc vrai !

— Justement ! Il y a de la magie là-dessous ! Tu as déjà vu un canari bleu, toi ?

— Et alors, pourquoi pas ?

— Tu es fou, mon frère. C'est le diable, ce bonhomme, je te dis. Père a raison. Allez, partons.

— Mais non, quel trouillard !

— Regarde, il s'est arrêté d'écrire. Il nous a entendus, il va finir par se lever et nous attraper… Le canari aussi est immobile comme marbre. C'est peut-être lui qui a prévenu l'homme de notre présence…, dit Grand-Cœur, tout en essayant vainement de rattraper le bonnet de laine de son frère qui tombe sur le sol de la bibliothèque.

— Mon bonnet ! Si je ne le rapporte pas à la maison, père me frappera !

2

Venue d'Italie, la famille de Jean Antoine Giobert, dont le nom francisé afin de faciliter une hypothétique intégration était en réalité Giovanni Antonio Di Gioberti, est originaire du Roero, une région du Piémont située entre le Monferrato et les Langhe. Au grand-père, né à Turin, lequel, après une carrière de professeur de mathématiques à l'école d'artillerie de cette ville, a été avec Newton celui qui avança le plus l'explication du système du monde, a succédé un fils – Antonio Di Giobérti, père de Giovanni Antonio – qui a choisi de rattacher étroitement sa destinée à l'économie française. Eleveur de mérinos espagnols, propriétaire d'une manufacture de draps, il s'est rapidement enrichi grâce à une combinaison d'activités industrielles et terriennes. C'est à lui qu'on doit l'installation de la famille à Rumilly. Contre toute attente, les hauts sommets couronnés de glace, les forêts épaisses, les hivers rigoureux et longs ne l'ont jamais rebuté, ni les terres au faible rendement qui ne donnaient guère alors que des raves et des pommes de terre.

C'est là qu'il a passé toute sa vie, herborisant, quand il en avait le loisir, au milieu des merisiers, des aulnes et des charmes, des planes et des aroles, n'hésitant pas, certains jours d'été, à arpenter les vastes pâturages et les lanches étroites qui s'étendent jusqu'au pied des rochers et des glaciers. Jamais totalement accepté, pour des raisons qu'il est inutile de préciser – il suffit de dire qu'il n'était pas d'ici et qu'il est venu se fixer dans un village qui n'était pas celui de sa naissance –, Antonio Di Gioberti aima à ce point cette région qu'il avait faite sienne qu'il aida à son développement, accentuant, dans les plaines d'Albens et de Rumilly, la culture du blé et du maïs, du tabac, des plantes fourragères, allant même jusqu'à les couvrir méthodiquement de vignobles.

Alors qu'il projetait d'assécher d'anciens étangs creusés par les moines chartreux afin d'y cultiver du chanvre, la Révolution française éclata. Ce que Di Gioberti avait mis toute une vie à construire s'écroula en quelques mois. Profitant de la mise aux enchères des biens royaux et des biens de l'Eglise, nombre d'administrateurs, de législateurs, de fournisseurs de l'armée, de robins, de fonctionnaires, de notaires, de bourgeois de toutes catégories, portés à dériver à leur profit les richesses de la nation, s'emparèrent de tout ce qui était à vendre du vaste patrimoine des familles d'émigrés, de la moindre parcelle de champ ou de vigne en passant par l'outillage et le bétail. Rapidement, les scrupules concernant les émigrés savoyards restés au service du roi sarde, ou les Piémontais vivant en Savoie, dont on s'était un temps demandé s'ils étaient assimilables aux émigrés français, furent oubliés : la Révolution devait tout balayer sur son passage. Di Gioberti était deux fois traître à la nouvelle nation : aristocrate et italien, on lui fit comprendre qu'il n'avait rien à faire dans ce pays qu'il croyait être le sien.

Né en janvier 1794, en plein cœur de la tourmente, on se répète dans la région que Giovanni Antonio ne peut se souvenir d'aucun fait précis quant à cette période sombre, mais que les récits qu'on lui en a fait ont dû lui donner à jamais une certaine vision de l'existence. A commencer par celui que les prêtres réfractaires qui l'avaient sauvé du massacre, ces « funestes apôtres du fanatisme » comme les appelaient les autorités révolutionnaires, lui firent de la mort de ses parents. Si sa fuite dans les montagnes du Chablais et la traque qui s'était ensuivie l'avaient fabriqué, l'avait tout autant construit cette guerre fratricide où l'on fusillait sans jugement, où l'on emprisonnait à tort, où les opposants politiques étaient implacablement éliminés, où étaient englobés dans une même suspicion ceux qui n'avaient rien fait contre la liberté et ceux qui n'avaient rien fait pour elle. Dans le sillage des troupes françaises commandées par Dumas, qui combattaient sauvagement l'armée régulière de Savoie repliée sur les cols, régnait la terreur : arrestations, confiscations, déportations étaient pain quotidien. Ses parents payèrent de leur vie leur appartenance à l'aristocratie italienne. Rattrapés sur le plateau de la Semine – cette petite contrée circonscrite entre le Rhône, les Usses, le mont Wuache et le ruisseau de Fornant – par un groupe d'hommes, de femmes et de soldats ivres qui mirent le feu à la voiture dans laquelle ils fuyaient, le marquis et son épouse furent égorgés sur place alors que les plus excités les traitaient de « séides du tyran sarde ». Personne ne sut vraiment comment le bébé du couple, alors âgé de quelques mois à peine, échappa à ce massacre auquel l'Histoire a donné le nom de « Boucherie du 15 ventôse an II ».

Aujourd'hui encore, soixante-cinq ans après les faits, Jean Giobert est réveillé chaque nuit par le même cauchemar. Il voit ses parents, la gorge ouverte, jetés sur un tas de cadavres, achevés à coups de pique, dépouillés de leurs vêtements avant d'être exposés, nus, aux insultes de la populace. Mutilés, on charge un canon avec leurs jambes et on promène leur tête au bout d'une pique.

Derrière les hautes murailles du Château, lieu si étrange qu'il n'est pas consigné dans les cadastres habituels, Giobert vit sa vie singulière. S'il a choisi ce vaste domaine, c'est parce que le sol de cette vallée du Genevois est favorable à la culture de l'*Isatis tinctoria*, fleur des botanistes et des teinturiers. Le terrain bien gras, bon, fort compact, point ombragé, bien exposé au midi, convient parfaitement à la culture de l'isatis, et cela d'autant plus que ces terres jadis employées à la culture du maïs, qui nécessite des labours multipliés et des sarclages, se trouvent par là même moins infestées de mauvaises herbes. Originaire des environs de Turin, l'isatis semée à Rumilly donne, en feuilles, un produit triple de celui que donne une égale étendue de terrain dans le Piémont où l'on croit le terrain exclusif. Sa couleur est ici d'un bleu vif des plus éclatants, et nulle part égalé.

Pour les habitants de Rumilly, le domaine du Château est une demeure close, comme l'Eden de la première famille. Mais un Eden malheureux : celui de la famille pécheresse et bannie. Tout en lui rappelle les désastres passés et la menace de désastres à venir. Giobert et son Château font peur aux riches, propriétaires des forges de Cran, des fabriques de gaze de Chambéry, des clouteries et des ferblanteries des Bauges, des filatures de coton d'Annecy ; comme aux pauvres, paysans, artisans, toute nouvelle classe sociale dite des « prolétaires », sous-alimentée, mal vêtue, mal logée, mal payée, ployant sous des horaires accablants, de jour comme de nuit, hommes, femmes, et jusqu'aux enfants dont certains ont à peine sept ans. Giobert fait peur. Giobert est un ogre. Giobert réveille toutes les angoisses, toutes les hantises, ce qui n'empêche cependant ni Grand-Cœur ni Petit-Cœur de l'observer du haut de leur perchoir.

— Je ne le vois plus.

— Il s'est volatilisé, renchérit Grand-Cœur.

Comme leurs parents, les deux enfants semblent moins craindre les armes des soldats et les crocs des bêtes féroces que cette façon de vivre qui ne correspond pas à l'idée que toute personne honnête se fait de l'existence. Giobert est une énigme. Le betteravier a raison · « Cet homme détruit tout ce que nous sommes, plus sûrement que la plus violente des révolutions. »

— Partons, Petit-Cœur, je t'en prie.

— Non. Je suis trop bien ici. J'ai peur. Mais j'aime ma peur, ajoute Petit-Cœur, tout en s'emparant de deux balles, très jolies, de beau drap, partagées en quatre nuances de bleu, bien cousues et merveilleusement rebondissantes, qui traînent sur le rebord de la fenêtre.

— Tu es fou, laisse ça !

— Non !

— Alors je m'en vais, dit Grand-Cœur.

— Va-t'en, espèce de poltron, moi je reste.

Tout en regardant son frère s'éloigner, Petit-Cœur serre contre lui les deux balles bleues, magnifiques. Il n'en a jamais vu de pareilles. Maintenant, il les touche, il les caresse. Il est dans le cœur des deux balles, à l'intérieur du bleu. Et tandis qu'il est perdu dans la couleur, comme dans une mer profonde, il sent une main lui attraper fermement le bras, une main d'acier. L'homme qu'il est venu voir est là, tout contre lui. Il peut même sentir sa respiration. Entendre le chuintement léger qui sort de sa gorge. Il a devant lui Giobert l'indigotier, celui qui connaît tout des arcanes du pastel, du *guado* italien, de la *guesde* nordique, de la *nila* pyrénéenne, du *bleu de Perse* oriental, de la *vouède*, de *l'herbe de saint Philippe*, du *pastello*, et qui parcourt jour et nuit les collines de son domaine couvertes d'arbustes aux nuances violettes. Au village, certains prétendent que sa mère a copulé avec le diable, d'autres qu'il porte les stigmates d'un châtiment divin. Seul le pharmacien assure que les réponses à toutes ces questions sont dans la science médicale ; mais, comme d'habitude, n'en apporte aucune.

Petit-Cœur ne sait qu'une chose, ne voit qu'une chose : Giobert est là, devant lui, confirmant cette rumeur arrivée jusqu'à ses oreilles et qu'il ne voulait croire, et qu'il est venu vérifier en cette après-midi de janvier 1859 : l'homme a le visage entièrement bleu ! On dit Giobert marqué par la couleur, affligé d'une tache de vin, pigmenté de rouge violacé, le corps parsemé de traces de suc noir bleuté, marbré, teinté d'un voile myrtille. Rien de tout cela n'est vrai. La vérité est plus extraordinaire encore : Giobert a le visage entièrement bleu. Bleu, couleur de vilain, couleur de mécréant. Et Grand-Cœur n'est pas là pour voir le prodige aux côtés de son frère, désormais seul face à l'homme bleu qui s'empare de lui, le soulève de terre, l'emporte.

Avant de disparaître, comme aspiré, l'enfant a le temps d'observer les monts entassés couverts de neige qui se perdent dans les profondeurs du ciel, devenu presque violet, et de penser, avec horreur et soulagement, que ce qui a été ne peut plus être. Puis le silence se fait. La neige recouvre le bruit du rapt. Le blanc recouvre le bleu.

3

A gauche de l'Hôtel-Dieu, une fois dépassée la manufacture de tabac, se trouvent une auberge et un cabaret. Dans la première se réunissent les notables qui lisent et commentent la presse venue de France, de Suisse ou d'Italie ; la langue y est châtiée, les boissons tièdes, la nourriture choisie, l'atmosphère compassée. Dans le second, postillons et voyageurs diffusent leurs nouvelles, des marchands y concluent des transactions, l'ivresse et la débauche y ont parfois droit de cité ; la découverte de l'actualité, le jeu de la discussion, la circulation des idées expliquent qu'une surveillance pointilleuse y est observée tant par les agents du gouvernement sarde que par les carabiniers et les syndics. Si l'on admet que le monde peut se diviser en deux classes, pourvues chacune d'une mentalité parfaitement tranchée et limitée – dans l'une on retrouve ceux qui vont au cabaret et dans l'autre ceux qui n'y mettent jamais les pieds –, on comprendra pourquoi Giobert préfère les alcools forts du cabaret aux tisanes de l'auberge.

Si le Grand Café est le lieu de rendez-vous des conservateurs et des officiers, le Café des Ténèbres celui des libéraux modérés, le Café des Alpes, situé à gauche de l'Hôtel-Dieu, est une sorte de quartier général des libéraux actifs. On peut parfois y entendre entonner *La Savoisienne*, et y sentir vibrer les « émotions » qui agitent à présent la Savoie. Les consommateurs fréquentant ce café, qui fut longtemps celui du *Risorgimento*, sont en majorité favorables au rattachement de la Savoie à la France. Ce qui est loin d'être la position de Giobert. Mais qu'importe, l'idée de fréquenter des dénonciateurs qui mettront dans leur poche un tiers du produit de leur délation, et la certitude qu'il peut y venir passer une heure ou deux quand il fait une bise noire et qu'il s'ennuie chez lui le ravissent. De plus, au fil du temps, a-t-il fini par y rencontrer, sinon des amis, du moins des personnes qui acceptent d'échanger quelques propos avec lui, qui ne le craignent pas, que son visage bleu ne rebute pas ; surtout par y retrouver régulièrement ses associés – ceux avec qui il commercialise l'indigo.

Là, dans la petite pièce en mezzanine, sous prétexte de boire entre compères un verre de perlan ou de roussette, tout en jouant à un jeu de hasard où l'on peut gagner et perdre quelques bonnes centaines de lires, il vient prendre le pouls du monde qui est le sien. Il y retrouve Alphonse Bonnardel, marchand de draps et de tissus, dit « l'Américain » parce que, après avoir visité les cinq continents, l'homme est revenu au pays natal – âgé, protecteur, membre du sénat de Savoie, on l'appelle plus volontiers Chevalier Blanc ; toujours en habit de couleur claire, croisé, avec un collet de velours beige, des boutons et passementeries d'argent, il porte un chapeau de feutre orné de plumes d'oie et une culotte de nankin avec de grandes bottes. Antoine Sollier, fils d'un prêtre réfractaire déporté à Oléron, fabricant d'une très bonne eau-de-vie tirée de fameuses petites cerises sombres, mais surtout propriétaire d'une filature de coton et d'une fabrique d'indiennes – on le surnomme Chevalier Noir, parce que son identité est peu claire et qu'on ne sait s'il est bon ou mauvais ; il ne se départ jamais de son aspect de gentilhomme campagnard qui fait peu de courbettes et tend une main toujours ferme. Anthelme Massiottaz, maître teinturier entré un temps au service du sultan Hyder Ali, jeune, insolent, audacieux, appelé amicalement Chevalier Vert ; il est ce qu'on appelle un bel homme, c'est-à-dire non pas de ceux qui plaisent aux filles mais de ceux auxquels pensent les femmes. Monsieur Sue, enfin, policier de son état, auteur d'un ouvrage de vulgarisation sur l'indigo ; personnage de l'Autre-Monde, toujours habillé de pourpre, il est plus connu sous le nom de Chevalier Rouge ; une balle lui ayant bizarrement contourné la tête lors d'une rixe avec des bandits – entrée par la tempe droite, elle est sortie par la tempe gauche –, deux larges mouches de taffetas en cachent les cicatrices. Mais la liste des habitués du Café des Alpes est longue et mouvante : fils de montagnards des Bauges ou de paysans des larges vallées de Chambéry, blonds Chablaisiens, frères du Tarin à la peau basanée, mariniers aux épaules carrées, habitants des plaines, plus lents que lourds. Sans oublier Joséphine Bocquet, venue de Haute-Tarentaise, qui a préféré la salle enfumée du café à la quenouille et au pétrin, et plus encore à l'émigration dans on ne sait quelle lointaine Algérie ou République argentine. Si jolie, si fraîche, riche d'un bel embonpoint, dans ses habits d'une élégance rustique : corsage de drap bleu dessinant les contours de sa gorge opulente, jupe de serge brune flottant sur des hanches rebondies, cotillon liseré de couleurs vives, et assez court lui-même pour laisser voir un mollet enfermé dans un joli bas, puis un pied chaussé d'un bon soulier lacé comme une bottine – la belle Joséphine, qui ne laisse aucun homme indifférent, le sait et en profite parfois... Enceinte, elle semble plus épanouie que jamais.

En cette fin d'après-midi qui a vu le jour définitivement décliner et la neige retomber à gros flocons, le Café des Alpes, observé de l'extérieur, apparaît comme un havre de paix et de bien-être. Giobert, après quelques secondes d'hésitation, décide d'y pénétrer. Il racle ses bottes au racloir, fait tomber de sa veste de buffle la neige qui en couvre les épaules, enfonce sa casquette de loutre dans sa poche et entre en courbant un peu l'échine. Les vitriers, les menuisiers, les peintres en bâtiment, les charcutiers, les petits caporaux de la Brigade de Savoie plongent leur nez dans leur soupe qu'ils ingurgitent à pleines lampées sonores. Dans l'âtre brûle un feu qui crépite. Personne ne fait attention à Giobert, excepté les amis rassemblés autour de la table de bois de bateau disposée au centre de la mezzanine. Sur le plateau recouvert de nappes de toile écrue : des assiettes en faïence brune, des couteaux en forme d'eustache, des verres communs et ternes, un pain rond, du sel et du poivre dans trois coupes ébréchées, une bouteille de vin rouge placée devant chaque assiette.

— Ils ont commencé sans vous, dit Joséphine qui est en train d'apporter dans un énorme saladier un civet de lapin qui embaume le lard et les oignons, et vient rejoindre le carré de veau, la barbe de capucin flanquée de betteraves, le morceau de reblochon et les bols de mendiants.

Tout en montant les marches qui le mènent à la tablée et en observant ce rassemblement hétéroclite, Giobert ne peut s'empêcher d'avoir cette pensée : « La vue est bien le mouvement premier de la connaissance. Tout regard se transforme en une observation, toute observation en une réflexion, toute réflexion en une appréhension et ainsi, nous pouvons dire qu'à chaque regard attentif nous théorisons déjà le monde. Voir est donc un art, comme lire ou écrire. »

— Ça fait une heure qu'on vous attend, maître Giobert, lance Sang-Dragon, homme à tout faire de la petite faction, éleveur de chiens féroces à ses heures, avant d'avaler une groseille cul sec, de pousser une bouffée de fumée, de poser ses coudes sur un coin de la table, d'appuyer sa tête sur ses mains, et de redire, gravement : « Ça fait une heure, mais que faisiez-vous donc ! » Comme d'habitude, l'homme est affublé de son déguisement ordinaire : blouse étriquée, chevelure rousse longue et désordonnée, chapeau d'écorce défoncé, cravate roulée en corde ; boiteux, il fredonne par moments, entre ses dents, le *Dies irae*, ce qui semble particulièrement le réjouir.

Giobert ne répond pas, car il ne répond jamais aux questions qu'on lui pose et encore moins aux interpellations de Sang-Dragon, homme tout fermé du dedans, aussi colérique que roux de cheveux, qu'on emmène régulièrement à l'hospice, ficelé et écumant sur la paille d'une charrette afin qu'il soit provisoirement interné à l'asile départemental, alors que tous, à commencer par le docteur qui l'accueille, pensent que ce provisoire devrait être définitif, à l'exception de Chevalier Rouge qui lui signe toujours des pièces officielles lui permettant de recouvrer sa liberté.

Tandis que Giobert s'assied, à sa place habituelle, en bout de table, entre Chevalier Blanc à sa gauche et Chevalier Rouge à sa droite, Sang-Dragon lui faisant face, entouré de Chevalier Vert et de Chevalier Noir, ces deux derniers ont engagé une conversation animée sur le français parlé en Savoie :

— A mesure qu'un mot français est adopté, le vocable patois, refoulé et abaissé, devient vulgaire et trivial, remarque Chevalier Vert.

— Les Savoyards restent fidèles aux usages d'autrefois, aux traditions antiques. Ils maintiennent avec un soin pieux les mots vieillis transmis par leurs ancêtres, soutient Chevalier Noir.

— Dans moins d'une génération, plus personne ne saura ce qu'ambrune, basanier, dérocher ou rebiollon voulait dire. Aucun chroniqueur, aucun troubadour, aucun chancelier, aucun notaire ne rédige sa littérature en savoyard…

— Je ne suis pas du tout de ton avis, Chevalier Vert, poursuit Chevalier Noir.

— Ce dont on peut être certain, en revanche, c'est que les Savoyards ne parleront jamais le piémontais, dit Chevalier Rouge.

— Bravo, la langue italienne ne concerne pas les Savoyards, n'est-ce pas maître Giobert ? glapit Sang-Dragon qui en profite pour lancer à l'indigotier un regard torve.

— Tu es très en retard, glisse Chevalier Blanc, à l'oreille de Giobert, tout en lui versant à boire. Ce maudit bleu va finir par te rendre fou, ajoute-t-il. Que t'est-il encore arrivé ? Tout va bien, tu es sûr ?

— Ne t'inquiète pas, répond Giobert, en posant sa main amicalement sur l'avant-bras de son voisin.

— Allez, je te connais. Tu as ta tête des mauvais jours. Tu as des soucis d'argent ?

— Tout va bien, je te dis.

— Il paraît que tu veux vendre ton indigoterie de Montmélian à Blausein. Il est venu chez toi, ce naufrageur ?

— Jamais de la vie, répond Giobert à voix basse, plutôt mourir. Il représente tout ce que je déteste, ce spéculateur, ce parvenu, ce sale bourgeois !

— Tu resteras toujours un aristocrate dans l'âme, mon ami.

— Dans l'âme, dans le cœur, dans la chair. Je hais ce monde de l'argent, des profits, des combines, des placements, des banques, de la spéculation !

— Si tu ne prends pas le train en marche, tu seras broyé.

— C'est déjà fait !

— Excuse-moi d'insister, mon ami, tu as l'air bouleversé. Si ce n'est pas Blausein, que tu as vu, c'est un revenant, ma parole. Tu as vu un revenant ?

Giobert qui connaît l'intérêt immodéré que Chevalier Blanc porte à l'Au-delà et aux fantômes sourit en plongeant sa cuillère dans la sauce épaisse du civet de lièvre :

— Laisse-moi manger, veux-tu, j'ai faim. Le froid noir qui règne dehors a entravé en moi toute velléité de réflexion philosophique…

— Ça ne m'étonne pas de toi, dit Chevalier Blanc en souriant.

— … mais a laissé mon appétit intact ! poursuit Giobert.

Le brouhaha est tel que personne n'a entendu le court échange entre les deux hommes. S'il est vrai qu'au fil des années Giobert a acheté, un peu partout, des terres et des immeubles qui ont fini par constituer un domaine territorial digne des grands féodaux, et dont les meilleurs éléments étaient une forêt de mille arpents, productrice de bois propre à la marine, plusieurs fermes autour de Lescheraines, dix grandes maisons, à Rumilly, rue du Mont-Blanc, sans compter les participations financières dans les entreprises de ses amis, cette fortune a depuis quelques années fondu comme neige au soleil. Giobert est pour l'heure le seul à connaître l'ampleur du désastre, mais il faudra bien qu'il se décide un jour à révéler la teneur exacte de sa déroute à ses amis. En réalité, tout son argent est passé dans ses recherches autour de l'indigo : voyages, achats d'instruments de précision, machineries coûteuses, sans parler des montages financiers hasardeux, des investissements malheureux, des miroirs aux alouettes. Giobert n'a en vérité qu'une seule préoccupation : l'indigo. C'est lui qui le fait vivre, c'est lui qui le fera mourir, seul et ruiné…

— Alors, maître Giobert, que deviennent vos recherches sur le bleu ? demande Chevalier Rouge. Vais-je pouvoir ajouter de nouveaux chapitres à mon livre ?

— J'avance, je recule, j'avance de nouveau, je recule encore. Actuellement, je cherche à prouver que le pastel des feuilles mûres de l'isatis est moins riche en indigo mais de meilleure qualité que celui des pousses plus jeunes.

— J'ai lu dans *Le Courrier des Alpes* que des indigotiers d'Amsterdam affirment que les feuilles les plus tendres donnent une matière colorante de qualité supérieure, fait remarquer Chevalier Rouge.

— Tout le contraire de ce que vous venez de nous raconter, en somme, dit Chevalier Noir.

— Parfois on peut soutenir tout et son contraire. Les Amstellodamois obtiennent trois onces d'indigo par hectare, j'en suis à six, pour quatre récoltes par an... Récemment, j'ai trouvé un bleu plus fin que le plus fin indigo du Bengale après que le jus de feuilles fut passé du vert au bleuâtre, puis au jaune avant de devenir ce bleu éclatant.

« Avant, on recommandait de récolter la plante à la main, aujourd'hui on préfère les instruments en fer et tranchants, faucilles, serpes, et, pour les plus grandes feuilles, des ciseaux, poursuit Giobert.

— Il suffit parfois d'un frisson de bise pour que la feuille du hêtre..., commence Chevalier Blanc avant d'être interrompu par Sang-Dragon qui fanfaronne, la bouche pleine de pain et de fromage.

— Ne peut-on parler d'autre chose que de l'indigo ? Quelle tristesse. Rien d'autre ne vous intéresse donc dans la vie, Giobert, que cette foutue couleur ?

Certes, Sang-Dragon est hypocrite et violent, coléreux, félon, se rend souvent ridicule à force de jactance, mais c'est le seul à oser s'opposer réellement à Giobert, comme s'il sentait que quelque chose dans ce combat permanent lui était nécessaire. Sang-Dragon n'a pas tort. Le bleu est devenu l'obsession de Giobert, sa passion exclusive qu'il entretient comme un être vivant, qu'il nourrit de sa vie en enfant soumis. Un bleu cannibale, un bleu prédateur. Sang-Dragon est persuadé que le fou c'est Giobert et non lui, l'éleveur de chiens. L'intervention de Sang-Dragon a installé du malaise. Depuis tout ce temps que ces hommes s'échangent leur tabac à pipe, font des parties de tressette ensemble, pompent à l'unisson la sauce de leur bœuf en daube avec de la mie de pain noire, aucun ne connaît vraiment ce sixième convive à visage bleu. Que sait-on réellement du système secret de son monde, de l'appel au mauvais sort que produiront peut-être un jour ces discussions sans fin autour de la sorcellerie bleue ? N'a-t-on pas vu des louves dans les forêts entourant Rumilly, lesquelles, distraites d'une proie par l'ébat d'une autre, s'en détournent pour courir au nouveau venu ? Et si Giobert était un être néfaste, un ange bleu, un être du malheur ? Ce défaut de nature, ce bleu qui lui couvre tout le corps – et d'ailleurs personne ne sait s'il est bleu des pieds à la tête ou si seule la tête est de ce bleu intense – est bien la marque d'une présence démoniaque. Est-il normal que cet homme, si impliqué dans l'histoire économique de sa région – beaucoup de paysans et d'artisans travaillent sur ses terres –, se sente si peu concerné par les tourments de l'histoire savoyarde ? La Savoie qui, pour certains, a toujours été de langue et de culture françaises, et n'a jamais vraiment été tournée vers le Piémont, risque bientôt de quitter définitivement les Etats sardes. Les tenants du rattachement à la Suisse étant aussi minoritaires que les défenseurs de l'indépendance savoyarde, l'annexion de la Savoie à la France – et par la même occasion de Nice –

est plus que probable. Sur la mezzanine, les esprits commencent à s'échauffer :

— Ce n'est pas pour rien que le gouvernement sarde travaille avec une activité fébrile à l'achèvement de la ligne ferrée d'Aix à Culoz, dit Chevalier Rouge, la France va venir aider l'Italie à conquérir son indépendance, elle va envoyer des troupes, tout ça sent la guerre !

— Les sympathies de Napoléon III pour le Piémont et l'unité italienne datent de loin, c'est un ancien carbonaro, après tout, renchérit Chevalier Noir.

— Et n'oubliez pas le mariage du prince Napoléon et de la princesse Clotilde, le 30 janvier prochain à Turin ! C'est l'amour au service des armes ! susurre Chevalier Blanc.

Comme toujours, dans ce genre de circonstances, Giobert reste muet. Quand on commence à parler de la marche du monde, on n'a jamais fini d'en parler, alors mieux vaut ne pas commencer, pense-t-il, lui qui sait que la seule vérité dans ce monde c'est sans doute la mort et que l'homme crève d'être sans légende, sans mystère – sans grandeur, en somme. Joséphine, qui vient passer un torchon humide sur la table de bois et la débarrasser des restes du repas qui s'achève, lance à Giobert qu'il faudrait qu'il se distraie davantage, qu'il semble bien préoccupé et bien silencieux, et bien triste.

— Pas plus que d'habitude, rétorque Chevalier Rouge, on dirait que tu ne le connais pas !

Joséphine, qui répond par un large sourire d'approbation, ne dit rien mais reconnaît en elle-même que personne au fond, à commencer par elle, ne connaît Giobert. Certains vont même jusqu'à affirmer qu'il pratique l'art obscur, que cette vie en retrait du monde n'est pas une vie de bon chrétien, que si l'on recherche autant la solitude c'est qu'on s'adonne à d'étranges préparations, voire à des pratiques amoureuses coupables, sodomie, zoophilie, viol, et cela d'autant plus qu'on ne connaît à Giobert aucune femme, même si d'aucuns racontent qu'il a des enfants cachés, et qu'ils ont vu, à plusieurs reprises, une jolie demoiselle se glisser chez lui, à la nuit tombée, vêtue de haillons, et quitter le Château, l'aube venue, chevauchant à cru une jument pie.

Sang-Dragon qui, par on ne sait quelle intuition démoniaque, semble avoir tout compris de ce qui se passe dans la tête de Joséphine, et sans doute sous le coup des verres d'alcool qu'il a engloutis sans discontinuer, grommelle, en attrapant la jeune fille par le bras :

— Tu voudrais bien qu'il fasse passer sa tristesse avec toi, hein, ma belle oie ? Tu voudrais bien qu'il te chevauche ?

— Monsieur, je me marie dans moins d'un mois, et je suis grosse !

— Alors justement, profites-en, après, ton homme te foutra des raclées !

— Mais monsieur, je suis promise, je vous dis ; je vais avoir un petit ! insiste Joséphine en posant une main sur son ventre.

— Allez, ne fais pas ta mijaurée. T'en meurs d'envie ! T'es comme toutes les femmes : tu voudrais bien savoir si son boudin est bleu ou rose !

Sang-Dragon n'a pas le temps de finir sa phrase. Il n'a pas vu venir Giobert qui se tient maintenant debout à côté de lui, arrache sa main en racine d'arbre, toute râpeuse, du bras de Joséphine, et, s'adressant à la jeune femme, lui dit en néerlandais, langue qu'il pratique – comme beaucoup d'autres d'ailleurs, ce qui aux yeux de certains est bien la preuve qu'il a commerce avec le diable – avec ses amis commerçants de La Haye :

— *Dat zijn maar blauwe bloempjes.*

— Je ne comprends pas ce que vous me dites, monsieur Giobert, articule Joséphine, heureuse d'être délivrée et effrayée malgré tout par cet homme bleu qui parle une langue si bizarre.

— « Ce ne sont que de petites fleurs bleues. » « Ce ne sont que des mensonges », voilà ce que ça veut dire. N'écoute pas ce vaurien. Ça n'a aucune importance. Aux Pays-Bas, le bleu est l'attribut des menteurs, des hypocrites, des trompeurs, des judas, ajoute Giobert qui retourne contre lui l'argument censé le défendre.

— Vous n'êtes rien de tout cela, monsieur Giobert, dit Joséphine.

— Qui sait ? rétorque Giobert en prenant un air mystérieux...

Le repas se termine sur cette note inquiétante. Les compagnons de la mezzanine saluent Giobert qui est le seul à descendre et qui quitte l'assemblée le premier, comme d'habitude. Sur le pas de la porte, il remet sa veste de buffle, repasse sa casquette de loutre. Joséphine a juste le temps de lui glisser un « merci », du bout des lèvres. Aussi, lorsqu'il retrouve le froid glacial de la rue, il peut retenir pour quelques secondes encore la sensation de la main de la jeune femme qui a frôlé la sienne et la présence fugace du parfum de sa peau, mélange de sueur acide et d'eau de rose. Retrouvant sa calèche sous le porche de la manufacture de tabacs, il a le temps d'en regarder la façade sur laquelle figurent encore deux écussons dont les armoiries ont disparu, martelées durant la Révolution. Les genoux protégés par une fourrure épaisse, Giobert fait claquer son fouet sur l'encolure de son cheval. La nuit est noire, et la neige épaissit le silence. Durant le voyage de retour, une image récurrente défile devant les yeux de Giobert, la grosse bouche pulpeuse de Joséphine, très rouge, toute humide comme un fruit mûr, qui répète inlassablement la même phrase : « Je suis promise. »

4

C'était donc ça ! Quand la voiture est arrivée dans la dernière cour du Château, Giobert a bien senti que le cheval se raidissait. Et quand il a conduit l'animal fumant de sueur à l'écurie, il a pensé que quelque chose était advenu. Les bêtes sentent toujours les distorsions dans l'agencement habituel des faits, l'inattendu dans l'appareil de l'existence, les accès subits de confusion mentale, l'événement qui vient de derrière les cloisons de la Terre. Maintenant, devant les marches qui mènent à la grande porte d'entrée, il comprend. Ce gros sac à moitié recouvert de neige a été déposé là par un inconnu. C'est sans doute une vengeance. Un ballot rempli d'excréments ou de fumier, ou de carcasses de moutons, ou de têtes de rats coupées, une pâture de cervelles ou une bouillie de pattes de renards – destiné à lui jeter un sort. Un paysan mécontent. Un tanneur qui s'est cru floué. Un teinturier auquel il a refusé un travail. Tant de gens peuvent lui en vouloir.

Il pourrait s'occuper immédiatement de cette question somme toute anecdotique, prendre une pelle, une fourche, jeter le paquet au feu, dans un bac de chaux ou dans le bassin du lavoir. Mais il est tard. Il suffit de déplacer légèrement l'amas de chiffons qui obstrue le passage pour réussir à ouvrir la porte. Il pose sa lanterne à carbure et, tandis qu'il se penche pour effectuer la manœuvre, il est soudain surpris par le poids, la texture, le volume du paquet. A mesure que ses mains parcourent l'étrange ballot, le tâtent, une évidence s'impose : le sac n'est pas un sac mais un corps replié, recroquevillé dans un épais manteau couleur soleil rouge. Avec beaucoup de précautions, Giobert prend le corps dans ses bras et le dépose dans la pièce où brûle en permanence un énorme feu de cheminée : la bibliothèque – là où il lit, travaille, recherche, crée ; son espace le plus personnel, le plus intime, celui qu'il a mis toute une vie à construire.

Le corps est un corps blessé, maculé de sang, un corps de jeune fille, trempé comme une soupe, qu'il va falloir laver et panser. Avec le développement de cités comme Aix-les-Bains et Chambéry, villes de cures et de casinos, des filles publiques errent fréquemment dans les villages de Savoie, pour beaucoup italiennes, jetées des cafés où elles travaillaient, domestiques renvoyées par leurs maîtres, « vedettes » de cafés-concerts qui ne font plus recette. Si l'on excepte la richesse extravagante de son manteau, la jeune fille est pauvrement vêtue. Ce n'est ni une demi-mondaine, ni une femme de haute galanterie, ni une pensionnaire de maison de tolérance, plutôt une de ces gamines qui racolent du côté des casernes et des manufactures, qui ne cherchent qu'un « coucher », et qui n'ont pas seize ans. Giobert en est sûr, ce n'est ni une mendiante ni une ouvrière de la filature. Il décide de la soigner.

La jeune fille ne semble pas vouloir se réveiller. La voilà entièrement nue. Elle est blanche et molle, grasse.

Sa belle tête ronde et pleine ressemble à une lune. Ses beaux cheveux noirs sont lissés d'huile. Ses seins sont pleins, et l'on verrait bien sortir de ses cuisses, de sa source rousse et laiteuse, salée, des enfants en ruisseau. Si ce n'étaient tous ces points rouges qui parsèment son corps comme transpercé en maints endroits, on pourrait dire qu'elle est d'une beauté parfaite. Son travail terminé, Giobert habille la jeune femme avec les seuls vêtements qu'il possède : des habits d'homme, un peu larges, un peu grands, mais propres et chauds. Puis il repose la jeune fille devant le feu de la cheminée et attend qu'elle se réveille, jetant au feu les linges souillés utilisés pour nettoyer ses blessures, qui dégagent en brûlant une odeur âcre. Quand elle ouvre enfin les yeux, il constate qu'elle les a larges comme des amandes vertes : couleur de gentiane. Elle ne sue plus le désir par tous ses pores, mais son regard, très jaune, fixe, brûlant comme un quignon frotté d'ail, est prompt à dérégler toutes les imaginations. Ses yeux, dans ce visage, lui confèrent comme une inquiétude, de celle qui use, qui fatigue, qui vieillit. A mesure que les secondes passent, que lentement elle sort de sa léthargie, son halètement de biche poursuivie se calme. Giobert se fabrique une certitude, peut-être fausse : cette jeune fille, pense-t-il, vit dans un monde où ni lui ni ses phrases n'ont accès. Le monde de la grande prétention au bonheur.

— Tu as un oiseau dans une cage d'or…

Ce sont ses premiers mots. Et qui ne sont pas une question.

— Tu as un oiseau dans une cage d'or…

— Oui.

— Un oiseau bleu, ajoute la jeune fille qui ne semble guère troublée à l'idée que cet oiseau soit un canari qui d'ordinaire est plutôt de couleur jaune.

— Oui.

— Pour quoi faire ?

— Mon oiseau est de la couleur du temps, rien de plus normal.

— Aucun regard ne peut l'entrevoir. Aucune main ne peut le toucher. Aucun plomb du fusil, l'atteindre...

Giobert sourit :

— On dit aussi qu'on ne le voit plus dès lors que la réalité apparaît.

— Tu as beaucoup de livres...

— Oui.

— Pour quoi faire ?

— Pour connaître le monde. Pour savoir.

— La connaissance... Chacun la cherche à sa manière... Comme le Jugement dernier que chacun porte en soi...

— Je me souviens d'un voyage, enfant, en direction d'une ville située à quinze milles d'Asti, dans une voiture tirée par deux bœufs paisibles. Quelle épopée ! J'étais sûr que le monde était en train de s'ouvrir à moi.

— Et il ne s'est pas ouvert ?

— Disons avec une certaine précipitation... D'où viens-tu ?

— Qu'importe.

— Tu as faim ?

— Non.

— Soif ? Tu veux un vin chaud ?

— Non.

— Qui es-tu ? Tu sembles un peu... sauvage ?

— « Sauvage » ? Quand les beaux jeunes hommes et les belles demoiselles partent en carriole pour aller goûter et danser sous les charmilles et qu'ils me croisent sur la route, ils ne m'invitent jamais à monter.

— Pour quelle raison ?

— L'été, quand l'orage gronde, je m'abrite toujours sous les hêtres. Il paraît que ça ne se fait pas. Un jour, j'ai cru voir un cavalier habillé de blanc avec une toque de velours noir à plume rouge, sortir de la terre. On a dit que j'avais des hallucinations.

— Tu fuis quelqu'un ou quelque chose, n'est-ce pas ?

— Il y a plusieurs semaines, un chirurgien est venu me perforer le corps avec un stylet aigu. Il cherchait le *sigillum diaboli*, le point insensible qu'on peut piquer sans provoquer l'issue du sang. Il aurait pu aussi m'arracher les ongles des mains et des pieds !

— Il cherchait le sceau du diable ?

— Oui... Il assure l'avoir trouvé. Quand ils sont venus me chercher, j'ai « regardé par terre » et j'ai « marmotté, à part ». Un indice, selon eux, qui ne trompe pas.

— Mais que te reprochait-on ?

— D'entendre des cloches dans ma tête, des roulements de tambour, de rester plusieurs heures dans mon lit, courbée comme l'arche d'un pont au point que mes talons viennent frapper ma nuque.

— Mais tu as réussi à prendre la fuite...

— C'est facile face à des hommes gagnés par l'alcool... J'ai attendu la nuit et je me suis jetée dans le noir. Mais, mon Dieu, par ce froid, la route de Seyssel est interminable.

— Tu aurais pu mourir...

— Non. Il fallait que je te voie.

— Je ne te fais pas peur ? finit par demander Giobert en découvrant son visage bleu.

— Non. Et moi, qui suis peut-être possédée de Python ou de l'esprit de divination, tu ne me crains pas ?

— Rien chez toi ne m'effraie.

— Rien chez toi ne me heurte. Tu ne vois pas ma marque diabolique, je ne vois pas ton visage bleu. Et tu m'as vue nue, n'est-ce pas… alors tu me connais…

— Pourquoi dis-tu que tu devais me voir ?

— Pour trois raisons. Voici la première, dit la jeune fille en tendant à Giobert une étoile à cinq branches.

— Un pentacle ?

— Le symbole de la perfection. A partir de maintenant, il t'accompagnera chaque jour. Et voilà une deuxième chose, ajoute-t-elle en lui tendant une fiole de couleur bleu nuit.

— Un breuvage ?

— Ouvre.

Apercevant un grain noir, Giobert a un mouvement de recul :

— Du curare ?

— Et du meilleur. Il vient du Brésil. J'ai vu un Indien en mourir. La flèche empoisonnée qui est tombée sur lui était destinée à un oiseau. L'homme a ôté de son dos ses carquois et ses flèches, et il s'est allongé sur l'herbe, a semblé éprouver une espèce d'étourdissement, une fatigue. On avait l'impression qu'il s'endormait. Dix minutes après il était mort, ajoute la jeune fille, tout en regardant intensément l'oiseau bleu dans sa cage. Peut-être aurastu un jour besoin de ce curare… au sommet d'une montagne… Garde-le toujours avec toi…

— Et quelle est la troisième chose ?

— Un homme va venir te voir. Ecoute bien tout ce qu'il a à te dire. Rien n'est plus important.

— Quand ?

— Je ne sais pas, je ne suis pas une cartomancienne ! Allez, dormons. Tu m'as sauvé la vie, je t'ai offert trois présents. Nous sommes quittes. Allons retrouver la nuit et nos désirs les plus secrets. Va retrouver ton désir de bleu.

— Et toi ?

— Mon désir inassouvi d'enfant.

Cette nuit-là, Giobert décide de la passer dans la bibliothèque. Pour veiller sur la jeune fille et ne pas perdre une miette de joie, de la joie si impalpable, si incompréhensible que cette rencontre lui a procurée. Avant de rejoindre son fauteuil de veilleur nocturne, il prend dans sa paume la main de la jeune fille qui dort déjà et sent les lentes pulsations de ses veines, entend les charrois de ses ruisseaux de sève et battre son sang à grands coups sourds, et tout son être paisible gorgé d'une épaisse boue de vie, d'une grande saumure humaine. Tandis que les braises du feu s'amenuisent lentement, entonnant un chant de plus en plus ténu, il pense que son travail créateur devrait avoir pour but de transposer cette joie – tout bouleversé qu'il est par cette jeune fille dont il ne connaît même pas le nom, et qui lui semble d'une intelligence si sûre et si patiente. Un instant, il songe qu'il pourrait la tuer, elle qui est sans défense, qu'il pourrait s'en aller dans cette vie qui n'est pas à lui, qu'il pourrait la suivre un moment, cette vie, puis qu'il pourrait la quitter au moment où il faudrait frapper, où ça deviendrait pénible de revenir dans la vie de son corps après avoir emprunté celle de l'autre corps. Mais il n'en fait rien, il prend doucement le grand manteau couleur soleil rouge et en recouvre le corps de la jeune fille. Au revers est écrit un nom qu'il n'avait pas remarqué, à l'encre noire, en larges lettres gothiques, sur un morceau de tissu cousu à gros points : Asmodée. Puis il sombre à son tour dans un profond sommeil, songeant que cette jeune femme n'existe peut-être pas. Qu'il vient de l'inventer. Que la vie n'est qu'une ivresse, un mensonge, et qu'il faut pour la supporter, naturellement, inventer des rencontres. Comme celle-ci. Avec cette jeune fille qui est comme une vérité mangeable. Comme un rêve forcé qui lui ouvre un monde de découvertes, qui lui fait voir dans la nuit. Tout cela, oui, avant de sombrer dans un profond sommeil – le sommeil d'Asmodée.

5

Le jour est levé depuis longtemps. Bien que tout soit dans un brouillard épais, la clarté suffisante confirme ce que Giobert craignait. Il a découvert le feu, soufflé sur les braises, frotté son visage qui le démange. Il n'a plus aucun doute : la jeune femme a disparu. Son manteau couleur soleil rouge est toujours là, mais elle, la jeune fille, n'est plus dans la pièce. Il a beau parcourir la bibliothèque en tous sens, visiter les salles attenantes, s'arrêter aux portes fermées à clef, c'est désormais une certitude : la jeune femme a quitté les lieux. Et pourtant, c'est à n'y rien comprendre. Il sent comme une présence. Comme si quelqu'un était là, l'observait, le suivait du regard. Giobert se sent épié. C'est une réalité : il n'est pas seul. Quand il revient dans la bibliothèque, il aperçoit un homme, debout, qui lui fait face et tient dans sa main l'étoile à cinq branches avec laquelle il joue plus qu'il ne l'examine. Après un temps d'arrêt, celui de la surprise, de l'hésitation, Giobert lui enlève poliment le pentacle des mains. Après l'avoir posé dans un tissu qu'il plie soigneusement, il le range dans un des tiroirs d'un petit secrétaire à serrures de cuivre, puis demande :

— Que faites-vous ici ?

— Ce que j'ai à y faire, répond l'inconnu.

Giobert, comme pétrifié, ne sait que dire.

— Elle est partie, n'est-ce pas ? poursuit l'homme.

— De qui parlez-vous ?

— Tu sais bien... Celle qui t'a prévenu de ma visite...

— Oui, répond Giobert, gémissant tout seul entre ses dents.

— Les femmes sont pareilles aux volcans. Pour les comprendre, il faut faire comme ce philosophe de l'Antiquité...

— Empédocle ?

— Oui, Empédocle. Il faut se jeter dedans, lance l'homme, comme pour lui-même, sur le ton d'un individu qui ne doit pas faire dans les bonnes manières. Un grand gaillard à barbe courte, aux larges yeux un peu verts, avec un de ces nez parfaits qu'on voit seulement dans les visages de race, et de larges mains pleines d'intrigue et d'orgueil.

Profitant du silence qui suit les propos du colosse, Giobert, se plongeant dans l'observation de ce dernier, commence à comprendre à qui il a affaire. Le doute disparaissant, une certitude s'installe : il est en face du Cavalier Bleu. Celui qui n'apparaît qu'aux grands maîtres de l'indigo. Beaucoup en parlent, mais peu ont réellement reçu la visite de ce fameux Cavalier qui ne connaît ni peuple ni frontière, et qui ne revendique pour seule humanité que la couleur bleue – la plus pure, la plus voluptueuse, celle qui exige qu'on renonce à tout pour lui prêter allégeance. On raconte qu'il dégage des sortes de « vapeurs » qui ont la faculté de stimuler la région du cerveau qui est le centre de l'imagination. Ceux qui les respirent voient soudain augmenter à l'infini les capacités de leur imagination, quant aux pensées qui traversent alors leur esprit, elles prennent forme sur-le-champ et leur paraissent réelles.

Le Cavalier Bleu a parcouru le monde de toutes les réalités et de tous les rêves. Il est le maître des eaux vert-bleu des fjords et des anciennes vallées glaciaires, de tous les bleus intrépides de la mer Egée, et du bleu-violet de l'héliotrope du Pérou. Il peut tenir l'horizon dans ses mains, brûler tous les yeux faïencés. Ne peuvent croire en son existence que ceux qui l'ont réellement vu. Les autres hurlent au mirage et au mensonge. Mais le voir apparaître est un privilège qui entraîne des devoirs. Assez tergiversé, pense Giobert en lui-même, le Cavalier Bleu est là, devant lui, et c'est déjà comme une reconnaissance de sa valeur, une victoire :

— Maître.

L'homme tend la main à son serviteur et sourit :

— La vérité, c'est qu'un pacte nous lie l'un à l'autre.

— Le pacte du bleu, comme entre moi et mes marchands ? demande Giobert.

— Non. Il ne s'agit pas ici de commerce.

— Seule la beauté nous anime ?

— Nous anime et nous lie.

— Notre visée unique, notre but suprême, c'est donc l'azur.

— Exact, Giobert. Bien, très bien. Je n'en attendais pas moins de vous…

— Mais comment l'atteindre ? demande l'indigotier, anxieux, conscient qu'un rôle nouveau lui est dévolu dans la grande combinaison architecturale du bleu.

Prenant possession des lieux, le Cavalier Bleu s'installe dans le fauteuil qui fait face à la cheminée et demande à

Giobert de venir s'asseoir à ses côtés, comme si cette maison était devenue la sienne :

— Craignez-vous le danger ?

— Je crains moins le danger que mon épouvante.

— Ne craignez aucun des deux.

— Je veux bien essayer de vous croire.

— Etes-vous prêt à abandonner un peu de technique ?

— J'ai toujours pensé que le seul moyen de faire faire des progrès aux arts consiste à les assujettir à une théorie, à une technique...

— Oubliez tout cela. Regardez le daguerréotype, le chemin de fer : ils ne servent plus aujourd'hui qu'aux militaires et aux policiers. Il faut débarrasser le progrès de l'utile, l'assujettir à l'âme.

— A l'âme ?

— Bien évidemment. Il faut faire voisiner les conseils pratiques et opératoires avec les considérations allégoriques et symboliques.

— Mais tout de même, l'indigo, c'est d'abord une suite de gestes techniques : prendre, choisir, cueillir, piler, broyer, plonger, faire bouillir, laisser macérer, délayer, remuer, ajouter, filtrer...

— Ce qui se passe à l'intérieur de vos récipients est toujours de l'ordre de la métamorphose, opération dangereuse, sinon diabolique, qui nécessite beaucoup de précautions dans la sélection et l'utilisation du contenant...

— Maître, les vérités éternelles...

— Je vous arrête tout de suite, Giobert, il n'y a pas de vérités éternelles mais seulement des étapes dans l'enchaînement mouvant des savoirs ; comme il n'y a pas d'Histoire mais une suite infinie d'instants. Ce que je vous demande va vous engager pour le restant de vos jours. Tout autour de vous, partout où se porte votre regard, je vous demande de ne plus percevoir que les couleurs ancestrales et éternelles du monde, et parmi elles, le bleu.

Pour la première fois depuis le début de leur dialogue, une certaine chaleur amicale semble passer entre les deux hommes, la distance entre le maître et l'élève est comme abolie : du travail de l'un dépend le succès de l'autre. Après un temps d'arrêt, le Cavalier Bleu répond à la question posée par Giobert :

— Pour que la couleur existe, trois éléments sont indispensables : la lumière, l'objet sur lequel tombe cette lumière, et un regard qui envoie et reçoit. Un concours va avoir lieu, en avril prochain, à Aiguebelle…

— J'ai déjà gagné ceux de Bonneville et de Grenoble.

— Ceux du « Bleu de Soir » et du « Bleu de Lune »… Je sais. Pourquoi croyez-vous que je sois venu ?

Giobert sent monter en lui une sorte de vertige, de chaleur qui lui fait battre les tempes – une fierté inquiète.

— Afin que je vous serve, maître ?

— Vous connaissez l'expression « le bleu naît du ciel » ?

— Oui.

— Je veux que vous prépariez pour ce concours un bleu né du ciel.

— Un « Bleu de Ciel » ?

— Oui. Et que ce « Bleu de Ciel » gagne le concours.

— Comment y parviendrai-je ?

— Avec ceci, répond le Cavalier Bleu en tendant à Giobert une petite boîte en or, contenant, sous forme de boulettes de 0,10 gramme, de l'opium. Les ulémas, religieux du Bosphore, en absorbent comme chez nous on boit du café ou du thé. Prenez-en en même temps que vous en mettrez dans la mixture d'indigo, la communion entre vous et la matière se fera d'autant mieux. Mais la meilleure des drogues reste votre désir d'apprendre, et votre victoire sera d'autant plus belle que vous n'utiliserez pas l'opium...

Soudain, alors que le Cavalier Bleu poursuit avec Giobert son dialogue autour du bleu, le Maître s'arrête brusquement, tel le sanglier entré dans un bois de mélèzes, lequel, appuyé contre le tronc d'un arbre, bouleversé par la fatigue, tente de se reposer mais comprend que ses poursuivants sont sur ses talons. Le souffle court, le mufle en sang, couvert de boue, le voici soudain habité par une panique terrible :

— Je dois partir, Giobert, immédiatement ! Une porte dérobée, vite !

A peine les deux hommes ont-ils traversé la pièce et sont-ils dans une sorte d'arrière-cour pourvue d'escaliers qui dévalent à grands élans carrés vers la forêt ceignant le domaine que le Cavalier Bleu enfourche un cheval dont on se demande comment il a fait pour arriver jusqu'ici. Giobert aurait juré qu'il n'y en avait pas, qu'il avait ouvert la porte sur une étendue blanche à perte de vue. Et il éprouve alors une sensation étrange : celle que ressent le nageur qui plonge du haut de la falaise dans la profondeur des eaux. Et cette autre encore : comme si le

Cavalier Bleu, dans sa fuite, avait emporté avec lui un peu de son âme, et comme si c'était lui, Giobert, qui venait de se jeter sur la croupe tiède du cheval.

L'homme, dans sa précipitation, a revêtu le manteau couleur soleil rouge laissé par la jeune femme, de telle sorte que lorsqu'il disparaît dans le lointain, là où le sol est le plus abrupt, on a l'impression que c'est la jeune fille mystérieuse qui donne des éperons dans les flancs de la bête.

Alors que Giobert retourne dans la bibliothèque, des coups épouvantables sont donnés contre le portail d'entrée – des coups répétés, insistants, accompagnés de bruits de bottes, de hennissements, de cliquetis d'armes blanches, d'ordres proférés à haute voix ; comme une troupe nombreuse en marche.

6

Les hommes qui investissent la bibliothèque sont des soldats de la Brigade de Savoie, tous recrutés l'année de leurs vingt et un ans par tirage au sort, tous dans l'impossibilité de payer les 1 150 francs, sac garni compris, accompagnés de la bonne main de 50 autres francs qui leur auraient permis d'être exemptés. Engoncés dans leur pelisse à poil ras, laissant apparaître leur habit bleu avec doublure et parements noirs, cravate rouge et képi haut, le lourd fusil à la main, baïonnette au canon, ils se déploient comme s'il s'agissait d'entamer une campagne contre l'armée autrichienne ! A leur tête, Galeani Napione, un Piémontais qui se distingua, quelques années auparavant, lors de l'expédition de Crimée. Heureux de son sort, bien que de petite taille, la bouche molle et le front moyen agrémenté d'une verrue, parce que malgré ses origines paysannes il a su passer de l'état de sergent à celui d'officier, il ne cesse de remercier la Providence de l'avoir favorisé et prend continuellement la pose. Précède la troupe des envahisseurs Chevalier Rouge en personne, en tant que représentant de l'ordre établi.

— La femme au manteau rouge feu est de vos amies ? demande de but en blanc Galeani Napione à Giobert, tout en s'appuyant au tablier de la cheminée.

— De quelle femme parlez-vous ? réplique Giobert.

— Celle qui était ici avec vous…

— Il n'y avait personne.

— Et ça ? poursuit l'officier en montrant du bout du menton la jupe, le corsage, le tas d'effets féminins qui repose sur un coin de table.

Toute cette histoire, appréhendée du côté de la justice et de la « vraisemblance », semble tellement ridicule, humaine, que Giobert préfère sourire plutôt que répondre. Alors l'officier, qui n'est pas là pour perdre son temps, et malgré tout le respect qu'il doit à l'indigotier, tire son épée et se prépare à y embrocher la robe afin de l'exhiber comme un trophée. Souhait qu'il ne peut accomplir. A peine a-t-il commencé de soulever le lourd tissu que celui-ci glisse de son support, tombe dans le feu et, à une vitesse incroyable, s'embrase et se transforme en un petit tas de cendre grise. Règne alors dans la pièce un brouhaha mêlé d'une sorte de peur mal contrôlée. Tous ces soldats, qui ont pour certains combattu sur plusieurs champs de bataille, qui en ont rapporté blessures et décorations, ne semblent guère à l'aise. Balayant de la pointe de son épée les vingt volumes du *Traité de diableries* publié en 1659, à Amsterdam, par Abraham Palingh, l'officier est certain de se trouver dans une maison où se pratiquent danses obscènes et messes noires, et où se perpètrent des actes ignobles :

— Sorcellerie !

— Balivernes, monsieur l'officier ! ironise Giobert en haussant les épaules. Bientôt, vous allez m'accuser de fabriquer des poudres enchantées avec des cadavres d'enfants nouveau-nés, des os de morts pilés et de l'écume de crapaud. Et de cacher des criminels !

— Et pourquoi pas ?

— « Et pourquoi pas ? Et pourquoi pas ? » ricane Giobert en prenant une pose théâtrale qui imite celle de l'officier.

En réalité, ces accusations, ces sous-entendus ne sont pas nouveaux. Giobert sait bien qu'il est encore pour beaucoup une sorte d'énigme vivante qu'on n'ose regarder les yeux en face. Plusieurs soldats présents dans sa bibliothèque, le nez dans leurs chaussures, gardent la tête baissée de peur de devoir soutenir le regard terrible de l'indigotier, et ce visage bleu comme teinture, ce visage de diable. Certes, cet homme fait travailler toute la région, évite à nombre de Savoyards la faim et la misère. Mais à quel prix ? Que fait cet ogre de son immense « richesse » ? Pourquoi ne la dilapide-t-il pas ? Pourquoi vit-il dans cette austérité qui singe la pauvreté ? Comment expliquer à tous ces gens qui l'entourent, à tous ces soldats, occupant sa bibliothèque comme un territoire d'où la rébellion pourrait jaillir à tout moment, qu'il serait heureux dès lors que lui resteraient quelques sous en poche pour ses cigares, et que, souvent, les apparences ont plus de valeur que la réalité et le monde... Et que de toute façon il n'a plus d'argent, qu'il est presque ruiné, et que tout cela bientôt n'aura plus aucun sens.

Depuis qu'il est entré au milieu des soldats, Chevalier Rouge n'a rien dit, se contentant d'observer la scène, les deux mains appuyées sur le pommeau de sa canne-épée, et lorsqu'il se met à parler, Giobert pressent qu'il a pesé chacune de ses paroles, qu'il a attendu le moment exact avant d'ouvrir la bouche pour dire ce qu'il avait à dire. Avant de poser sa question, il a passé délicatement la paume de sa main gauche sur les deux larges mouches de taffetas qui cachent les cicatrices de ses tempes et sorti un mouchoir de la poche de sa veste qu'il pose sur le rebord de la table et dont il dévoile le contenu : deux balles de beau drap partagées en quatre nuances de bleu.

— Cela te dit quelque chose ? demande Chevalier Rouge à Giobert.

Avant de répondre, l'indigotier jette un regard du côté du rebord de fenêtre, là où elles reposaient avant que les maudits gamins ne s'en emparent.

— Mes usines en fabriquent. Les enfants des cordonniers et des galochers en raffolent, comme les saltimbanques qui partent pour Paris, les jongleurs de la colline de Bloye. Je suis le seul à proposer ces nuances de bleu. Je peux même vous dire avec précision d'où elles viennent.

Galeani Napione et Chevalier Rouge se regardent, comme si Giobert venait de révéler un secret, d'entrer dans un jeu dont ils étaient les seuls à connaître les règles. Giobert, lui, hausse les épaules, désabusé, et, alors qu'il s'apprêtait à ajouter quelque chose, dans un premier temps se tait, puis, se ravisant, comme par provocation, presque en rigolant, lance :

— Elles viennent de mon indigoterie de Montmélian.

— Et ces nuances de rouge ? rétorque immédiatement le policier en montrant d'épaisses taches brunes qui salissent les deux balles, comme si on les avait trempées dans une polenta de sang noir.

— Je suis maître du bleu et non du rouge, « monsieur Sue », répond Giobert comme toutes les fois où il a décidé d'humilier Chevalier Rouge.

— Et Petit-Cœur, ça ne vous dit rien ? demande Galeani Napione en s'avançant, menaçant, en direction de Giobert.

— Non.

— Comment non ?

— Pourquoi voulez-vous que ça me dise quelque chose de particulier ? C'est le frère de Grand-Cœur, tous deux fils de Joseph Vibert le betteravier, dont le père, François Vibert, était procureur général syndic du temps du Gouvernement révolutionnaire de Savoie en 1794. Tout le monde sait ça, et tout le monde s'en moque !

— Grand-Cœur a avoué à son père qu'ils lui avaient désobéi, qu'ils étaient venus au Château, hier ; et qu'il avait fini par laisser son frère seul, accoudé à ce rebord de fenêtre, précise l'officier en montrant l'emplacement où devait se trouver l'enfant.

Après s'être servi un verre de vin rouge pour montrer qu'il est chez lui, qu'il fait ce qu'il veut chez lui, même se verser du vin sous le nez de soldats à qui il n'offre rien à boire, Giobert réplique :

— Où voulez-vous en venir ?

— Nulle part.

— Alors taisez-vous.

— Vous n'avez pas vu Petit-Cœur ?

— Si, en effet, j'ai vu Petit-Cœur. Il était seul. En train de m'espionner, ce que je ne supporte pas. Il était là, dit Giobert en montrant la fenêtre où il avait aperçu l'enfant.

— Et c'est tout ?

— Oui ! Si ce n'est que je lui ai fait peur pour qu'il me laisse travailler, qu'il déguerpisse, qu'il rentre chez lui. Quelle idée aussi de laisser ses enfants traîner dans Rumilly, sous la neige, à une heure pareille !

— Giobert, des témoins l'ont aperçu à Lescheraines, en compagnie d'une personne revêtue d'un manteau couleur soleil rouge, le long du mur qui longe votre tannerie.

— Alors tout va bien. L'incident est clos. Tout le monde peut aller se coucher.

— Non, Giobert, justement, l'incident n'est pas clos, dit Chevalier Rouge qui demande aux soldats de sortir de la pièce, ainsi qu'à Galeani Napione.

Une fois seuls, une fois la porte refermée, Chevalier Rouge assis en face de Giobert allume lentement un demi-cigare et, après avoir accepté le verre de vin que lui verse son ami, le regardant droit dans les yeux, après avoir repris son souffle comme s'il allait se jeter dans une eau glacée, enveloppé dans un nuage de fumée, laisse l'horreur affleurer sur ses lèvres :

— Petit-Cœur a été retrouvé mort…

— De froid ?

— Non, assassiné. Une vraie saloperie. Un travail d'équarrisseur. Le petit a été déchiqueté en morceaux dispersés au pied des saules, des peupliers, des vernes. Une boucherie d'ange noir. Le crâne défoncé à coups de massue… Et au milieu du carnage : les deux balles bleues que le gamin a dû serrer contre lui jusqu'au bout !

— Vous avez des soupçons ?

— Difficile à dire. Le tueur ou… les tueurs sont des gens qui connaissent leur affaire, en tout cas. Sans état d'âme. Des braconniers, peut-être, habitués à tuer des petites bêtes… Ou des trafiquants qui font de la contrebande de poudre et de tabac entre le Valais et le Faucigny… Des voleurs qui se réunissent dans les bois de la commune… Les colporteurs qui se promènent avec leurs *Veillée des chaumières* à deux liards… Des réfractaires… Des déserteurs… Tout est possible. Le massacre a même pu être commis par une femme !

— Un femme ?

— Pourquoi pas ! Les découpeurs de hiéroglyphes de sang n'ont pas de sexe ! Giobert, il y avait bien une femme chez toi, hier…

— Quelle importance ?

— Tu pourrais la décrire ?

— Une belle tête ronde qui ressemble à une lune. Cheveux noirs. Seins pleins. Un embonpoint rayonnant. De grands yeux couleur de gentiane.

— Quel âge ?

— Difficile à dire. Quinze ans ? Trente ? Un visage changeant…

— Habillée comment ?

— En habits d'homme un peu grands, long manteau rouge.

— Tu te moques de moi ?

— Il faudrait savoir ce que tu veux ?

— Tu es en train de me faire la description de cette jeune femme que tout le monde prenait pour une sorcière, qui a été jetée à la rivière pour voir si elle surnageait, et qu'on n'a jamais retrouvée !

— Et alors ?

— Giobert, cette histoire s'est passée il y a plus de vingt ans !

— Alors disons que j'ai reçu la visite d'une morte, je l'ai déshabillée, puis je l'ai violée ! C'est ça que tu veux entendre ?

— …

— Ah non, attends. Je lui ai fait un enfant. C'est ça, je lui ai fait un enfant. Ça fait tellement longtemps que je veux être père.

— Et pourquoi aurais-tu fait cela ? Le but ? Le motif ?

— Pour donner une identité à quelqu'un. Etre père, c'est ça, non : donner une identité… Et moi, de père, je n'en ai jamais eu un, ou si peu. C'est ça que tu veux entendre !

— Giobert, je crois que tu ne te rends pas vraiment compte de la situation.

— Me croiras-tu si je t'explique que j'ai bien reçu cette femme par charité pure, que je l'ai soignée, vêtue parce que ses habits étaient importables, et que je lui ai donné les miens parce que je n'en avais pas d'autres. Puis qu'elle s'est volatilisée dans la nuit juste avant que le Cavalier Bleu…

— Le Cavalier Bleu ?

— Le Cavalier Bleu, que seuls peuvent voir les maîtres indigotiers…

— Je m'en doute bien…

— Le Cavalier Bleu, je répète, que seuls peuvent voir les maîtres indigotiers, ne me rende visite, et qu'il disparaisse à son tour avec sur son dos le manteau rouge de la jeune fille.

— A qui vas-tu faire croire une histoire pareille ?

— Mais tu me crois, toi ?

Chevalier Rouge ne répond pas. Embarrassé, il plonge la main dans sa poche et pose à côté de son verre de vin un pentacle en disant :

— On l'a trouvé près des deux mains coupées et liées ensemble de l'enfant.

Alors que Giobert se penche pour regarder le pentacle, Chevalier Rouge remet délicatement l'étoile dans la bourse qui la protège puis glisse le tout dans sa poche, en disant :

— Pièce à conviction...

Prostré dans son fauteuil, Giobert reste muet. Toute cette boue. Tout ce sang. Dans quelle chausse-trape est-il en train de tomber ? Chevalier Rouge qui semble en avoir fini lui demande congé. Il faut laisser le temps faire les choses, le mystère s'éclaircir de lui-même. Alors qu'il regagne la terrasse où l'attend la petite troupe parmi les vapeurs des poitrails de chevaux, Chevalier Rouge serre la main de Giobert et lui glisse malgré tout à l'oreille :

— Si ce n'était toi, Giobert, tu ferais un coupable idéal. Un jour, tu sais, je ne pourrai plus rien pour toi... Ton argent te protège encore, mais quand tu n'en auras plus ce sera la curée !

— Dis plutôt qu'un jour tu ne « voudras » plus rien faire pour moi. Ce n'est pas la même chose, répond Giobert pendant que Chevalier Rouge, passant la bride sur le cou de son cheval, le laisse aller à discrétion, et s'éloigne en marchant.

Plusieurs heures ont passé. Il fait nuit noire. Dans l'obscurité, Giobert fouille fébrilement les tiroirs du secrétaire à serrures de cuivre, défait les petits paquets qui tombent entre ses mains, rejetant derrière lui objets et papiers, impatient. Il a retrouvé la fiole bleue et son grain de curare, le sachet d'opium, ainsi que le bonnet de laine tricoté, de couleur verte, qu'il avait ramassé sur le parquet de sa bibliothèque. Parvenu au dernier tiroir qu'il vide entièrement, il cherche, fébrile, le pentacle que lui avait donné la jeune femme, allant même jusqu'à ouvrir une deuxième fois les tiroirs contenant des jouets d'enfant – son secret – dans l'éventualité où il y aurait égaré un pentacle qu'il ne trouve pas, qui a disparu.

Un éclair sinistre lui traverse la tête. Il lui faut se méfier de lui-même, de ce vif fourmillement des souvenirs, des sensations, des sentiments, de tout ce qu'il a vécu ces dernières heures. Il doit aussi se méfier de sa volonté maniaque de tout garder de sa vie – traces, objets, sentiments, impressions fugaces. Un fait étrange semble vouloir l'entraîner dans un triste dessein, le détourner de son chemin. Alors que, cherchant une troisième fois dans le tiroir, il finit par remettre la main sur le pentacle, celui que lui avait donné Asmodée, et qui aurait ainsi mystérieusement voyagé de Rumilly à Lescheraines puis serait revenu à Rumilly, il pense qu'il y a bien pour chaque homme sur terre un malheur qui l'attend, qui le suit comme son ombre, et qui le chassera définitivement du paradis d'Eden. Après avoir reculé son fauteuil dans l'ombre qu'il a su trouver pour échapper à la clarté de la lune pénétrant dans la pièce, il se tait et pense : « Je ne veux pas être plus malheureux que les autres », comme il aurait pu dire : « Je ne veux pas être plus heureux que les autres. »

7

Rien n'est plus facile que d'aller de Rumilly à Annecy, en plein jour et dans le plein été, c'est l'affaire de quelques heures. Le paysage n'est guère encourageant, mais c'est faisable avec une quantité raisonnable de volonté ou de passion – de bêtise diront certains. En revanche, en hiver, la route est quasiment impraticable. Quand les nuages sont bien bas, bien épais, et qu'on a le sentiment que la nuit va vous tomber sur la tête à tout moment, personne ne s'y risquerait. Alors, la forêt des Fontaines est un enfer, les marais de Praille un bourbier où l'on s'enfonce, la longue ligne droite courant de Champanod à Seynod une toundra battue par les vents. Giobert sait tout cela, mais il ne peut pas faire autrement, et cette fois la réalité est allée au-delà de ses conjectures. Aux nébulosités de décembre déjà épaisses se sont ajoutés les brouillards de janvier encore plus denses, puis les bourrasques de février par-dessus, interrompues et glaciales. En dessous, tout est tassé, rien ne vit. La lumière n'existe plus. La neige qui tombe sans discontinuer depuis le matin, rapide, serrée, jetée sur la voiture par paquets comme des vagues contre un navire, est partie pour tomber toute la journée. Plutôt que d'emprunter la diligence, Giobert a préféré une voiture de louage, à deux chevaux et quatre places. Il l'a réservée pour lui seul.

C'est son unique luxe, qui lui évite ainsi les discussions aussi interminables qu'inutiles avec des compagnons bavards. Lors de son dernier voyage en diligence, neuf heures pour faire les quatre-vingt-dix kilomètres séparant Chamonix de Genève, il avait dû participer à des pugilats, successivement sur la question de savoir si l'on devait ou non arrêter les grands criminels entre le coucher et le lever du soleil, si les approches d'une jeune fille en bas âge avaient pour effet de guérir de la syphilis l'individu qui en était atteint, si un haut magistrat français avait réellement osé dire de la Savoie qu'elle était un « pays misérable peuplé de loups, de marmottes, de ramoneurs et de crétins, hanté par quelques malheureux ayant un langage à part », enfin, si le récent mariage entre le prince Napoléon et la princesse Clotilde n'était rien de moins que le présage d'une guerre dans laquelle la France aiderait l'Italie à jeter l'Autriche hors de ses frontières !

Le cocher qui a eu du mal à entrevoir le long mur qui mène à la sortie de la ville, et éprouvé de nombreuses difficultés pour retrouver la route qui permet de contourner le ravin de la Combe, est désormais tiré d'affaire. Au tournant des Lanches, il a arrêté la voiture et, après avoir avalé quelques gorgées d'Eau de la Grotte, une petite liqueur digestive plus fruitée que la plus fine des absinthes, a rassuré son passager : dans moins de deux heures, il entrerait dans Annecy et passerait au pied de la statue du chimiste Berthollet.

Tandis que la voiture s'ébranle, reprenant sa route cahotante, Giobert ne peut s'empêcher de ressasser les raisons qui l'ont contraint à entreprendre ce voyage. Il lui a fallu des mois d'hésitations et de tergiversations pour s'y résoudre. Bien qu'il éprouve une aversion instinctive à l'encontre des écumeurs des deniers publics, que ce soit au détriment des armées ou du Trésor national, il a fini par accepter le dîner auquel l'a convié Karl Blausein, à cinq heures précises, parce que le Teuton déteste cette nouvelle mode des dîners à sept heures venue de ce Paris du second Empire, et vomit l'idée de toutes ces mâchoires qui se mettent à mâcher de concert. Giobert ne peut plus reculer. Depuis plusieurs siècles déjà la vogue du bleu n'a fait que s'amplifier. Partout, en Europe, le bleu est devenu la couleur des rois, des princes, des nobles, des patriciens, des armées, des bourgeois, et commence à gagner le peuple. Certes, les progrès des techniques tinctoriales permettent désormais la fabrication d'un bleu clair et lumineux au lieu des bleus ternes, grisâtres ou délavés d'antan, mais la guerre de l'or bleu est à présent bien réelle. La guède, le pastel sont devenus des produits chers. L'Angleterre, l'Italie, la France ne produisent plus assez pour subvenir aux besoins de leur industrie drapière, devenue une énorme consommatrice de teinture. Dans la guerre du bleu, Byzance et l'Islam ont leur mot à dire, sans compter l'arrivée massive de l'indigo venu des Antilles, des Indes, du Nouveau Monde, voire de l'Afrique, et le développement de la contrebande jetant sur le marché des cotonnades anglaises, saxonnes et bohémiennes. Seul, il ne réussira jamais à faire face à la demande. Il n'est ni assez puissant ni assez fort. Il doit s'agrandir, et donc s'associer, et donc perdre toute son indépendance. S'il signe un accord avec Blausein, il se livrera pieds et poings liés au spéculateur – peut-être est-ce ce que recherche ce dernier ?

Giobert, dont le but ultime reste la recherche du bleu qui dépasserait en beauté tous les autres bleus, a fini par accepter l'idée d'une alliance entre l'art et l'industrie, entre l'idée et l'argent. Voilà pourquoi il est monté dans cette voiture qui le mène à Karl Blausein dont la philosophie tient en peu de mots, ainsi résumée dans la lettre qu'il a fait parvenir à l'indigotier : « Je peux payer. Aussi cher qu'on voudra. Il n'y a pas de raison que nous ne puissions nous mettre d'accord si vous avez à vendre ce que précisément j'ai envie d'acheter. J'en suis, cher ami, persuadé : il n'est pas de difficultés commerciales qu'on ne puisse résoudre avec ce qui s'appelle l'intelligence des affaires. »

En s'alliant avec Blausein, Giobert s'apprête à signer un pacte avec le diable. L'homme est connu pour son habileté à gagner la confiance des plus hauts personnages, à les convaincre de l'excellence de ses propositions. Après avoir débuté dans l'épicerie, il a compris, grâce à son adresse d'une rare subtilité, tous les avantages que procurait l'achat des denrées coloniales aux pays de leur production. Son ascension a été fulgurante, même si certains gouvernements l'ont mis temporairement sous les verrous, jusqu'à ce qu'il ait restitué une partie de ses bénéfices. Sa défense est extraordinaire de cynisme : « On m'accuse d'avoir dilapidé la fortune publique ; mais suis-je chargé de la protéger ? Non, je suis spéculateur. J'ai vendu mes denrées. J'ai fait mes prix. Vendre trop cher n'est pas un crime... C'est à l'acheteur de s'y connaître, non ! » Blausein fait partie de ces « marchands de biens », de ces notaires nés de la chute de l'Empire qui ont acheté des domaines nobiliaires en faillite qu'ils ont revendus, à un prix élevé, par lots, aux notables bourgeois, aux coqs de village, voire même à des petits paysans. Cet homme, à présent quarante fois millionnaire, n'est guère aimé. Il donne dans son domaine des réceptions féeriques où affluent les reines de beauté du moment. Courtisé par les hommes politiques, les militaires, les gens d'Eglise, entouré de tacticiens dévoués consommés dans l'art de dérober les secrets de tous les cabinets et de toutes les administrations, il se contente la plupart du temps de la satisfaction intime du régisseur, lequel, dissimulé dans un coin obscur de la maison, espère un gros bénéfice du jeu de marionnettes dont il tire les ficelles.

Giobert connaît tout cela et le déplore, mais il sait aussi que Blausein n'est pas d'un bloc. Athée, il a aidé à la reconstruction d'églises et de presbytères, a fait don de fortes sommes d'argent qui ont assuré le fonctionnement d'hôpitaux, d'orphelinats et de l'asile psychiatrique du Betton, et a même lancé une maison de banque et de commerce pour les petits épargnants. Fin gourmet, n'hésitant pas à dire d'un cuisinier qu'il est un magicien quand celui-ci réussit le tour de force de faire d'une purée de choux-raves un plat de roi, il est aussi tout à fait capable de se contenter d'un ragoût de chair de marmotte ou d'un matefaim de blé noir accompagné d'un verre de vin rouge transporté de la plaine à la montagne dans des outres de peau de bouc. Ce qui, contrairement aux autres, rend Giobert indulgent à l'égard de Blausein, c'est, autant qu'il en connaisse, l'échec de sa vie amoureuse. L'homme de fer a un cœur d'artichaut et ne sait, dans le monde des sentiments, comment se diriger. Alors qu'il avait fini par s'attacher à la fille d'un tambour-major, une belle gaillarde qui se nommait Marie-Adélaïde et qui avait très vite réussi à captiver son amant qu'elle amusait autant par l'audace de sa langue que par la canaillerie de ses gestes, celle-ci est morte en même temps que l'enfant qu'elle venait de mettre au monde. Depuis, Blausein est habité par un désespoir si vaste que plus aucune barrière n'arrête ses échafaudages, ses constructions, ses délires. Ainsi, lors d'une de ses dernières fêtes somptuaires, a-t-il disposé les fusées du feu d'artifice de telle sorte que les étincelles viennent menacer le visage des assistants qui, effrayés, se sont enfuis en courant avant de tomber dans les chausse-trapes qu'il avait fait recouvrir de feuillages. L'être humain n'est pas univoque, pense Giobert, et Blausein est un bel exemple de cette complexité humaine. Ne sommes-nous pas tous, à des degrés divers, fidèles et intéressés, accommodants et politiques, et si démunis lorsqu'il s'agit d'investir le territoire des passions ?

Une fois franchi le pont qui enjambe le Thiou, l'entrée dans Annecy se fait par une série de rues étroites et sombres de chaque côté desquelles se pressent des maisons serrées les unes contre les autres et dépourvues d'alignement. La voiture avance au pas, traversant des places bordées de lourdes et épaisses arcades. Le château dépassé puis la cathédrale, le cocher s'engage dans une avenue plus large qui conduit au monastère des Clarisses. C'est là que Blausein a construit son empire. Après avoir été un des premiers à comprendre que de nombreux locaux désaffectés pourraient devenir des hangars d'industrie, il a installé une armurerie dans l'ancienne abbaye, une forge et une tannerie dans le couvent des Bénédictines, une manufacture nationale de limes dans celui des Dominicains, une verrerie dans celui de l'Annonciade, une fabrique d'indiennes dans celui de la Visitation, et a racheté tous les bâtiments du monastère des Clarisses pour fonder une indigoterie, devenue, vingt ans après sa fondation, la plus grosse usine des Etats sardes. Dans cet ancien lieu de recueillement se trouve aujourd'hui réunie, au milieu des arcades et des colonnes, toute la filière de l'indigo : filature de coton, ateliers de tissage, teinturerie, fabrique d'impression des étoffes, profitant tout à la fois de la force motrice des eaux du Thiou, de la houille du col de La Forclaz, du fer des Bauges, du charbon des hauteurs de Duingt. Au sommet de cette nouvelle église, Karl Blausein, représentant émérite de cette nouvelle aristocratie ayant remplacé l'ancienne – celle des notables acheteurs de biens nationaux ayant survécu aux compromissions exigées par le premier Empire –, attend son hôte. De là-haut, il surplombe son empire.

Plusieurs milliers d'ouvriers travaillent à sa gloire : bourreliers, charrons, cordiers, corroyeurs, forgerons, ferblantiers, maîtres de poste, maréchaux-ferrants, selliers, voituriers, cordonniers, couturières, galochers, lessiveuses, modistes, repasseuses, tailleurs, teinturiers, tisserands, couteliers, ébénistes, horlogers, meuniers, potiers, tonneliers… Le bourg résonne de tous ces bruits du travail des artisans : Annecy, comme l'Europe tout entière, entre dans l'ère industrielle. La neige s'est arrêtée. Une pluie glacée de fin d'après-midi cire les branches nues des arbres. Le vent a disparu. La ville, couchée dans la boue, a commencé à allumer tous ses feux. Elle sue de la fumée par tous ses murs, comme un cheval qui vient d'accomplir un effort qui le couvre de vapeurs de transpiration.

— Vous voilà enfin ! lance, théâtral, Karl Blausein, du haut du perron à double rampe.

8

Grand, gros, avec son rase-pet mastic et ses culottes de cheval, ses larges bottes de cuir sombre, sa tête en boule à peau violette, ses yeux en œuf et ses moustaches en croc, Blausein a quelque chose en lui de brutal. Haut, corpulent, il est aussi un profond connaisseur du cœur humain et un amateur d'âmes. Giobert, souriant, s'avance, et la poignée de main qu'il échange est franche sinon fraternelle. Les deux hommes se regardent longuement. Ils ne s'apprécient pas vraiment mais savent déjà qu'ils peuvent s'entendre.

L'ancien monastère, dont les portes sont grandes ouvertes aux agents secrets de tout poil, aux maîtres-faiseurs de grosses affaires, aux trafiquants concussionnaires inassouvis, aux banquiers, aux spéculateurs, a été embelli avec une prodigalité inouïe. Trente-deux colonnes d'ordre dorique, chacune d'un seul morceau, décorent le vestibule. Au rez-de-chaussée, un salon octogone, orné de grands tableaux peints par Giovanni Francisco Rigaut. Au milieu, un grand bassin de six mètres de diamètre avec un jet d'eau. Au premier étage, un grand salon à l'italienne mesurant une trentaine de mètres de long. L'architecture en est de grands pilastres ioniques.

Les deux hommes sont à peine arrivés au bout de la pièce qu'une fanfare de cors de chasse, remplaçant la traditionnelle clochette, prévient de se rendre à la salle à manger. Blausein n'est pas homme à perdre son temps. Dans une orangerie, pavée de larges dalles incrustées de mosaïques, est dressée la table, dont le milieu est un bassin de marbre rempli d'une eau limpide sur un lit de sable d'or, dans lequel se jouent des poissons de toutes couleurs. « Après le dîner, nous passerons dans une salle voisine pour le dessert », glisse Blausein à l'oreille de Giobert.

En hommes de leur temps, Blausein et Giobert savent qu'en cette deuxième partie du XIXe siècle c'est à table que les mariages se concluent, que les ambitions se déclarent, que les affaires se traitent, que les alliances se nouent. Du même coup, l'horizon de la gastronomie s'élargit : elle est un signe de prestige et d'excellence, elle revêt des allures de conquête, elle est instrument de puissance, gage de réussite et de bonheur. Là, parmi les riches tapisseries, les parquets vénitiens brillant comme des miroirs, les portes immaculées revernies, les doubles rideaux de dentelle et d'étoffe tombant en drapés jusqu'au sol, les grands tambours vitrés devant chaque fenêtre, chacun joue son rôle. Blausein présente son cuisinier natif de la vallée des Bauges, tandis que ses charpentiers viennent du Faucigny et son homme de confiance du Chablais. Alors qu'on en est à la seconde série de plats, après les potages, relevés et entrées, que les rôts et entremets viennent d'être apportés sur la table, et notamment une oie énorme, dorée, ruisselante de jus, les deux convives n'ont toujours pas quitté le terrain de la politique :

— Le but essentiel des accords de Plombières est tout de même d'affranchir l'Italie de la domination autrichienne, rappelle Blausein.

— Le prix à payer est un peu lourd, fait remarquer Giobert. Je ne suis pas sûr que le maintien de la souveraineté du pape dans la province de Rome soit une bonne idée ; quant à la réunion du duché de Savoie et du comté de Nice à la France, ce n'est ni plus ni moins qu'une forme de troc…

— Faisons confiance à Cavour, la collaboration avec le Sphinx des Tuileries ne doit pas être très commode…

— Tout ça ne me dit rien qui vaille. Hier, j'ai observé les soldats de la Brigade de Savoie qui traversaient la ville, drapeaux italiens et croix blanche en tête de cortège, précédés par la musique des pompiers jouant *La Marseillaise*, au milieu des cris d'adieu et de gloire à l'Italie… La guerre est à notre porte, et avec elle son cortège de morts et de douleurs !

— Vous êtes inquiet pour vos affaires ?

— Ne devrais-je pas l'être ? Une guerre n'apporte rien de bon, excepté aux femmes de soldats qui sont autorisées à vendre du vin « à porte-pot »…

— Vous croyez sincèrement ce que vous dites ?

— On va de nouveau lever un emprunt forcé et exalter les actions passées de la Brigade de Savoie pour flatter l'orgueil savoyard et enrôler plus facilement ses fils !

— Eh bien, nous voilà au cœur de notre problème, la guerre permet de faire d'excellentes affaires, lance Blausein, souriant, tout en suggérant de se rendre dans le petit salon pour y déguster le dessert et y prendre un verre de kirsch, selon les préceptes du bon docteur Véron.

Giobert ne peut s'empêcher de regarder cette pièce où s'entassent desserts et sucreries. Les murs sont tapissés de pampres verts et d'énormes grappes de raisin. A chacun des quatre coins se trouve un bassin de marbre en forme de coquille d'où jaillissent des fontaines de punch, d'orgeat et d'eau de fleurs d'oranger. Les fruits des deux hémisphères, les uns naturels, les autres en sucre, couvrent des plats de porcelaine ; les vins les plus rares, les liqueurs les plus fines colorent les cristaux ; enfin, la vaisselle d'or et d'argent complète l'appareil de quelque fiction orientale.

— Et si nous parlions de notre affaire, propose Blausein tandis qu'il va et vient dans la pièce, les mains derrière le dos.

— Oui, en effet, je suis ici pour cela, n'est-ce pas, répond Giobert, son verre de liqueur à la main.

— Je vous écoute, réplique Blausein qui, entre-temps, s'est assis.

Les coudes appuyés sur une petite table, un demi-cigare aux lèvres, il pousse des bouffées de fumée au visage d'un voisin de table imaginaire.

— Je souhaiterais, dit Giobert, me dessaisir d'une partie de mes usines et de mes fabriques. Amasser ne m'intéresse plus. Je préfère vendre des entreprises quand elles sont encore saines et rentables.

— Je vous comprends, acquiesce Blausein tout en plongeant sa large cuillère dans une coupe remplie d'une énorme île flottante.

— Puisqu'on continuera de se servir du pastel tant qu'on emploiera de l'indigo en teinture, ces deux branches d'industrie étant inséparables, un établissement d'indigoterie ne pourra, ni ne doit, exister sans un autre édifié à proximité et ayant pour but la fabrication du pastel...

— Ce que vous recherchez, c'est un associé qui continue de travailler en étroite relation avec vous.

— Exactement. Les différentes étapes de la fabrication de l'indigo demandent beaucoup de doigté et de rapidité d'exécution. Ma pâte d'indigo est une des plus fragiles, des plus subtiles, des plus renommées...

— Et des plus chères...

— Certes, reconnaît Giobert en croquant dans un petit four d'une finesse inouïe.

L'entretien qui semble devoir se dérouler dans l'atmosphère la plus cordiale qui soit change tout soudain lorsque Blausein, qui a fini son île flottante, repose bruyamment sa cuillère dans le bol, le corps secoué par un immense éclat de rire, et fiche ses yeux en œuf dans ceux de Giobert.

— Mon cher ami, j'ai ici une chemise qui recense l'état exact de vos manufactures, de vos fabriques, je ne dirai pas de votre « fortune » puisque ce n'est pas de cela dont nous parlons.

— Que voulez-vous dire ?

— Je veux dire que lorsque je parle argent avec quelqu'un, je préfère savoir où je mets mes bottes, lance Blausein en montrant les siennes.

— Et alors ?

— Vous êtes au bord de la faillite.

— Monsieur, je ne vous permets pas de discréditer mon travail...

— Je ne discrédite rien du tout. Je constate. Ces dernières années, vos plans d'isatis ont été attaqués par la rouille...

— Les pluies, les brouillards, les coups de soleil trop forts, les vents violents, autant d'éléments qui facilitent sa venue ; vous le savez bien.

— Je sais. Vous n'êtes pas responsable des variations de saison ni des vents trop violents, mais le fait est là. Une seconde maladie, la brusarola...

— Une trop forte chaleur, un défaut d'humidité...

— Je sais aussi que la pluie abondante qui est tombée vous a sauvé du désastre. Mais que, manque de chance, la chenille du papillon des choux s'est alors attaquée à vos champs d'isatis...

— Nous avons depuis planté des choux afin que les limaces abandonnent l'isatis pour leur nourriture habituelle...

— Certes. Je sais tout cela.

— Mon bleu est celui qui résiste le mieux aux effets du soleil, de l'eau, de la lumière. Celui qui autorise les jeux de nuances et de luminosité les plus riches qui soient !

— Voulez-vous examiner ceci, s'il vous plaît, dit alors Blausein en tendant à Giobert une feuille de papier sur laquelle est griffonné un dessin géométrique avec des flèches, figurant une sorte de parcours, de marche à suivre, d'itinéraire.

Giobert, sans rien laisser paraître de l'humiliation qui lui glace le sang, et alors qu'il se demande ce qu'il est venu faire ici, tourne et retourne le parchemin dans tous les sens, et finit par lancer :

— Je ne comprends rien.

— Evidemment, dit Blausein, sinon vous ne seriez pas ici, mon cher.

— Sans doute vaut-il mieux que je parte. Je pense que je me suis trompé. Nous n'avons rien à faire ensemble.

— Je ne crois pas. Voulez-vous m'écouter ? Et si je ne vous convaincs pas, alors vous pourrez partir, non sans avoir auparavant passé la nuit ici, je vous invite... car avec le jour qui tombe, la neige et la distance qui vous sépare de Rumilly...

Giobert acquiesce, reprend un verre de kirsch et, comme vaincu, écoute la démonstration de Blausein. Celle-ci est aussi limpide que brillante, irrécusable, en somme. La place de la teinture dans la chaîne de production des draps et les relations de dépendance qui lient les teinturiers aux marchands drapiers sont désormais si étroites que l'indigo doit être considéré, à l'égal de l'industrie textile, comme une des grandes industries du siècle, paradoxalement menacée par l'étranger. Des regroupements sont nécessaires qui rejettent au second plan toute idée d'art et de création. Il faut désormais fabriquer au plus bas prix et vendre au plus haut. Un exemple. Pourquoi payer cher des ouvriers qualifiés lorsqu'il suffit d'un maître d'œuvre pour faire travailler presque gratuitement des condamnés de droit commun comme ceux que Blausein utilise dans ses fabriques de tissus en laine, en coton, en lin, en chanvre et en bourre de soie ? Et pourquoi disperser les usines ? Pourquoi ne pas toutes les rassembler dans un grand complexe comme celui de ses usines de Cran où d'immenses chutes d'eau provenant du dégorgement du lac mettent en mouvement les innombrables roues d'établissements industriels ? La proposition de Blausein est simple. Il rachète tout, restructure l'ensemble, et laisse à Giobert le Château où il pourra continuer à loisir ses expériences de plus en plus intérieures, « métaphysiques, presque ». L'homme au rase-pet mastic et aux culottes de cheval termine sa démonstration par ces mots terribles : « Après tout, il n'y a pas que le bleu dans la vie, les premières peintures pariétales ne laissaient aucune place pour le bleu. Quant au néolithique, l'homme sédentaire a d'abord teint en rouge puis en jaune avant de teindre en bleu... »

— Si je comprends bien, vous n'achetez pas un savoir-faire mais des bâtiments, une main-d'œuvre, des coques vides et des bras...

— Pas du tout. Il y a évidemment une manière – la plus estimée, la plus recherchée en teinture – de faire de l'indigo, mais dont le prix est le plus élevé dans le commerce. A tel endroit, le raffinage dure quatre mois. A tel autre, on réduit l'indigo en poudre, on le casse en morceaux avec des maillets. Ailleurs, on en fait une pâte qu'on arrose à différentes reprises. En Allemagne, on le verse dans le commerce après la première fermentation. En Italie, on le commercialise en coques. En France, on entasse les feuilles les unes sur les autres et on les laisse fermenter quelques jours.

— Tant de variations dans la préparation du produit se répercute inévitablement sur le prix...

— Je ne vous le fais pas dire. A Turin, l'indigo est à 22 francs la livre ; à Amsterdam : 30 francs ; à Munich : 31 francs. Quant au vôtre, il atteint...

— 45 francs...

— Soit le double de l'indigo piémontais !

— Vous n'allez pas remplacer l'indigo par le pastel, tout de même ! Vous savez comme moi que quatre livres de bel indigo de Guatimalo rendent autant qu'une balle de pastel albigeois ; et cinq livres, autant qu'une balle de Lauraguais. Le prix que le pastel conserve dans le commerce est constamment en rapport avec celui de l'indigo.

— Je sais. Outre tous les défauts qu'on reconnaît au pastel et son insuffisance dans la teinture des soies, on doit rappeler que l'extraction de l'indigo est plus expéditive et plus économique que la préparation du pastel. Ainsi, point de doute que l'extraction de l'indigo ne soit à préférer.

— Alors ?

— Alors, je dis simplement qu'il faut que votre indigo passe à 15 francs la livre !

— Le tiers de mon prix actuel !

— C'est à prendre ou à laisser. De plus, si nous travaillons ensemble vous devrez vous rendre régulièrement à Turin. J'y ai des intérêts, des indigoteries et des contacts avec des marchands venant d'Inde et d'Afrique. Vous seul êtes capable de négocier avec tout ce monde fou de bleu. Depuis le percement du tunnel du Mont-Cenis et le raccordement des réseaux ferrés français et italien, Turin n'est plus qu'à quelques heures…

En négociateur habile, Blausein a attendu la fin de sa démonstration avant de lâcher dans la conversation cet ultime argument. Le dernier souvenir que Giobert a de la capitale du Piémont remonte à son adolescence où, assis dans une calèche, son valet de chambre à cheval en courrier, il revient du théâtre de Carignan où l'on a donné *Il Mercato di Marmontile*, un étrange opéra-bouffe duquel émergent tout particulièrement les voix de femmes et les *contralti*. L'idée de revoir la terre de ses ancêtres vaut tous les marchés du monde, toutes les ventes, toutes les compromissions.

— Commençons par l'indigoterie de Montmélian, lance Giobert.

— Que voulez-vous dire ? demande Blausein en tortillant ses moustaches en croc, certain que la proie est déjà prise au piège.

— Je vous vends Montmélian. Une sorte de premier accord, un essai... Quant à Turin, nous verrons bien...

— Concernant ce dernier point, il me semble que c'est tout vu ! rétorque Blausein, suffisant.

Giobert ne répond pas. Non par provocation, mais parce que sa gorge est nouée à l'idée de devoir se séparer de ce qu'il a mis une vie à bâtir. La perspective du voyage à Turin le trouble. Il ne peut ouvrir la bouche. Blausein reprend la main, comme on le dit lors de certaines parties de cartes, même si le jeu qui est en train de se nouer maintenant est des plus graves :

— Très bien. Rendez-vous donc demain, ici même, après une nuit réparatrice. Nous irons, si vous le voulez bien, ensemble, en dog-cart, visiter votre indigoterie de Montmélian.

La chambre à coucher dans laquelle Giobert est invité à dormir se trouve entre deux salles dont les portes et les cloisons sont de glace sans tain. Du lit, placé dans une alcôve, il devine le lac et le mont Veyrier, par la large croisée qui donne sur une terrasse qu'il suppose l'été ornée de fleurs. Dans le cabinet de toilette attenant, une baignoire d'énorme dimension a été creusée dans un bloc de granit gris et noir des Vosges. Au fond, une cheminée monumentale en granit vert…

Seul dans cette grande chambre, Giobert ne parvient pas à trouver le sommeil et fait un cauchemar étrange. Le voici de nouveau face à la grosse oie du dîner, si dorée, énorme, ruisselante de jus. Cette fois, c'est lui qui doit la découper. Le couteau de cuisine en main, avec une raideur toute militaire, il incline la tête et fixe l'oie dans le plat en vermeil. Lentement, méthodiquement, il découpe l'animal, enfonce le couteau dans la carcasse et en distribue des morceaux à une tablée de convives dont le moins qu'on puisse dire est qu'ils ont un fameux coup de fourchette. Tous membres de la confédération des drapiers, tassés sur leurs coudes, mangeant sans parler, qui de gros morceaux de blanc, des lambeaux de carcasse, qui le cou, le croupion, les ailes, les cuisses, certains arrachant même la viande avec leurs dents, d'autres arborant au bout de leur fourchette un morceau de foie tel un trophée. Tandis qu'il découpe la viande, Giobert a une pensée qui le trouble et lui donne la nausée : il songe au ventre blanc d'une grosse femme appétissante, ronde, enceinte, et il se dit alors que là-dedans aussi, dans toute cette chair blanche, le couteau devrait pouvoir s'enfoncer avec volupté. Et tandis que la tablée pousse un rire d'aise et d'approbation, il ne peut détacher ses yeux de ce ventre blanc et de ce couteau qui s'y enfonce avec volupté.

9

Giobert ne sait pas exactement à quel moment il a perdu Blausein qui avait finalement choisi d'aller à Montmélian à cheval plutôt que d'utiliser le dog-cart qui donnait malgré tout une impression de fragilité insupportable. Il pense que c'est après Chambéry qu'il a dû perdre la trace de son compagnon de voyage. Jusque-là, bien que tout soit couvert, que tout soit effacé, qu'il n'y ait plus de monde, plus de bruits, plus rien, il a pu suivre la croupe noir du cheval de Blausein. Mais maintenant, ça fait bien deux bonnes heures qu'il galope en pleine neige ; dans ces espaces illimités où s'enfonce et s'évanouit la pensée de l'homme. Tout est blanc. Il n'y a plus ni terre ni ciel, ni village ni montagne ; il n'y a plus qu'un cheval fourbu, couvert d'écume, sanglant de coups, et un homme qui le chevauche, perdu parmi cette épaisse poussière glacée d'un monde qui a éclaté. Le cheval et l'homme ne font plus qu'un, un seul être perdu attendant un signe qui va lui permettre de retrouver sa route. Le miracle survient. Enfin. L'homme et le cheval doivent se dire, chacun dans leur langage, que ce qui est en train de survenir est le miracle qu'ils espéraient : un bruit d'eau, ruisseau ou rivière, une eau qui se fraye un passage au milieu de la glace et de la neige. Au bout d'une piste qui mène en pleine forêt, un pont de bois enjambe un fleuve, large : l'Isère. Au lieu de continuer droit devant lui sur le chemin des Murs, Giobert a dû passer le fleuve sans s'en apercevoir et s'est retrouvé à la maison forte de Pérouse. Voilà, maintenant il sait, et fait passer son savoir au cheval qui lui aussi semble se détendre, oubliant ses blessures, sa fatigue, le froid. L'homme et le cheval font demi-tour, passent le pont sur l'Isère et se dirigent vers l'ancienne chartreuse transformée en indigoterie.

Giobert met pied à terre, pour ménager le cheval. Il sait qu'il n'est plus très loin de l'endroit qu'il cherche. Malgré la neige qui tombe en bourrasques assez raides, il avance, lentement. Par moments, il contient son cheval à pleins bras. Mais il avance. A gauche l'église, à droite la rue qui monte à l'indigoterie, un hangar, une grange... Soudain, il voit sur la neige du sang en gouttes, très frais, de belles traces de sang vermillon sur la neige vierge. Comme des fleurs. Comme un dessin tout en zigzag, en serpentines, en courbes, en arcs de cercle, et au bout de ce jeu de piste rouge un haillon accroché à un buisson. Giobert se penche pour le ramasser : c'est une écharpe à longs pans, elle aussi tachée d'étoiles rouges. Giobert ne peut s'empêcher de songer à la jeune femme qui l'a perdue. Cette écharpe à longs pans, appelée ici un « fian », lie traditionnellement la fiancée à son futur époux, avec la même force que l'anneau bénit par le prêtre. La perdre en chemin est gage de mauvais présage. Giobert la glisse dans la poche de son manteau et remonte à cheval. Il est à moins d'un quart de lieue de la chartreuse qu'il voit enfin apparaître au terme de la petite montée toute blanche. La neige qui redouble d'intensité pourtant ne l'aveugle plus, comme elle ne freine plus le pas régulier du cheval. L'indigoterie est à quelques centaines de mètres après le terre-plein. Giobert reconnaît cet air suffocant, cette puanteur, cette crasse palpable, nécessaires à l'extraction des secrets de l'indigo.

A peine a-t-il franchi le seuil de la chartreuse qu'il est pris à la gorge par cette odeur infernale, et par l'activité inhabituelle qui y règne. Partout, des cellules au cloître, des galeries aux tours, des ouvriers et des artisans s'activent, et c'est à peine si on s'aperçoit de sa présence. Par-delà les anciennes écuries énormes, voûtées, qui se touchent toutes, s'arc-boutent les unes contre les autres, par-delà la forêt de piliers et de murs maîtres, les clefs qui s'enchevêtrent de voûte à voûte, court une rumeur brûlante, stagne un encens épais, circule un entremêlement souterrain de bruits. Un événement a eu lieu qui a bouleversé l'ordonnancement de l'usine.

— C'est horrible, maître, c'est affreux, grogne un ouvrier en train de déplacer un baquet rempli de feuilles pressées les unes contre les autres.

— Il fallait qu'on ait ça chez nous, lance un autre, appliqué à ranger les linges utilisés dans le lessivage des fours.

— C'est le diable, mon Dieu, le diable est parmi nous, pleure un groupe de jeunes hommes occupés à orienter le tuyau de cuivre qui permet à l'eau bouillante des chaudières de s'écouler dans les réservoirs.

— Mais enfin, que se passe-t-il ? finit par demander Giobert au milieu du brouhaha et des fumées des fours qui ont envahi une partie de l'aile droite du bâtiment.

— Dans la salle des cuves, maître, dit un ouvrier puissant, massif, un de ceux habitués à creuser des étangs, à abattre des sapins, à faire retentir l'enclume du bruit des marteaux. Ça s'est passé dans la salle des cuves.

Giobert s'engage dans l'entremêlement de bidons, de bat-flanc, de bêlements, de fers, de fourches, de seaux d'eau, de suintement, d'auges, car l'industrie ici est comme une étable, l'odeur des machineries ressemble à l'odeur des bêtes. Parmi les appareils, les vaisseaux, les ustensiles, les instruments divers dont se sert l'indigotier, les cuves jouent un rôle prépondérant. Il en faut plusieurs bataillons pour chauffer l'eau bouillante nécessaire à la précipitation successive de l'indigo. Dans la chaleur, les vapeurs d'eau, les hommes et les ustensiles ne font plus qu'un, la moindre négligence dans l'ouverture ou la fermeture des robinets du fond de cuve détériore la qualité de l'indigo et peut entraîner de graves brûlures chez le malheureux qui commet une erreur de manipulation. La salle des cuves se trouve au bout d'un long couloir, là où jadis les frères lais, dans leur habit blanc liséré de noir, faisaient une fois par semaine leur promenade en commun.

Cet ancien lieu de calme et de méditation est à présent secoué par les vibrations de l'enfer, la transformation d'une boue nauséabonde en or bleu. Une armée de cuves est là, prête à livrer bataille, en rangs serrés. D'abord les cuves nécessaires à l'infusion des feuilles, puis celles qui permettent de recevoir la liqueur indigofère, celles où la terre attachée aux feuilles va se déposer et ainsi se séparer de l'indigo, enfin les quatrièmes et dernières, celles dans lesquelles on battra l'extrait, et où se formera la précipitation de l'indigo. Et partout : des trempoirs, des reposoirs, des battoirs, des cuves d'économie, des cuves de lavage, des cuves de fermentation. Giobert a un secret. Certains prétendent que le bois utilisé pour la construction de la cuve doit être en chêne ou en noyer, d'autres recommandent les bois blancs tels le peuplier ou le saule. Giobert l'affirme : tous ces bois absorbent par trop l'indigo, la liqueur les pénètre, et si on les laisse en repos, les cuves se couvrent de moisissures ; quant à l'utilisation des bois forts, il faut les doubler intérieurement de cuivre, ce qui revient très cher. Giobert, lui, enduit ses cuves de bois résineux – mélèze et parfois acacia – d'une peinture au lait, composée de la partie caséeuse du lait, broyée, réduite en bouillie avec de l'eau, de la chaux, de la céruse et de l'huile de lin. De novembre à mai, les cuves ne sont pas employées. Il est nécessaire de les retirer dans un lieu frais, où elles sont ainsi conservées, couvertes et à l'abri des vents. Dans ce dortoir des cuves, comme l'appellent les ouvriers, le bois se repose, se prépare à la transformation de l'or bleu. Le lieu est ouvert, une vaste salle qui accueille parfois les cuves à restaurer, celles où l'eau a trop séjourné sur les feuilles, celles qu'on perce de robinets par où s'écoule un jus fermenté utilisé parfois dans certains bleus. C'est l'un des ouvriers chargés de la surveillance de ces cuves qui a donné l'alerte. On avait pensé que les robinets étaient bouchés parce que des feuilles avaient réussi à s'introduire dans le conduit de cuivre. En réalité, c'est le corps d'une femme qui obstruait l'écoulement de la liqueur indigofère.

Blausein est là, dans sa position favorite, les mains derrière le dos, au milieu d'un groupe d'ouvriers qu'il délaisse, pour se diriger vers Giobert, dès qu'il l'aperçoit :

— Vous vous êtes perdu ?

— J'ai dépassé l'Isère…

— J'ai entendu le galop de votre cheval qui me suivait jusqu'aux bois du Fournet, puis après plus rien. J'ai cru que vous ne viendriez plus.

— Que se passe-t-il ?

— Voyez vous-même.

Blausein emprunte une des deux échelles qui permettent de monter sur les bords de la cuve, bat le briquet et allume un petit bout de bougie pour passer l'inspection à l'intérieur. Giobert, qui est sur l'autre échelle, a du mal à regarder sans hurler le spectacle qu'il a sous les yeux : Joséphine, en robe de mariée blanche, sur la poitrine la chaîne en or terminée en croix et passée par un coulant en forme de cœur, sur la tête un bonnet ceint d'une couronne de fleurs, est là, avachie, jambes et bras repliés, telle une affreuse poupée désarticulée. L'impudeur de la scène est noyée par l'horreur qu'elle dégage. Ainsi, le plus insoutenable ne vient pas tant de cette femme à moitié dévêtue, enfoncée comme à force dans la cuve, mais de son ventre ouvert duquel jaillit une bouillie infecte. Blausein, devançant la question que va lui poser Giobert, lui dit, tout en se tenant au rebord de la cuve :

— Le meurtrier lui a fendu le ventre en deux et en a extirpé le bébé qu'elle portait.

— Pourquoi ici ? Pourquoi dans une cuve ? Il a fallu la hisser jusque-là...

— C'est bien la question, lance une voix dans le dos de Giobert qui la reconnaît immédiatement.

— Chevalier Rouge ?

— Je fais mon métier. Ça t'étonne ?

— Non, ça ne m'étonne pas, répond Giobert tout en descendant de la cuve.

— La famille et une partie de la noce sont ici, sous bonne garde. Personne ne s'était inquiété de sa disparition. On pensait qu'elle voulait sacrifier au rituel du rapt. Les jeunes gens du village de Joséphine l'ont aidée à faire semblant de se sauver pendant que le mari et ses garçons d'honneur luttaient contre eux et faisaient mine de rattraper la fugitive.

— Et ils ne l'ont pas rattrapée ? interroge Blausein.

— Non, ils ne l'ont pas rattrapée. Elle a couru jusqu'à un hangar, tout près de l'église, là où la rue monte jusqu'ici, a tourné l'angle du mur près de la grange, et puis plus rien. La neige a continué de tomber. Quand ils ont commencé de s'inquiéter, il était trop tard. On a retrouvé quelques traces, mais pas grand-chose...

— Des traces ? demande Giobert.

— Un homme à cheval, sans doute, mais personne n'a rien vu, rien entendu, et la neige a pratiquement tout recouvert...

Pendant que le policier parle, Giobert plonge sa main gauche dans la poche de son manteau et touche l'écharpe de mariée qu'il a trouvée dans la neige. Sans trop savoir pourquoi, alors qu'il s'apprête à la donner à Chevalier Rouge, il se ravise, la laisse au fond de sa poche, ainsi que sa main pour empêcher que l'écharpe ne jaillisse de son écrin. Quand il relève la tête, comme sortant de sa méditation, il voit les yeux de Chevalier Rouge posés sur lui.

— Après celui de Petit-Cœur, c'est le deuxième meurtre en trois semaines, dit le policier.

— Elle m'avait dit qu'elle ne se sentait plus laide depuis qu'un homme l'aimait, répond Giobert.

— Je pensais qu'il n'y avait que la justice chinoise et la justice ecclésiastique pour inventer des supplices aussi horribles, mais là ça dépasse tout, dit Blausein.

— Mais pourquoi ? Pourquoi ? répète Giobert, atterré, quel boyaudier fou a pu commettre une telle infamie !

— Je me demande s'il y a un lien entre les deux meurtres ? s'interroge Chevalier Rouge à haute voix.

— Que comptes-tu faire ? dit Giobert.

— Je ne sais pas. Pour être franc, je ne sais pas. Je n'ai aucune piste, aucun indice. Elle ne porte plus son écharpe de mariée… Le meurtrier l'a peut-être emportée… Mais avant qu'on ne la retrouve…

Giobert sent sa main se crisper sur le morceau de tissu qui est dans sa poche. Sur le point de défaillir, il trouve la force d'ajouter :

— Je voudrais bien que Dieu m'explique pourquoi il laisse naître des êtres humains dont la destinée est de mourir si jeune !

Plus pragmatique, Chevalier Rouge fait part de ses craintes :

— Il va falloir jouer serré. Le tueur est une vraie bête sauvage.

— Il faut être un drôle de lascar pour supplicier ainsi l'humanité…

— Sans doute… Bon, je vais faire enlever le corps et retourner voir les participants à la noce. Messieurs, au revoir, ajoute Chevalier Rouge en sortant de la salle des cuviers.

Alors qu'ils marchent tous les deux le long de la galerie menant à la cour centrale de la chartreuse, Giobert ne sait comment exprimer ses regrets face à un Blausein qui affecte un curieux détachement, comme si cet événement odieux ne le concernait qu'à peine. D'ailleurs, il ne tarde pas à mettre immédiatement l'indigotier à l'aise :

— J'espère que cette comédie macabre ne change rien à nos projets…

— De quels projets voulez-vous parler ?

— Enfin, mon ami, de nos projets immobiliers.

— Nos projets immobiliers?

— Vous ne voulez plus vendre ?

— Vendre ? répond Giobert, très affecté par ce qu'il a vu dans la cuve, mais qui finit par se reprendre : non, non, ça ne change rien, vous pouvez acheter mon indigoterie, je suis toujours vendeur, à moins que ce meurtre ne refroidisse votre élan.

— N'ayez crainte, Giobert, j'en ai vu d'autres, vous savez. Ce n'est pas un peu de sang qui va me faire vaciller.

— Je vais donc faire préparer les papiers nécessaires. Dans moins d'un mois vous serez propriétaire de l'indigoterie, lâche Giobert, un goût de vomi dans la bouche, venant sans doute de cette crapulerie qu'il sent chez Blausein.

Comment peut-on être aussi cynique ? pense-t-il. S'il en avait la force, il rattraperait Blausein pour lui dire que tout est fini, qu'il remet la tractation à une date ultérieure, que tout compte fait, il ne vend plus l'indigoterie de Montmélian ! Mais il ne dit rien et dégage lentement la main gauche de sa poche.

— Dans moins d'un mois, mes ouvriers viendront chercher l'indigo que vous m'aurez vendu, pérore Blausein qui s'apprête à enfourcher son cheval et à repartir vers Annecy. Nous voilà associés, cher ami. Vous pouvez, d'ores et déjà, préparer votre voyage à Turin.

De retour chez lui, Giobert, commence par jeter dans la cheminée de bonnes bûches de chêne qui dégagent une odeur forte, presque rassurante. Dehors, le vent souffle dans les peupliers. De la fenêtre, il aperçoit une masse noire, celle des collines et des chemins qu'il vient de traverser. Il fait presque nuit. Une odeur de fanes brûlées, de genêts morts jetés au feu, dans une ferme voisine, vient jusqu'à lui, et le bruit étouffé d'une charrette qui doit rouler sur le chemin longeant le Chéran. Plié dans son grand manteau, encore tout extasié, Giobert regarde cette fin d'après-midi sanglante et cet hiver couleur de ténèbres qui est en train de disparaître. C'est étrange de se dire que dans quelques semaines le printemps haussera les bras, encore tout dégoulinants de glace, et commencera de danser dans le saule du ruisseau, de caresser la marée immobile des terres hautes, de faire frissonner la patrie du vent sur les pics alentour. Debout près de la fenêtre, Giobert repense à Blausein, gros dindon se rengorgeant dans son jabot de dindon, à qui il vient de vendre un morceau de son âme : son indigoterie de Montmélian. Tout en prenant dans sa main un flacon de kummel qu'il verse lentement dans un haut verre à pied, il ne peut effacer de sa vue l'image atroce de Joséphine Bocquet, tripaille à l'air comme un cochon prêt à être salé.

Ce n'est pas ce soir qu'il va reprendre la rédaction de son *Traité de l'indigo*, là où il rassemble toutes ses connaissances, tout son art, ses formules secrètes mêlant potasse, soude et chaux, ses combinaisons particulières, ses pactes avec les forces occultes. Ce n'est pas ce soir qu'il va pouvoir travailler à l'élaboration du « Bleu de Ciel » exigé par un maître capable de donner à n'importe quel tissu bourgeois à double épaisseur la couleur du nuage, celle de l'aile de l'ange, du grognement du lion et jusqu'à celle de l'impudeur. Depuis cette après-midi, sa vie a basculé dans une dimension qu'il ne connaît pas, un peu comme cet homme incrédule qui finit par admettre que désormais, grâce au développement du train, on peut se rendre d'Annecy à Paris en moins de trente heures. C'est le sang de Joséphine. C'est le sang de son ventre. Il savait depuis longtemps que chaque arbre pouvait être le centre du monde si on décidait de le regarder assez longuement pour oublier la vie tout autour. Il sait depuis aujourd'hui que ce ventre sanglant sera désormais le centre de son monde parce qu'il ne peut pas ne pas le regarder longuement en oubliant de fait la vie tout autour. Décidément, chaque journée est bien le commencement de la vie. Ce sang, mêlé au bleu qui est sa vie, lui souffle une certitude : Newton a tort, on ne peut exclure l'être humain des questions relatives à la couleur, oui, il faut réintroduire l'être humain dans les problèmes de la couleur et oser affirmer qu'une couleur que personne ne regarde est une couleur qui n'existe pas !

Et si tout cela n'était qu'un rêve ? Pour en avoir la certitude, il extrait d'un des tiroirs du petit secrétaire le grain noir de curare dont il dépose un minuscule fragment dans la cage du canari censé le protéger du mauvais œil. L'oiseau picote délicatement son doigt, sautille de-ci, de-là, baisse son bec, relève son cou. Serrant ses mains glacées l'une contre l'autre, se servant un autre verre de kummel, Giobert commence à douter de la réalité de ce qu'il est en train de vivre. Le curare est réel. L'oiseau est réel. Or, l'oiseau, bien qu'ayant absorbé la juste quantité de curare, est toujours vivant : ce qui tendrait à prouver l'irréalité de ce que l'indigotier est en train de vivre. Un oiseau qui se nourrit de curare ne peut que mourir dans l'instant…

Mais soudain, le canari ne sautille plus. Perché sur un barreau, il tourne sa petite tête d'un côté et de l'autre. Comme frappé de stupeur, il étire une patte, fouille du bec les plumes de son cou, enfouit la tête sous son aile. « Mourir de cette manière, c'est presque un endormissement », pense Giobert alors qu'il observe l'oiseau qui vient de glisser de son barreau et tombe au fond de la cage, raide mort.

Se souvenant des mots de la jeune femme au manteau écarlate affirmant que la venue de la réalité confère à l'oiseau une cape d'invisibilité, Giobert en conclut qu'il est entré dans une ère d'inversion des valeurs, une ère d'irréalité. Mais soudain, tandis qu'il regarde une nouvelle fois la cage de l'oiseau, force lui est de constater que celle-ci est vide : il ne voit plus le petit volatile bleu. Donc, l'histoire de cette journée est bien réelle, comme est réelle l'écharpe de mariée ensanglantée que Giobert prend dans sa poche et enfouit dans le tiroir du secrétaire, à côté du pentacle, de l'opium et de la graine de curare ; comme est réel le carnage de la mort de Joséphine et de ses vêtements ensanglantés où pendouillaient des lambeaux de chair. A l'image des Hurons dont parle Joseph de Maistre et qui se couvrent de tatouages redoutables dès lors qu'ils partent en guerre, Giobert doit lui aussi se tatouer le cœur et l'esprit pour mener à bien les guerres qui sont les siennes. Pour le visage, c'est déjà fait : bien que lui donnant des devoirs, sa couleur bleue le protège. Pour le reste, la bataille qui s'engage peut lui faire perdre définitivement pied.

Au moment de refermer le tiroir, il examine une nouvelle fois l'écharpe et se demande qui a bien pu perdre cette parure dans ce coin perdu du monde. Il en est certain, lorsqu'il l'a trouvée, à peine givrée, elle n'était là que depuis quelques heures. Et si elle n'appartenait pas à Joséphine ? Tout juste pour se faire une opinion, il porte l'écharpe à son visage et la renifle. Il reste un peu d'un étrange parfum, un mélange de sueur acide et d'eau de rose, le même que celui qu'il a respiré lorsqu'il avait quitté Joséphine sur le pas de la porte du Café des Alpes.

Après avoir remis l'écharpe dans le tiroir, il glisse sa main dans celui où sont rangés les pentacles. Ses doigts, c'est une certitude, en touchent deux à travers le tissu du mouchoir ! Un instant, il entend un vacarme assourdissant, comme une voix qui chante. Une lumière aveuglante traverse la pièce, puis disparaît, et de nouveau les ténèbres autour de lui retombent. Comme dans un rêve, il *voit* des objets perdus, oubliés depuis longtemps, mais aussi des émotions, des sensations, des étreintes, une odeur particulière, un parfum, et surtout toujours le même mélange de sueur acide et d'eau de rose. Puis il ne voit plus rien du tout. Plus rien. Effrayé, il court vers la fenêtre, l'ouvre, regarde dehors, et reste là quelques secondes. Le vent s'engouffre dans les rideaux. Il entend frissonner le feuillage des marronniers. Des papiers, sur le bureau, s'envolent, et une feuille qui s'est égarée dans la pièce glisse sans bruit sur le sol. « Que savons-nous au juste les uns des autres ? » se demande-t-il, les yeux perdus dans le noir à la recherche d'une certitude.

10

Giobert ne sait pas pourquoi il décide de tremper l'écharpe dans le matras, là où la distillation de l'indigo accomplit son ultime étape. Bien qu'il ait versé dans la même cornue des grains d'acide sulfurique concentré et plusieurs gouttes d'huile de vitriol parfaitement blanc, il constate que la solution d'indigo n'a toujours pas atteint la qualité « Bleu de Ciel » exigée par le Cavalier Bleu. Pourtant, il a respecté toutes les étapes lui permettant d'obtenir la matière colorante adéquate. Il a bien posé le matras sur de la cendre chaude à température de soixante degrés du thermomètre de Réaumur, a délayé l'indigo avec cent parties d'eau, enfin, a mis de côté la solution filtrée qu'il a lavée avec une mesure égale d'eau de source. Mais rien n'y fait, la couleur fournie reste terne, tire sur le vert, s'altère davantage à chaque lavage, et cela même après qu'il a décidé de répartir la solution en deux parts égales, en délayant chacune à grande eau jusqu'à produire une nuance de « Bleu de Ciel » proche de celle exigée.

Non, il ne sait pas pourquoi il accomplit ce geste étrange. Il s'est senti comme forcé, comme si une voix intérieure avait exigé qu'il introduise l'écharpe dans le col du matras. Et si les grandes décisions ne se prenaient pas mais se formaient d'elles-mêmes ? Contrairement aux teinturiers, Giobert pense que l'action de colorer de l'eau et de colorer des étoffes est la même : pour lui, un bain de teinture bien chargé donne des nuances plus fortes que n'en donne un plus faible. Ce morceau d'étoffe, il sent qu'il doit le prendre. Ce morceau qui sent la mort et le sang. Quand Giobert recueille la liqueur qui coule du matras, il constate, heureux mais effrayé, qu'elle est d'un « Bleu de Ciel » comme il n'en a encore jamais vu, et que ce bleu il l'a obtenu grâce à l'esprit de la morte, à sa frayeur, à ses cris étouffés encore emprisonnés dans l'écharpe.

Il faut reconnaître que le temps, ces derniers mois, a passé très vite, et que, faute de trouver une solution qui le satisfasse, Giobert a choisi de recourir à cet acte qui relève de la sorcellerie. Pouvait-il vraiment faire autrement ? Le printemps est déjà là et avec lui la date fatidique du concours. Les taillis sont peuplés de muguets, les bruyères lancent leurs clochettes aux pieds des bouleaux, les sources filtrent au cœur des hêtraies et des futaies de châtaigniers. Avec le printemps donc, le concours est là. Dans quelques heures, Giobert devra répondre aux exigences du Cavalier Bleu. Il a un rang à tenir, une place à conserver. Giobert est *le* maître d'un certain bleu. Le bleu qui figure sur les plumes du dos, le dessous du corps, les ailes, la longue queue à pointe aiguë d'un certain oiseau congolais. Le bleu dont s'enduisaient le corps certains guerriers de la Grande-Bretagne latine afin de se rendre plus effrayants dans les batailles. Le bleu dont se barbouillent les femmes et les jeunes filles éthiopiennes entièrement nues avant de participer à leurs cérémonies religieuses. Ce bleu dont certaines lois et édits sont allés jusqu'à interdire l'emploi, sous peine de mort, et que d'aucuns ont surnommé la « teinture du diable ».

Ce matin, Giobert est sorti très tôt de Rumilly L'aube était comme une goutte d'eau Il entendait toutes les fontaines. Et quand la première flèche du soleil a frappé le plateau qui annonçait le massif des Bauges, il a su que, durant le trajet qui le conduirait jusqu'à Aiguebelle, ses yeux refléteraient le soleil comme des morceaux de verre. Il a parcouru les larges vallées, les prairies de fauche, les forêts, les alpages, traversé les hameaux, coudoyé les fonderies, les forges, les clouteries ; son cheval a écrasé l'iris de Perier, le chardon bleu, le sabot-de-Vénus, la gentiane pneumonanthe. Arrivé enfin à Aiguebelle, par la porte du Sud, il a longé la rue de l'hôpital, l'église, les grilles de l'atelier monétaire, puis est arrivé au pied de l'hôtel de ville, là où doit avoir lieu le concours.

Alignés derrière leur longue table recouverte d'une nappe blanche, les juges attendent les candidats. Un fume, deux boivent des cafés couleur d'ébène, un dernier semble se rincer les dents avec du porto, tous parlent à voix basse. Ils sont quatre. Maître Jean Girod, morose, sans-gêne, égoïste, qui boude le genre humain, et surtout l'ordre de Malte dont il fut chevalier profès. Maître Léonce Maistre, marchand de biens de son état, mécontent, avide, toujours prêt à se créer des complices parmi les paysans et les ouvriers, et en même temps fort enclin à parer sa roture de titres et de particules.

Anthelme Mourin, docteur en droit, franc-maçon et propagandiste pour le rattachement de la Savoie à la France. Alexandre Périer, notaire enrichi dans toutes sortes de transactions : achat et vente de terres, contrats de remplacement au service militaire, mise à l'hiverne de vaches, emprunt d'argent. Les apparences sont trompeuses : ils sont tous très gras, très gros mangeurs de viandes rouges, mais tous très fins connaisseurs de l'indigo. Dans la salle, un large public de drapiers, de teinturiers, de vendeurs, de marchands, et au milieu d'eux : Chevalier Rouge, Chevalier Noir, Chevalier Vert, Chevalier Blanc, et même Sang-Dragon, venus voir leur héros triompher ou mordre la poussière. La victoire de Giobert sera la leur, et ils assumeront son échec, car tous appartiennent à la chaîne du bleu. Dans un coin, un peu à l'écart : Blausein.

Chaque participant a apporté son échantillon et vante les mérites de son indigo. Chaque concurrent fait le paon, tente de démontrer que, au même titre que le tanneur connaît le cuir et le savonnier le savon, l'indigotier connaît lui l'indigo. Chacun a sa botte secrète, son arme absolue, à commencer par le lieu de provenance de son indigo. L'un évoque le *poligonum* qu'il fait venir de Chine, l'autre le *nerium* que des missionnaires lui ont rapporté d'Afrique, sans parler du *nerium tinctorium* en provenance directe du britannique Hindoustan. « L'éloignement n'est pas un gage de qualité », se contente de faire remarquer Anthelme Mourin tout en repoussant ses cheveux en arrière avec sa main ouverte. Bien évidemment, on se tait sur ses véritables secrets de fabrication. Personne ne dit rien des substances qu'on s'est avisé de mêler à l'indigo : charbon, terre, amidon, oxydes métalliques. On lâche des confidences qui n'en sont pas :

— Je fais l'indigo par fermentation à froid, comme en Amérique.

— Je fais l'indigo par décoction, comme à Java.

— Je préfère recourir à l'infusion, comme la pratique le docteur Roxburg dans presque tous les établissements anglais des Indes.

On ne s'accorde que sur une seule chose, c'est le précipitant : partout il est constitué d'un mélange d'eau de chaux ou d'un mélange d'eau de chaux et de dissolution de potasse. Tous ces aveux sont de la poudre aux yeux. Les juges, derrière leur table, ont des conversations en apparence d'ordre technique, observant à la lumière des échantillons de couleur qu'ils ont sous les yeux et constatant que le précipitant diffère immensément dans ses effets suivant la nature de la plante qui fournit l'indigo, la température à laquelle on l'applique, la consistance de la liqueur à laquelle on le mêle. Très attentifs à la fraude toujours possible, ils jugent de la qualité des indigos d'après leur apparence extérieure – pesanteur, cuivrage, intensité de leur couleur, cohésion de leurs molécules, manière dont ils s'empâtent et se lient avec l'eau – tout en sachant que ces indications peuvent toutes prêter à confusion : ainsi, par exemple, la pesanteur ne donne guère d'indication fiable tant que l'indigo n'est pas mêlé à des substances dont la pesanteur spécifique est considérablement plus forte que la sienne. Chacun cite ses sources, ses centres d'expertise, ménage des sorties possibles :

— On ne contredira pas l'essai de monsieur Oscar Pugh, de Rouen, publié par ordre du gouvernement !

— Je suis un élève du Doctor Justi, le fameux chimiste de Berne.

— Et moi d'Astruc !

— Et moi de Maître Girard ! Je ne quitte jamais son *Folium Tinctorium* !

— Et moi de Hellot, qui a eu la bonne idée d'obliger les colons d'Amérique à préparer l'anil de la manière dont on prépare le pastel en Languedoc !

— Je tiens de Borth en personne, conseiller des mines de l'Electeur de Saxe, ma formule de dissolution.

— Et moi, de monsieur Kulenkamp de Brême !

— Et moi d'Eddel Schreber. Son *De indo germanico ex glasto* est ma Bible !

La salle du concours grouille de noms, de bruits, de références, d'anathèmes. Une truie y perdrait ses cochons. Un observateur venu d'une autre planète en conclurait que les Terriens pratiquent une langue étrange : « Procédé par fermentation de Morrina... Procédé de Dambournay... Recherches de Planer, de Tromsdorf, de Chevreuls... Infusions d'Harasti... » Puis, soudain, tout s'arrête. Un immense silence se fait. Ne bouge plus dans la salle que la poussière qui lévite, emprisonnée par les rayons du soleil. Le temps n'est plus aux paroles d'amitié ou d'inimitié, aux poignées de main. On trouve sur les tables des échantillons, des étoffes, des petits pots, des fioles, des pâtés de toutes provenances, de tous mérites, dans une gamme d'une centaine de nuances, échelonnés du plus foncé au plus clair, tous aspirant au « Bleu de Ciel ».

A mesure que les échantillons jugés inadéquats sont éliminés, la tension accumulée depuis le début du concours installe des courants de déception et de haine.

Mais tous, dans le clan de Giobert, même Sang-Dragon, sont d'accord : son bleu est le plus intense, le plus concentré, il est à la fois clair et foncé, bleu mourant et bleu vivant, bleu de roi et bleu de manant, bleu d'enfer et bleu de ciel. Les quatre juges, après s'être concertés, se lèvent et déclarent Giobert vainqueur indiscutable du concours. Il est le seul à avoir réussi à obtenir, pour la première fois dans l'histoire de l'indigo, la couleur « Bleu de Ciel ».

Comme toujours, Giobert, crédule et fier, s'exclut de la fête, refuse de participer au fameux repas de gibiers attendu par tous et dans lequel vont se bousculer les images de la puissance et de la sauvagerie : perdreaux rouges, selles de levrauts piquées et glacées, bécasses bardées, salmis de perdreau, cailles lardées, faisans à la piémontaise, gelinottes marinées, pains de sarcelles à l'orange, toujours et rituellement accompagnés de macaroni à la Rubempré saupoudrés de lamelles de *Tuber Magnatum Pico,* le tout arrosé de verres de blanc ladoucette et de rouge roero. Sourd à la pression amicale de ses amis, il décide d'aller marcher hors de la ville. Blausein ne lui a rien dit, quant au Cavalier Bleu il est resté invisible, caché au plus profond de son âme et de ses tourments. Parfois, Giobert a comme une certitude avec laquelle il s'accommode volontiers : le Cavalier Bleu n'a jamais existé !

Giobert prévient ses amis. Il regagnera plus tard ce très bon petit hôtel, dit de l'Aigle, dans lequel ils ont tous retenu des chambres, et qui se trouve dans une courte traverse aboutissant aux bords de l'Arc. Le petit hôtel est très commode. Il ne fait face à rien. Devant sa porte, il n'y a ni boutique, ni maison bourgeoise, seulement le grand mur d'un jardin recouvert de vigne vierge. Lorsqu'il sort de l'hôtel de ville, Giobert s'aperçoit que la nuit est en train de tomber. Ici et là, on allume les réverbères. Les lignes des maisons et les silhouettes brunes des montagnes autour de la ville dansent les unes contre les autres, et vibrent. Devant lui, l'avenue des peupliers, semblable à ces allées d'ifs à perte de vue qui conduisent, chez les Turcs, aux sites des tombeaux, rattache la ville à la campagne. A mesure qu'il s'éloigne des maisons toutes fumantes, toutes odorantes, toutes bruissantes, à sa droite et à sa gauche, dorment des champs et des prairies traversés par des torrents rocailleux et ombragés de gigantesques noyers qui sont là comme des sentinelles puissantes, effrayantes, prêtes à retenir dans leurs bras les larges inondations nocturnes des brouillards.

A mesure qu'il s'enfonce dans cette vaste nuit autour de laquelle les masses noires des montagnes se dessinent vaguement, Giobert prend enfin conscience qu'il a bel et bien gagné le concours du « Bleu de Ciel ». Mais il n'en tire aucune gloire, nulle certitude, plutôt une inquiétude véritable, un poids. Comme s'il ne venait que de surmonter une épreuve qui serait bientôt remplacée par une épreuve plus difficile encore, plus « inhumaine ». Un vent frais fait bouger les ombres, une nappe bleuâtre passe sur la transparence du ciel crépusculaire. En ce début de nuit sans lune, il sait qu'il ne maîtrise plus rien de sa vie. Que cette victoire, il va devoir en supporter les conséquences. Alors qu'il croit voir dans l'obscurité un berger en train de remplir un seau et se rougir les mains à la rouille de la chaîne du puits, se mouiller les pieds dans une mare d'eau, il fait une étrange rencontre. Il vient de franchir la ligne imaginaire qui sépare les ultimes maisons de la ville du seuil de la campagne.

Une jeune fille, très légèrement vêtue, le visage frais, rose-rouge comme une framboise du Montanvert, encadré par une chevelure blonde dégoulinant sur son cou et ses épaules, apparaît devant lui. Elle vient de traverser un ruisseau. Ses jambes et ses pieds sont nus, encore humides, offrant la blancheur luisante du marbre mouillé. Elle porte une jupe courte, de toile grossière, couleur rouge vermillon, ajustée à un corsage de pareille étoffe, assez échancré, lacé par-devant à la naissance des seins. Ce vêtement sans manches laisse voir celles de la chemise, découvrant à demi de jolis bras arrondis. Au cou, elle porte un pentacle retenu par un simple lacet de couleur bleue. Souple, agile, robuste, elle descend de rocaille en rocaille d'un pas ferme et léger, et se poste devant Giobert. Elle est de ces êtres qui plaisent par un je-ne-sais-quoi de réel et de passionné qu'ils dissimulent mal. C'est quelqu'un qui est là, et qui s'y tient.

— Ce pentacle à votre cou ? dit Giobert, troublé.

— Le cadeau d'un admirateur.

Comme pour fuir un sujet trop perturbant, Giobert pose une autre question :

— Vous êtes perdue, sans doute.

— Non.

— Une femme seule, pourtant…

— Oui ?

— En pleine nuit…

— Oui ?

— A cette heure ?

— Je me promenais…

— Seule ? En pleine nuit ? Vous vous promeniez ?

— Cette campagne est mon domaine, mon champ d'activité, monsieur.

— Et quelle est votre activité ? Remplir des seaux d'eau au puits ?

— Donner du plaisir aux hommes. Vendre mon corps. Je suis une fille de joie – quel joli nom, quelle jolie fonction…

Giobert ne dit rien, étonné par la rapidité d'une telle réponse faite sans détour. Alors qu'il avance d'un pas vers la jeune fille, celle-ci recule, effrayée.

— Vous êtes, dites-vous, sur vos terres, et pourtant vous voilà pleine de peur…

— Il ne s'agit pas de cela.

— Alors de quoi s'agit-il ?

— Votre visage, monsieur…

— Mon visage ? demande Giobert qui oublie parfois la couleur qui est la sienne.

— Il est… bleu…, monsieur.

— Est-ce à dire que…

— Que je ne vendrai pas mes charmes à un homme dont le visage est couleur d'indigo ? Point du tout. Rouge, jaune, noir, blanc, on peut dire que j'en ai vu de toutes les couleurs…

— Mais jamais de bleu…

— Non, jamais de bleu.

Quand la jeune femme commence de se frotter contre Giobert, comme une chatte, comme quelqu'un qui cherche autre chose que de la chair d'amitié, une sensation plus cruelle, mains ouvertes, à tâtons, Giobert défaille, ne sait comment résoudre l'énigme de cette femme qui se met à parler à grands coups de paroles mystérieuses qui ne sont pas des mots proférés mais des sons. Ceux du bourdonnement du vent dans les pins. Ceux des torrents qui frappent dans les glaciers. Ceux de l'avalanche qui gronde. Ceux du sifflement de la marmotte effrayée qui a vu l'épervier dans la nue. Ceux de l'abeille qui bourdonne sur le mélèze où elle va recueillir le miel. Elle est elle-même un morceau de cette nature, hanches larges en harmonie avec le paysage, seins lourds au parfum de forêt, cuisses qui se sont frottées à la brise du matin. Giobert pourrait la prendre là, en pleine haute région, moyennant argent, avec un grand sentiment de regret, une perte d'espérance. Il ne décide rien, se laisse guider par son refus.

— Tiens, prends cette fleur, lui dit la jeune femme.

— Merci, répond Giobert en glissant délicatement la jacinthe sauvage dans sa poche, une jacinthe couleur de nuit.

— Que dirais-tu d'un excès de plaisir, d'une volupté pour flotter sans fatigue ? ajoute-t-elle en relevant sa jupe afin de lui montrer le trajet du serpent qui s'enroule à sa cuisse et finit par plonger sa tête plus haut, à l'endroit du triangle pubien.

Giobert ne répond pas.

— Que dirais-tu d'un petit vin blanc mousseux du cru et d'un excellent fromage de chèvre ?

Giobert se tait.

— Il y a tout près d'ici une chapelle abandonnée, vide. Il suffit d'escalader quelques rochers, avant de tenter l'escalade de mes propres montagnes, ajoute la jeune femme en se caressant les seins et les cuisses, tout en se pendant au cou de Giobert, telle une robuste liane d'Amérique aux rameaux d'un grand arbre.

Cette voix est comme une musique. Giobert tend l'oreille. Il se frotte les yeux, s'interroge, regarde de droite et de gauche sans rien voir, si ce n'est le bruit de cette voix qui l'envoûte. Quand il se décide enfin à plaquer la femme contre lui, quelque chose l'en empêche. Un sentiment de malaise, puis de crainte, puis de frayeur. Il repense au corps écartelé de Petit-Cœur, au ventre ouvert de Joséphine. Il se dit qu'il voudrait s'endormir soudain comme une pierre dans l'eau, fermer toutes les portes, car il sent en lui monter une faim étrange : le désir d'éventrer à grandes giclées de couteau moussu la brebis magnifique qui l'asperge de son rire. Comme le vent, les branches. Comme l'écume de mer, les voilures. Alors, il pousse la jeune fille violemment à terre et part en hurlant et en courant dans la campagne, s'enfonçant dans la nuit, en épuisant les heures. A bout de souffle, il court à la poursuite de la comédie de sa vie, dans les hautes herbes, les ruisseaux gonflés par la fonte des glaciers. Malgré la nuit, il entend les grillons chanter sous les cendres, les guêpes folles tourner sous les chèvrefeuilles. Autour de sa peur et de sa fuite, toutes les montagnes alentour font le chat, se frottent contre la terre, contre son corps qui la traverse. Il croise dans sa course le renard, la buse, le huant, la chouette, le blaireau, le sanglier. Avec le rat, il chasse les rainettes sous les buissons ; avec l'aigle la tendre belette ; avec le loup l'agnelet. Couvert de sang, fumant de sueur, il lève un regard vers la lune qui s'est enfin levée et qui tremble comme un reflet de fontaine. Au bout de sa course, il constate que le jour est en train de se lever. Il regarde ses mains qui semblent redevenues humaines et sages, de bonne volonté, les doigts dénoués, la paume grande ouverte, vaste, creuse, toute déserte des noirceurs de la nuit. Il a refait le chemin inverse de celui de la veille. Il emprunte de nouveau l'allée des peupliers, pénètre dans Aiguebelle, longe à nouveau le grand mur recouvert de vigne vierge. Il est huit heures du matin. Son pied droit attaque la première marche de grès menant à la porte d'entrée de l'Hôtel de l'Aigle.

11

Derrière son bureau, lorgnons sur le front, le gardien de l'Hôtel de l'Aigle joue sa fonction de gardien. C'est un ancien « Vorace », un de ces ouvriers lyonnais qui ont envahi la Savoie en 1848, faisant fuir les autorités piémontaises, avant que la bourgeoisie de Chambéry ne les chasse, au prix de combats sanglants, et ne les repousse derrière la frontière française. Les coudes aux cuisses, la tête penchée, bien éclairée par la haute lampe de cuivre, il se roule une cigarette. Quand il aperçoit Giobert, il se redresse et, plus qu'il ne le regarde, le dévisage :

— Vous n'avez pas dormi ici, monsieur…

— J'ai préféré marcher.

— Toute la nuit…

— Oui, toute la nuit.

— Comme je vous comprends, monsieur.

— Avec ce printemps qui se lève…

— Et l'énervement causé par le concours, ajoute le gardien, faussement compatissant.

— Oui, sans doute, dit Giobert.

— Vos amis sont en train de prendre leur petit déjeuner, indique-t-il, tout en levant la main droite en direction de la salle à manger, tendant dans la lumière ses doigts maigres et déliés.

— Donnez-moi ma clef. Je vais me changer et redescends immédiatement.

— Je peux faire servir monsieur ?

— Oui, dans un quart d'heure.

Une fois dans sa chambre, Giobert comprend la surprise manifestée par le gardien. Le pauvre homme a vraiment dû penser que ce client singulier venait de participer à un sabbat. Ses vêtements sont couverts de boue. Sa chevelure ressemble à une crinière de fauve. Ses mains portent de fortes égratignures et de profondes traces d'ongles. Mais c'est surtout son visage, stigmatisé par de longues meurtrissures noires, qui l'inquiète : on peut y lire les restes d'une grande stupeur.

Giobert doit faire vite. Après l'eau glacée revigorante, le tissu immaculé des vêtements repassés de près, les cheveux recoiffés, le corps parfumé, il peut enfin se préparer à descendre. Il ne faut pas que ses amis s'inquiètent. Il ne faut pas qu'ils soupçonnent quoi que ce soit au sujet de cette nuit irracontable, incompréhensible. Sur sa table de chevet se trouve sa Bible, celle qui le suit partout, celle dont il lit toujours quelques lignes avant de s'endormir. Elle est restée ouverte à la page qu'il a consultée la veille avant de partir pour le concours. Genèse, 22 : *Abraham, mis à l'épreuve par l'Eternel, qui lui ordonne d'offrir en holocauste son fils Isaac.* Il la referme soigneusement, la glisse dans son étui de cuir, la range dans sa malle de voyage, et, après s'être regardé attentivement dans la glace, il s'apprête à rejoindre ses amis.

Quand il apparaît au seuil de la porte de la salle à manger, les cinq compères se lèvent et lui adressent un compliment :

— Félicitations, au nom du sénat de Savoie dont je suis membre, dit Chevalier Blanc.

— Je ne peux que m'incliner devant une telle prouesse, ajoute Chevalier Noir.

— Je ne sais pas comment tu fais pour atteindre ce degré de perfection, mais tu l'atteins, poursuit Chevalier Rouge.

— Avec ce bleu-là, le sultan Hyder Ali t'aurait couvert d'or jusqu'à la fin de tes jours ! lance Chevalier Vert.

Seul, encore une fois, Sang-Dragon ne peut cacher son dépit :

— Tu as bien un secret, un mauvais secret, Giobert, pour faire de tels tours de magie !

Face à ce compliment qui résonne comme une attaque, Giobert choisit de biaiser.

— Bois une tasse de café avant de répondre, suggère Chevalier Blanc, toujours ami, toujours protecteur.

Giobert suit le conseil de son compagnon et développe ensuite sa réponse :

— Prenons l'exemple de Vermeer.

— Qui est à mes yeux le plus grand peintre de son siècle, croit nécessaire de préciser Chevalier Noir.

— Soit. Eh bien, pour les jaunes, il utilise des jaunes d'étain, mais surtout le « jaune de Naples », en réalité un antimoniate de plomb, avec parcimonie parce qu'il est cher, ce qui le contraint de trouver un nouveau jaune. Pour les rouges, plus abordables, il peut mélanger du vermillon, du minium, de la laque de cochenille, du bois de Brésil, des terres ocre rouge…

— Où veux-tu en venir ? lance Sang-Dragon.

— Eh bien, que d'un côté Vermeer trouve des solutions contraint par l'économie ; de l'autre parce qu'il n'a guère à s'en soucier.

— Ce qui veut dire ? demande Chevalier Noir.

— Que la nécessité fait loi, toujours.

— Et quelles sont la loi et la nécessité concernant le bleu ? demande Sang-Dragon.

— Revenons à notre peintre. Ses pigments sont ceux de son époque. Pour les bleus, il choisit le lapis-lazuli. Mais comme ce pigment est hors de prix, il le réserve au travail de surface.

— Et pour le dessous, il prend du sang bleu ? ironise Sang-Dragon.

Giobert reste impassible et continue sa démonstration :

— Il utilise de l'azurite ou du smalt, et plus rarement de l'indigo… Là encore, il est contraint d'innover.

— Pas de magie donc, relève Chevalier Rouge, pas de transmutation, pas de sang de vierge, d'urine de nouveau-né, de poudre d'embryon mort-né, d'onguent de placenta ?

— Non, rien de cela, répond Giobert en avalant goulûment une grosse part de pain de seigle.

— Le « Bleu de Ciel » donne faim, commente Chevalier Blanc.

— Au moins autant que la nuit, laisse planer Sang-Dragon, comme un doute, une parole mauvaise.

— Que veux-tu dire, Sang-Dragon ? demande Giobert en transperçant l'homme roux de son regard.

— Rien.

— Que veux-tu laisser entendre ? Parle franchement !

Voyant que Giobert est prêt à en venir aux mains, Chevalier Blanc sauve la situation :

— Messieurs, ne serait-il pas temps de gagner Chambéry ?

Dans moins de trois heures doit en effet avoir lieu la très solennelle remise du prix « Bleu de Ciel » dans la chapelle du château, à laquelle on accède en remontant la ligne d'arcades bordant la rue du Général-de-Boigne. L'incident est clos. Tandis que chacun se lève pour regagner sa chambre et se préparer à partir, Giobert termine son petit déjeuner, seul. Du moins le croit-il. Caché derrière une colonnade, un homme se lève et se dirige vers lui, une tasse de thé à la main :

— Cher ami, vous permettez ?

Giobert relève la tête. Cet homme, c'est Blausein :

— Je vous en prie, dit Giobert.

— Je tenais à féliciter personnellement mon… associé.

— C'est vrai que nous sommes associés, maintenant…, ne peut s'empêcher de laisser échapper Giobert.

— Et cela vous gêne ?

— Point du tout, répond Giobert qui pense évidemment le contraire, ce que son interlocuteur a très bien compris.

— Vous savez, peu m'importent les pactes que vous avez dû ou non signer pour arriver à la perfection de ce « Bleu de Ciel », les compromissions, les gesticulations. L'argent, le sang, les rêves, peu m'importe… vraiment.

— Mais enfin, Blausein !

— Ne prenez pas cet air d'oie effarouchée ! Je ne suis pas un de vos amis. Je ne vous demande aucun compte. Je ne suis ni Sang-Dragon avec son profil de traître, ni

Chevalier Rouge avec son visage de policier, ni Chevalier Vert dont l'insolence est source de désordre, ni Chevalier Blanc, sénateur du Parlement de Savoie, ni Chevalier Noir, le grand louvoyeur… Ne m'intéressent que l'économie, la banque, le profit. Je suis un bourgeois, avec tout ce que cela peut comporter à vos yeux d'ignominie et de pragmatisme.

— Je n'ai jamais rien dit de semblable.

— Vous le pensez. Ne mentez pas. Je le sais. Mais, je le répète : peu importe. Le monde du labeur change, mon ami. La Savoie va bientôt être rattachée à la France. Et ce que certains de vos compatriotes appellent le « commun marché » est en train de se mettre en place. La Manufacture royale n'existera bientôt plus. Les usines de soierie, les ateliers de tissage vont péricliter. Il faut leur adjoindre une fabrique de draperie, des ateliers d'impression, créer un ensemble autonome, concurrentiel.

— Nous sortons d'un hiver épouvantable. Si jamais le printemps est trop pluvieux, nous n'aurons plus ni récoltes, ni semences. La disette est à notre porte.

— Je ne vous parle pas de cela. Nous vivons trop ici en autonomie de pain noir, de porc salé, de légumes, de pommes de terre, de châtaignes. Chacun a sa treille, sa vigne, son coteau ensoleillé. Et alors ? Des familles entières mendient aux portes de nos villes. Nos campagnes se dépeuplent, les paysans s'expatrient par milliers, Lyon, Marseille, Genève, Paris, sans parler de l'Algérie ou des Amériques. Les ouvriers sont de plus en plus pauvres et de plus en plus nombreux. C'est le moment de tout changer, de tout racheter.

— Vous voulez me racheter, c'est cela ?

— Pas immédiatement… Avant, je voudrais vous envoyer à Turin.

— A Turin ?

— C'est bien la ville de vos ancêtres, non ?

— Oui, en effet.

— Vous vous souvenez, je vous avais laissé entendre qu'il vous faudrait peut-être vous rendre en Piémont…

— Oui, mais je ne pensais pas…

— Que ce fût si tôt ?

— Parfois, le temps passe plus vite qu'on ne le voudrait…

— Si vous étiez père, vous comprendriez ce que je veux dire. Enfin, c'est ce qu'on raconte…

— Mais je ne le suis pas. Vous non plus, d'ailleurs.

— Exact, hélas… Vous avez raison. Reprenons : l'ère des jours qui s'écoulent de la même façon, simple et droite, qui vont du matin au soir, sans incidents ; et du soir au matin, sans rêves, est terminée. Nous avons besoin de nouveaux débouchés pour notre indigo. J'ai des amis à Turin… Votre mission sera d'entrer en contact avec eux. Vous avez le « Bleu de Ciel », le savoir-faire du « Bleu de Ciel » ; ils ont la matière première. Elle arrive d'Afrique, de Chine, des Amériques, des Indes…

— La qualité n'est pas la même.

— Qui vous parle de qualité ?

— J'hésite…

— Vous hésitiez moins, cette nuit !

— Que voulez-vous dire ?

Blausein qui s'aperçoit que le maître d'hôtel et les servantes ont tendance à écouter ce qu'ils se disent propose à Giobert de se lever et de continuer leur conversation dans le jardin, un ancien jardin de curé planté d'herbes aromatiques et de roses trémières, dans lequel coule une fontaine dont le canon est fait de deux tuiles emboîtées.

— Que voulez-vous dire ? reprend Giobert, menaçant et inquiet.

— Avec la petite Italienne, dans la campagne, vous sembliez exactement savoir ce que vous vouliez faire…

— Vous m'espionnez ?

— Point du tout. La vie privée des gens ne m'intéresse pas. Chacun signe ses pactes secrets, chacun aime qui il entend, où et comment il l'entend. Vous savez, le sang est le sang, le couteau est le couteau, le diable le diable, tout peut faire pâture. Tout ce que je sais, c'est qu'il était évident que la petite Italienne avait peur…

Giobert laisse le silence s'installer entre lui et Blausein. Un silence épais, comme certaines soupes épaisses faites pour les bouches puissantes et les mâchoires avides. Il voit dans l'eau de la fontaine son visage bleu se refléter et trembler au rythme de l'eau retenue dans la vasque. Blausein sourit à demi. Le regard des deux hommes se croise à nouveau.

— Quand voulez-vous que je me rende à Turin ?

— Le plus vite possible.

Sur le chemin qui longe l'Isère, Giobert repense à la petite Italienne. Apportée par le vent monte l'odeur bouillante des fumiers. De temps à autre, il croise des charrettes lourdes de maïs et de vins noirs. Les prés et les vergers tressaillent. Après Chignin puis Challes-les-Eaux, la bise tiède décroît lentement. Le soleil cogne contre les collines. Des cris d'oiseaux se font entendre dans les peupliers qui bordent la route. Avant, quand il passait dans cette région d'orages déchiquetés, il lui arrivait de trébucher, alors il s'arrêtait, retrouvait son aplomb, buvait un coup, mangeait un morceau de fromage, puis repartait. Aujourd'hui, c'est comme s'il avait des souliers en cuir d'ange. Il plane. Il passe les obstacles. Il lévite. Il est accompagné d'une femme au visage frais, à la chevelure blonde, aux pieds et aux jambes nus, à la jupe courte, aux hanches larges, aux seins parfumés de forêt, aux cuisses couvertes du givre qui est encore dans l'herbe. C'est étrange. Cette femme, il la connaît. Il l'a déjà rencontrée. Elle ou une autre, mais identique. Il la connaît parce qu'il sait qu'elle est en lui. Elle monte vers sa lumière. Et son sang est comme une flambée verte. Il entre dans Chambéry, passe devant la fontaine monumentale, décorée d'éléphants en bronze, remonte la rue du Général-de-Boigne qui conduit au château, dont il ne reste plus aujourd'hui qu'une tour et une portion de la façade, et qui sert à présent de préfecture : c'est là que va lui être remis le prix du « Bleu de Ciel ».

12

Cela ne fait plus aucun doute, la guerre contre l'Autriche est imminente. Cavour, le ministre de Victor-Emmanuel, n'a pas ménagé ses efforts. Il a adressé un appel retentissant aux patriotes italiens, a encouragé les provocations de la presse piémontaise, a autorisé officiellement Garibaldi à former un corps de volontaires. Quand Giobert passe le pont sur la Leysse, il trouve une ville en pleine effervescence. Les troupes françaises sont en train de défiler devant la fontaine des Eléphants. Venant de la gare, elles longent la façade de l'Hôpital général avant de s'engager dans la rue Neuve. L'intérêt formidable suscité dans la population par le passage de cette troupe ne tient pas uniquement au prestige de l'uniforme de la meilleure armée du monde mais à une sorte de pressentiment partagé par tous : les combats futurs vont décider de l'avenir de la province. Dans les rues de Chambéry, la foule est portée par une même certitude : bientôt la première brigade française fera son entrée dans Turin ; bientôt des divisions de l'armée des Alpes s'échelonneront sur les pentes du Mont-Cenis et dans le val de Suse. Rares sont les Savoyards à regretter le conflit qui s'annonce. Tous acceptent avec joie cet avenir de combats et de luttes. La population exulte. Dans ces soldats qui traversent la ville, et bientôt la vallée de Chambéry et la Maurienne, elle acclame non seulement des alliés mais des compatriotes. Peu doutent de la victoire et de son résultat final. Le nom de Bonaparte et la vue du drapeau tricolore raniment les souvenirs de Marengo. Les Savoyards, incorporés dans l'armée sarde, comme le proclame Galeani Napione, commandant d'une division de cavalerie, « sont prêts sans réticence et sans calcul à faire leur devoir ». Mais le plus heureux, se dit Giobert, alors qu'il passe sous les arcades de la rue du Général-de-Boigne, ce doit être Blausein : s'il est un genre d'affaires que l'homme connaît aussi bien que les finances ou l'industrie textile, ce sont les fournitures aux armées – susceptibles de lui donner également de gros bénéfices. Blausein fait brûler des cierges pour que la guerre ait lieu. Il a l'intention de s'arranger de façon à être seul concessionnaire du service des vivres-viandes. Blausein campe dans Chambéry depuis une semaine avec des provisions de lard salé, des munitions de guerre et de bouche, et quantité de coupons de drap et de pièces de tissu.

Le hiatus existant entre cette guerre qui se prépare et cette joie qui éclate est au moins aussi grand que la distance séparant ces réjouissances militaires de la réception donnée à l'occasion de la proclamation officielle du vainqueur du fameux concours. Présidée par le colonel de Charbonneau, compagnon de chasse de Victor-Emmanuel lorsque celui-ci décide de venir traquer l'ours à Aiguebelle, la cérémonie, dans sa futilité provinciale, n'a rien à voir avec ce qu'a pu représenter pour Giobert la recherche du « Bleu de Ciel ».

Après le repas, durant lequel était présent sur la table tout le premier chapitre de la Genèse, c'est-à-dire tout ce qui rampe, vole, nage, chante, beugle, bêle ; après le thé, le chocolat, le café, les jeux de société, la fumée des cigares, le concert, et toutes les sucreries possibles et toute la macédoine des sentiments, la mignardise des attitudes, et toutes les crèmes rébarbatives, les natures saines et vertueuses, la sauvagerie, l'austérité, la robustesse ; au terme ultime d'un raout durant lequel beaucoup d'hommes se sont inclinés devant lui, pommadés, exhibant leurs chemises luisantes et immaculées sous le large plastron de leurs gilets, gréés comme des navires de manchettes aux boutons énormes couvrant à moitié leurs mains serrées dans des gants, Giobert prononce son discours.

Autour de lui, c'est le silence. Les pistons, les bugles, les trombones, les cors, les cuivres, les clarinettes, les flûtes, les hautbois, toutes les couleurs de la fanfare du bleu se sont tues. Dans ce lieu hautement symbolique et entièrement consacré à l'art de la Teinture, puisque le château contient désormais plus de deux cents métiers à tisser à la main, une vaste dépendance où les métiers marchent sous l'impulsion de l'eau, ainsi qu'un établissement dans lequel le moulinage, le dévidage et l'ourdissage réunissent tous les progrès réalisés par l'industrie moderne, Giobert énonce ses doutes et ses espoirs, son cheminement intérieur. Il parle des cultures de l'indigo qu'il faut laisser pour la graine ; des quatre cueillettes pratiquées chaque année, deux en automne, une en mars, une en avril. Il évoque sa vie d'indigotier au quotidien, quand il faut couper les tiges à la faucille, de bon matin sur la rosée, et effectuer le voyage vers les granges sur des chars afin de ne pas altérer les graines. Il explique comment la récolte doit être conservée en grange deux à trois jours ; comment on la répand sur l'aire, on la fait sécher, on l'aplanit au rouleau, on la bat avec des fléaux ou des perches, on en sépare la paille avec des râteaux, on la passe au crible enfin, avant de la conserver dans des greniers bien aérés.

— La bonne graine est grosse, renflée, bien nourrie. Mais quels que soient les soins qu'on porte à la récolte, la graine est toujours un mélange de trois espèces : la plus parfaite est d'une couleur violette, celle parvenue à une moindre maturité tire sur le gris, celle enfin qui provient de l'extrémité des branches est presque jaune.

Giobert pourrait parler des heures de l'indigo. Mais alors qu'il aborde l'exposition d'un nouveau procédé de préparation de ce dernier, variante de celui proposé par monsieur Sutorius, et dans lequel il montre comment, en mêlant à des feuilles bien écrasées une certaine quantité de chaux vive mélangée à de « bonnes cendres ordinaires » passées au tamis, on peut s'approcher du « Bleu de Ciel », son attention est soudain arrêtée par le regard d'un homme qui le dévisage. Derrière deux jolies femmes, très coquettes, portant à ravir le costume national savoyard – tablier et robe d'étoffes voyantes, corsage laissant deviner de robustes appas, petit chapeau de paille posé sur l'oreille, qui donne l'air mutin d'une canotière –, est assis un grand gaillard à barbe courte, aux yeux verts, au nez parfait, vêtu d'un grand manteau plissé couleur touarik : le Cavalier Bleu !

La décision de Giobert est prise. Soudaine. Instinctive. Sans préméditation. Il ne veut plus revoir le Maître du Bleu. Craint de se faire enfermer dans une recherche sans fin. De se laisser entraîner dans un engrenage infini. Le Cavalier Bleu lui fait peur. Ne serait-il pas son mauvais rêve ? Une pure invention de son cerveau tourmenté ? Un produit fabriqué par les vapeurs novices de l'indigo ? Le fantôme né d'une obsession ? Un automate jailli de cette drogue que constitue, depuis si longtemps, sa plongée dans l'univers du bleu ? Oui, sa décision est prise : il doit prendre la fuite à la fin de son discours. Il pourra alors descendre de l'estrade, là vers la droite, suivre le passage ménagé au milieu de deux rangées de chaises, passer derrière une lourde tenture cachant, il le sait, une porte menant à un couloir, conduisant à un escalier et à la rue. Voilà, c'est maintenant.

En quelques minutes, surprenant l'assemblée occupée à applaudir et s'imaginant sans doute que le vainqueur de la journée s'est momentanément éclipsé pour on ne sait trop quelle affaire d'importance, et va donc rapidement revenir parmi les invités de la fête, Giobert se retrouve dans la rue. Son itinéraire n'est nullement tracé. Il ne connaît pas bien la ville. Mais puisque la foule est très dense, les salons de thé, les cafés, les pâtisseries ouverts sous les portiques de la rue du Général-de-Boigne, remplis de monde, constitueront une excellente cachette. Rien de mieux pour se perdre qu'un beau charivari. Aux tables et aux fauteuils, femmes et hommes dégustent joyeusement des petits verres de vermouth de Chambéry et des javelots de vin de Savoie. On danse. On parle fort. La joie explose partout. Giobert se retourne à plusieurs reprises : personne ne le suit. Revenant sur la place Saint-Léger, il pénètre dans le labyrinthe des cours et des allées. Cet enchevêtrement de tous styles et de toutes époques, la densité extraordinaire de ce tissu urbain vont achever de le sauver et de semer le Cavalier Bleu. Par mesure de précaution, Giobert, qui vient d'apercevoir le porche voûté d'un ancien hôtel particulier au bout d'un passage couvert, décide de pénétrer dans la cour. Un certain Théodore Lovati, c'est du moins ce qu'annonce une affiche encollée sur un panneau de bois placé au pied d'une montée d'escalier, prétend y tenir une conférence sur un thème qui semble attirer le fuyard comme si des mots venaient d'être prononcés sur une matière autour de laquelle il tourne depuis longtemps sans trop savoir comment la nommer : « Sommeil et Somnambulisme ».

Giobert gravit les marches et prend place au beau milieu de la salle. De taille élevée, corpulent, en culotte de nankin à rubans, bas chinés, bottes à revers jaunes, habit bleu clair à boutons octogones en métal, cravate bouffante, gilet blanc à transparent rose, chapeau à panache et sabre doré, faux général, faux vicomte mais vrai correspondant de l'université de Wilna, vrai membre de l'Académie des sciences de Genève, et vrai aliéniste auteur d'un traité de psychiatrie sur *La Somniation et le Magnétisme animal* publié chez Treuttel & Würtz, Théodore Lovati gesticule sur une petite estrade et débite ses vérités sur un ton saccadé.

Au début, Giobert est perplexe. Le matamore fustige les « jongleries des charlatans », dénonce les perversions de « quelques pauvresses hystériques », patauge en essayant de démontrer ce qui oppose les « faits physiologiques très simples » aux « vérités physiologiques ». La salle dort ou ricane.

— Le somnambulisme, messieurs, énonce Lovati, le somnambulisme est une maladie. Une maladie, ou une névrose, qui, comme toute maladie ou névrose, peut être provoquée, traitée et guérie !

Lentement, l'homme, étrange, qui sait comment retenir l'attention de son auditoire, qui est un excellent comédien, avance dans sa démonstration, et lentement, l'attention du public se fait plus soutenue. Les propos inquiètent, ne font plus rire.

— Un certain nombre de ceux qui se sont occupés de la question ont considéré que c'était le sommeil qui était notre état normal. Notre naissance serait un réveil. Notre vie, un épisode durant lequel cet éternel sommeil serait entrecoupé par une série de veilles et de périodes d'activité... Et notre mort, donc, un retour à la situation primordiale. Quelle révolution, n'est-ce pas ? ajoute Lovati en laissant un long silence après sa question.

Un malaise naissant gagne la salle, lequel, au fur et à mesure de l'intervention, va se transformer en une terreur bien réelle. Surtout lorsque le savant, après avoir plongé la main dans un bocal et en avoir extrait une grenouille, coupe la tête de cette dernière, dépose sur une des pattes du batracien une goutte d'acide, provoquant chez la pauvre bête une violente agitation, et conclut, passant entre les rangs, son trophée gigotant à la main :

— Elle n'a plus de cerveau, et par conséquent plus d'entendement. Elle ne peut plus ni sentir, ni vouloir. Et pourtant... Et pourtant... elle fait tout pour enlever l'acide. Pourquoi ? demande Lovati en s'adressant à une grosse femme rousse laquelle, morte de peur, fait sous elle.

— Je ne sais pas, monsieur. Et je ne veux pas le savoir, répond la femme en quittant la salle en courant.

— Parce que c'est sa moelle seule qui agit ! Elle accomplit une suite d'actes réflexes, combinés et associés ! La moelle, mesdames et messieurs, la moelle ! Vous voulez une preuve ? ajoute Lovati devant une salle tétanisée. La voici : il est possible, chez certains sujets, de faire naître les rêves et de les diriger.

— Vous blasphémez, monsieur, lance un homme au premier rang, grand, maigre, austère. Dieu ne pourrait tolérer que…

— Dieu n'a rien à voir là-dedans ! Lorsqu'on enlève la voûte crânienne d'un chien qu'on a endormi, on constate que la surface de son cerveau, mise à nu, est blanchâtre lorsque l'animal dort, et rose lorsqu'il est éveillé. Si la teinte rose apparaît pendant son sommeil, cela signifie donc qu'il rêve.

— Mais enfin, vous êtes aliéniste ou équarrisseur ?

— Un peu les deux, cher monsieur, comme nous tous, à des degrés divers : boucher et penseur, philosophe et chirurgien, ange et démon.

— Parlez pour vous ! C'est une honte ! Enfin, où voulez-vous en venir ?

— A ceci : que la Belle au bois dormant existe, que la léthargie est un long sommeil rempli de rêves, qu'on a connu des femmes qui bien que profondément endormies continuaient, lors de veillées, à tricoter ou à filer. Allez, ne nous voilons pas la face, chacun d'entre nous a au moins une fois dans sa vie rencontré un employé des services omnibus qui lui a raconté qu'il fallait donner souvent de la cravache à ses chevaux, sans quoi ils s'endormaient tout en marchant et butaient facilement…

Après l'incrédulité puis la crainte, une sorte de désintérêt finit par s'installer dans le public, surtout lorsque l'étrange savant commence à évoquer le somnambulisme et ces malades qui se mettent en route tout seuls, étrangers à tout, les mains légèrement en avant, les yeux fixes et inertes.

— Un bruit assourdissant produit à leurs oreilles ne les fait pas sursauter. Leur peau est tout à fait insensible. Qu'on transperce leur main avec une tige d'acier ; qu'on la brûle, et ils ne la retirent même pas ! Voilà ce que j'appelle le « somnambulisme naturel ».

Alors que l'homme s'arrête quelques instants pour boire un verre d'eau, rompant ainsi le rythme de sa prestation, Giobert, qui écoute depuis presque une heure, s'aperçoit soudain qu'il est seul dans la salle. Tous les spectateurs, les uns après les autres, sont partis. Un monde est en train de s'ouvrir à lui. Un univers dont il soupçonnait l'existence – vertigineux. Et l'histoire que raconte maintenant Théodore Lovati le bouleverse :

— Un moine nourrit une haine pour son supérieur. Une nuit, sans s'être réveillé, il se lève, prend un poignard dans sa cellule et, traversant le cloître, se dirige vers le cabinet du prieur. Celui-ci, au lieu d'être couché, travaille à une table éclairée par deux lampes. Le moine passe devant lui sans même apercevoir les lampes allumées, marche vers le lit et frappe l'oreiller de plusieurs coups de poignard ; puis il retourne tranquillement dans sa cellule, toujours endormi. Savez-vous ce que le moine a répondu au chapitre du couvent quand celui-ci lui a demandé ce qu'il avait fait durant la nuit ?

Giobert, surpris par la question directe qui établit entre lui et le conférencier une sorte d'intimité, balbutie une réponse :

— Non. Je ne sais pas.

— Eh bien, il ne se souvenait de rien ! Voilà un homme qui aurait pu être un assassin inconscient, et qu'on aurait condamné sans crainte ni scrupule.

— C'est horrible !

— Mon cher monsieur, cet état singulier, constitué par une sorte d'habitude du somnambulisme, est un état que je nommerais de la « double vie ». Le premier à donner une bonne description de cette névrose fut le professeur Félida Azam, un collègue de l'université de Bordeaux...

— Cette « névrose », comme vous l'appelez, peut toucher n'importe qui ?

— Absolument, répond Lovati en souriant. Vous, moi. Nous pouvons ainsi avoir deux personnalités, deux vies. L'une sombre, l'autre lumineuse ; l'une triste, l'autre gaie. Au Moyen Age et jusqu'au siècle dernier, les somnambules, comme les hystériques et les épileptiques, entraient dans la grande classe des possédés et des sorciers. Ils étaient exorcisés puis brûlés vifs. En réalité, ces gens avaient sans doute deux vies.

— L'une nocturne, l'autre diurne...

— Des âmes diverses sommeillent à notre insu dans notre âme et lui impulsent des ordres que nous ne maîtrisons pas. On peut ainsi trouver des hommes qui sont assassins et sauveurs. Et je ne parle pas de la « suggestion stimulée »...

— La « suggestion stimulée » ?

— Rien de plus facile que de persuader un être d'aller tuer son meilleur ami, de mettre à mort un roi, de voler dans la caisse de son patron… Par l'hypnose. Par la suggestion mentale à distance.

— L'homme alors est agi, devient une sorte de marionnette ?

— Oui, cher spectateur qui avez eu la patience de m'écouter jusqu'au bout, ce qui mérite la peine d'être souligné car cela est très rare. Et tendrait à prouver que vous avez des prédispositions…

— Quel genre de prédispositions ?

— Au somnambulisme.

— Au somnambulisme ?

— Absolument.

— Vous dites ça pour me vendre une de vos brochures, avance Giobert, tout en prenant sur la pile, restée intacte, l'exemplaire de *Somnambulisme naturel et hallucination provoquée*, qu'il feuillette.

— Je ne doute pas une seconde que la « suggestion stimulée » serait pour vous un jeu d'enfant, ajoute le faux général, avant de montrer du doigt le fond de la salle.

— Que se passe-t-il ?

— Je crois que vous êtes attendu.

Tandis que Giobert se retourne, il voit dans l'encadrement de la porte, se dessinant sur le contre-jour, la haute stature du Cavalier Bleu.

— Vous !

— Vous pensiez pouvoir vous débarrasser de moi ?

— Je ne sais plus… Je ne comprends plus rien…

— Vous ne seriez pas hostile à ce que nous fassions quelques pas ensemble, je suppose ?

— Allez, répond Giobert, accompagnant sa réponse d'un vague signe de la main valant acquiescement.

Encore sous le choc, l'indigotier a du mal à se frayer un chemin dans Chambéry. Une foule braillarde continue de se déverser dans les rues, s'agglutine à tous les carrefours, n'en finit pas de déborder sur les trottoirs. Que va-t-il faire maintenant ? Alors que tous deux se dirigent vers la sortie de la ville, Giobert parle :

— Vous l'avez, votre « Bleu de Ciel » ! Alors, que voulez-vous de plus ?

— Ce n'est pas le mien, c'est le vôtre, Giobert…

— C'est exact.

— Et sans opium… Un vrai tour de force…

— Beaucoup de travail… Une vraie douleur…

— Vous avez préféré l'écharpe de la mariée au pavot ?

Giobert ne répond pas.

— Je vous le répète : vous avez eu votre « Bleu de Ciel », alors maintenant, laissez-moi.

— Certainement pas. Et puis comment le pourrais-je ? C'est vous qui me faites exister… On n'en a jamais fini avec le dépassement de soi. Une victoire appelle une autre victoire. Je pense à un autre concours. Vous aimez la lumière bleutée du soir, la tombée du jour, le coucher de soleil, le bleu-gris ?

— Tous les bleus me traversent, m'occupent l'esprit, m'habitent.

— Alors, tout va bien. Rendez-vous à Moûtiers, en janvier prochain. Que diriez-vous d'un beau « Bleu de Nuit » ?

— Et si nous rompions le pacte ?

— Mais c'est impossible. C'est vous, je le répète, qui me faites exister. C'est votre désir, votre sagesse et votre folie, et vos sommeils éveillés.

Alors que le Cavalier Bleu tente de convaincre Giobert, celui-ci détourne la tête, quelques secondes à peine. Il croit voir la jeune Italienne, habillée tout de rouge, puisqu'elle est une prostituée et que cette couleur, biblique s'il en est, ne renvoie plus au sang du Christ mais au lucre, au péché, à la folie des hommes. « Que peut bien faire à Chambéry la petite Italienne ? » se demande Giobert, lequel, dès lors qu'il se retourne pour continuer sa conversation avec le Cavalier Bleu, s'aperçoit que celui-ci a bel et bien disparu, qu'il a dû se perdre dans ce caravansérail de couleurs et de cris, ce flot humain qui semble ne jamais devoir s'interrompre.

Sans doute y a-t-il là une bonne dose de magie. C'est à ne plus rien comprendre. Cette théorie du somnambule qui tue sans le savoir, qui est guidé par une voix intérieure meurtrière, ressemble à une diablerie. Théodore Lovati est un messager de Satan ! Une force singulière pousse l'indigotier à sortir du lacis de ruelles et d'arcades, à partir à la poursuite de la jeune femme en robe rouge écarlate. Elle disparaît, elle apparaît, elle passe, repasse. Giobert en est persuadé. Il doit retrouver la jeune fille. Dans sa poche, la jacinthe n'est plus qu'un petit trophée écrasé, mais toujours présent, élément d'un herbier fragile.

La jeune fille, ce n'est pas dans les rues de Chambéry qu'il risque de la retrouver, ni dans la rue Croix-d'Or ni au pied de la cathédrale Saint-François. Même s'il doit pour cela traverser les forêts de cette région où un cavalier sortant du bois n'est jamais considéré comme bien catholique, il décide de retourner à Aiguebelle, dès le lendemain matin, très tôt, et de partir à la recherche de la jeune fille habillée de vermillon.

13

Tout le long du chemin, Giobert a l'impression de poursuivre un fantôme, d'être sous l'emprise d'une volonté étrangère. Hanté par les théories développées par Théodore Lovati, il ne cesse de penser à ces dormeurs qui n'en sont pas, à ces somnambules, marionnettes du destin, à ces acteurs spectateurs de leurs propres actions. Mais, par-dessus tout, il croit voir l'Italienne partout. D'abord près de la plaine qui sépare les terres brunes des terres rouges, puis dans le vallon qui descend jusqu'à la route dont on aperçoit les ormeaux dans le lointain. Il croit la deviner en grande discussion avec un fabricant d'huile sur le pont qui traverse l'Isère, avec un marchand de dindes sur les coteaux de Chamousset. Ce matin, le brouillard est monté très haut et enveloppe par grandes vagues filantes les cimes, les arbres, les clairières. Le brouillard a dépassé Chêne-Rouge, la pierre de la Flaque, les maisons fortifiées du val de Verne. Il accompagne Giobert dans son périple, glisse entre la Surdet et les Haubruges. Il y a des odeurs d'eau et de boue, des odeurs d'oiseau, des odeurs de mélèze, de caverne bleue, et parfois de soleil qui arrive, de moirure d'huile, parfois aussi l'odeur fauve du propre corps de Giobert, l'odeur de la sueur de son cheval, et quand la lumière traverse le brouillard qui vient de l'ouest, le cavalier voit apparaître une nouvelle fois l'Italienne et renifle son parfum : l'odeur de sa vie. Elle court vers la forêt qui tombe à pic vers Aiguebelle, saute légère sur les pierres du ruisseau où se cachent les écrevisses brunes, passe devant le troupeau du berger, la fumée bleue du feu de l'homme, puis disparaît. Les habitants de la campagne sont remplacés par les habitants de la ville que Giobert ne voit pas, traversant Aiguebelle comme si la ville n'existait pas. Les rues, l'église, les commerçants, les carrioles, le vacarme, jusqu'à l'Hôtel de l'Aigle devant lequel il passe sans s'arrêter. Et quand il s'engage dans la longue avenue bordée d'une épaisse rangée de peupliers, à la mode lombarde, il sait qu'il va retrouver l'Italienne, dans sa robe rouge, à l'endroit même où ils s'étaient quittés deux jours auparavant. Le paysage redevient solitaire, les parois rocheuses montent au ras des maisons de la ville. « Qu'es-tu venue faire si haut ? » demande-t-il à voix basse à la jeune fille dont il poursuit l'ombre.

Bien entendu, il ne reçoit aucune réponse à sa question, ou plutôt ce n'est pas celle qu'il attend. Sous le ciel bleu d'un bord à l'autre, il voit la patache de huit heures, arrêtée en plein milieu de la route, au sommet d'une colline, avec le cocher adossé à l'un des brancards, fumant un petit cigare, l'air pénétré et soucieux. Devant lui, un attroupement. D'un côté, les passagers, venant d'Albertville et se rendant à Grenoble, la mine défaite, blancs comme plâtre ; de l'autre, une phalange de paysans éberlués se passant une gourde d'alcool d'hysope, comme pour se remettre d'un événement qui, comme aurait dit le curé, « ne vient pas du diable mais de quelque chose de beaucoup plus inquiétant ». Giobert met pied à terre et, tenant son cheval par la bride, s'avance vers le groupe. L'un des paysans, à tête d'animal – on dirait une couleuvre à collier –, appuyé sur le manche d'une fourche, le nez au vent, donne une explication qui évidemment apporte la ténèbre plus que la lumière – venue des recoins de son imagination et de ses peurs :

— Ça faisait un bruit de goret. Un de ces bruits qui vous font dresser les cheveux sur la tête. J'ai entendu ça, y a deux jours, en pleine nuit. Maintenant on sait pourquoi. Ça devait être ça. Si j'avais eu mon fusil, j'aurais tiré dans le tas. Mais le temps de le charger, de sortir de chez moi, le goret avait fermé son clapet…

Derrière la patache, un grand hêtre, à l'écorce cendrée et lisse, étale sa ramure. Tous le regardent, les yeux en l'air ; tous, figés comme des statues de sel. Alors Giobert comprend. Et ce qu'il voit, il ne l'a jamais vu auparavant. Ce fruit-là, il ne l'a jamais cueilli sur aucun arbre. C'est la première fois. Une femme est pendue à une branche avec sa ceinture. Le vent a joué, toute la nuit sans doute, avec elle. Avec son jupon qu'il a enlevé. Avec son corsage qu'il a déchiré. Avec sa chemise de toile qui claque comme un drapeau. Et tout ça qui ne couvre même plus ses cuisses.

Dans un premier temps, Giobert ne pense pas à l'horreur du spectacle. Il se souvient surtout d'un jeu étrange auquel il jouait lorsqu'il était enfant. Il fallait trouver un cobaye, fille ou garçon, qui accepte d'être le pendu. On choisissait une branche basse, et on accomplissait le rituel. Quand il était décidé qu'il fallait descendre le pendu car la mort n'était pas le but du jeu, on détachait le prisonnier, et l'enfant tombait lourdement sur le sol, les fesses dans les orties, dans les ronces, dans le sable du talus, toussait, vomissait, mais surtout regardait tout le monde avec ses grands yeux troubles et soutenait qu'il avait vu « tout en bleu » ou que « toute sa tête s'était remplie de bleu », ou qu'il avait « pensé tout bleu, aussi bleu que le visage de Giovanni Antonio ».

Non, Giobert ne pense pas à l'horreur du spectacle. C'est même sa pensée qui pourrait paraître aux yeux de tous une horreur : ce bleu des pendus, qu'il n'avait, lui, jamais approché, ni de près ni de loin, devait être un bleu unique. Si seulement il avait pu, dans son enfance, recueillir un peu du bleu des petits pendus, ou pénétrer dans l'âme de la jeune fille qui oscille en grinçant au bout de sa branche et qui a dû, elle aussi, sentir progressivement sa tête se remplir de bleu...

— On ne va tout de même pas la laisser là, la pauvre, dit une femme en chapeau, un mouchoir sur la bouche, prête à vomir, il faut faire quelque chose !

Giobert propose qu'on avance la patache à hauteur de la jeune fille afin qu'on la dépende. Un homme la détache, un autre la descend délicatement et la fait glisser jusqu'à Giobert qui la réceptionne dans ses bras, tel un étrange paquet, léger et glacé. Le silence est infiniment grand et s'abat sur la scène comme du malheur. Seuls des bourdons et des guêpes passent et repassent. Alors qu'il l'allonge sur l'herbe, Giobert regarde la jeune femme sans vraiment la voir. Il a devant les yeux l'image de ses parents massacrés par les révolutionnaires. Cette image qui revient sans cesse, depuis l'enfance. « Ils sont tombés ici, sans linge, sans domestiques, comme d'autres en sabots, juchés sur des tonneaux dans un char, couverts de sang, couverts d'injures, dépecés, c'était une pitié, ça me faisait pleurer », lui disait le prêtre qui avait assisté au carnage et avait sauvé le nouveau-né qu'il avait trouvé derrière un tas de fagots et de bois à brûler, sans doute caché là par sa mère avant que celle-ci ne soit rejointe par les jacobins. Cette voix, cette scène accompagnent la vie de l'indigotier depuis des années. Il ne s'en défera donc jamais ?

Autour de la jeune femme allongée, chacun donne son avis. On en fait successivement une coutière, une lingère, une ravaudeuse, une chapelière, une blanchisseuse, une écaillère, une ouvrière en soie, avant que tous s'accordent sur sa profession : une prostituée qui travaille à Aiguebelle, rue Troussevache ou Tire-Boudin. En peu de temps, l'histoire est reconstituée. C'est celle-ci : il arrive parfois que des individus, pour assouvir leur vengeance contre une maison dans laquelle ils ont été infectés, y entrent avec force, tombent sur la maîtresse et sur ses filles et les maltraitent de la façon la plus obscure. Cette fois, la vengeance est allée jusqu'au meurtre. Et les hommes devaient être plusieurs : « A moins d'être un géant, il a bien fallu plusieurs gars pour la hisser jusque là-haut, conclut le cocher, qui ajoute : allez, c'est par le sang de nos mères que passent en nous les violences. »

Tout le monde parle mais personne ne pense à recouvrir le corps. D'ailleurs, hommes et femmes ne le regardent qu'à peine, excepté Giobert qui se penche et étale son manteau qui cache ainsi aux yeux de tous le cadavre, de la tête aux cuisses, ne laissant apparaître que le bas des jambes et les pieds. Un genou en terre, alors qu'il accomplit son geste, Giobert se sent défaillir, sait qu'il va éprouver de grandes difficultés lorsqu'il voudra se relever. La jeune femme a sur la jambe un serpent tatoué qui s'enroule à sa cuisse et plonge sa tête, plus haut, dans une toison d'autant plus sombre que le cadavre est d'une terrible couleur blanc-vert… Ce tatouage, il l'a déjà vu – mais où ?

Giobert, prostré, ne parvient pas à se relever. Ce qui ne choque personne, parce que personne ne se rend compte de son trouble. Tous les acteurs de cette scène macabre pataugent dans leur propre jus et ne se soucient guère de celui des autres. Et lorsqu'un des voyageurs de la patache, qui se dit banquier et dont l'attitude laisse entendre qu'il est un homme de mérite et sait le monde, propose qu'on « fasse les poches » de la morte afin d'essayer d'en savoir plus, personne n'y trouve à redire. La pêche aux indices est maigre : les restes d'une couronne fanée de « reine de mai » – c'est l'époque, la région est en ce moment sillonnée de cortèges précédés d'un guide tenant une grosse cloche à vache qu'il secoue vigoureusement –, un menu froissé à l'enseigne de Baratti & Milano, le fameux café turinois, une importante somme d'argent en francs français, un billet attestant de la vente de couverts en argent et de bijoux dans une boutique d'Annecy. La traque peut s'affiner, et le roman de cette vie connaître de nouveaux rebondissements :

— Elle devait faire profession de maîtresse d'étudiants, assure le cocher. Le jeune homme est devenu avocat, il est retourné dans sa famille, a laissé à un de ses amis sa chambre, son mobilier et sa maîtresse. Le nouveau n'en a pas voulu, il avait tendance à se laisser aller sur la bouteille, un soir qu'il était ivre il l'a tuée pour s'en débarrasser.

— Si vous voulez mon sentiment, rétorque le banquier, cette fille, qui comme toutes celles de son espèce, abonnée à la paresse, aimait mieux vivre du produit honteux de la débauche que de subvenir à son existence au moyen d'un travail honnête et assidu, mécontente de la dame de maison chez laquelle elle était logée, s'est enfuie en emportant quelques objets de valeur qu'elle a vendus. Les hommes de main de la tenancière l'ont retrouvée et assassinée.

— Encore une qui a « couru le monde », c'est tout, propose la dame au mouchoir qui a retrouvé des couleurs. Elle a suivi un officier ou un bourgeois qui après l'avoir entretenue, pendant un temps plus ou moins long, s'en est débarrassé, de façon expéditive, parce qu'elle le faisait chanter...

Pendant que tous se penchent sur la vie présumée du cadavre, qu'aucun ne songe une seconde à respecter, et cela d'autant plus qu'il appartient sans aucun doute possible à une fille publique et que les filles publiques depuis plusieurs années déjà ont répandu, à Chambéry et dans toute sa périphérie, une véritable épidémie de syphilis – le nombre de militaires infectés a quadruplé en deux ans, les prisons où elles sont retenues et traitées sont pleines, les hôpitaux de province ne veulent plus des « malades de cette espèce », quant à l'hospice des Dames du Bon-Pasteur et l'Hôpital celtique de Turin ils n'ont plus de lits –, Giobert, en larmes, reconnaît dans le cadavre caché sous son manteau la jeune Italienne sauvage qu'il avait croisée deux jours auparavant et qu'il cherchait depuis qu'il avait erré dans Chambéry en compagnie du Cavalier Bleu. Il la revoit vivante, gaie, aguichante, provocante, tout de rouge vêtue. Il se souvient de ses lèvres qu'elle mouillait avec sa langue, rouge sang, luisantes, et qu'elle laissait gonflées, entrouvertes, consciente que l'homme qui la regardait ne pouvait en détacher ses yeux. Il se souvient de cette voix qui l'avait touché partout, depuis les cheveux jusqu'aux pieds ; de cette peau qu'il imaginait blanche comme une jeune amande d'avril, aigre et verte, douce et dure ; de ses gestes doués de la prescience de l'insecte ; de ses formes, fruits de lune, soleils portés, exaltant toute la rondeur du monde. La jeune Italienne était une fontaine, une fontaine au bord de la route, à laquelle, s'il avait pu boire, il aurait étanché sa soif pour l'éternité. Regardant ce cadavre, Giobert se dit à lui-même, mais aussi pour les autres, à haute voix : « Elle a dû mourir parce qu'elle a découvert un secret. »

Sans trop savoir quelle impulsion l'agite alors, il soulève légèrement le haut du manteau, pour regarder non le visage, mais le cou de la jeune fille. Le pentacle qu'elle portait au bout d'un lacet bleu a disparu.

Giobert est tellement dans sa boue, dans son désespoir qu'il ne prête même pas attention à Chevalier Rouge qui vient d'arriver et qui, une fois descendu de son cheval, lui donne quelques tapes machinales sur l'encolure :

— Que fais-tu ici, je te croyais à Rumilly ?

Giobert ne répond pas, absorbé par ce corps qu'il serre dans les rameaux de ses bras noués :

— Tu la connaissais ?

Autour du cavalier et de l'homme au visage bleu qui tient dans ses bras le cadavre de la pendue, un cercle s'est formé, un cercle de témoins qui observent.

— Elle aimait trop la vie pour la quitter, alors c'est la vie qui l'a quittée, dit Giobert, à mi-voix, lequel, relevant enfin la tête, s'aperçoit de la présence de Chevalier Rouge : tu m'as suivi ?

— Et pourquoi l'aurais-je fait, grands dieux !

— Je ne sais pas. Toi seul connais la réponse...

— Tu sais bien, certains hommes sont sur terre pour trouver de nouveaux bleus, d'autres pour traquer les assassins, faire régner l'ordre... Il y a une mort suspecte, mon rôle est d'être là. Comme les fois précédentes. Comme les prochaines fois...

— Tu crois vraiment ça ?

— Evidemment. Tu imagines un monde où les fonctions seraient mêlées ! Tu me vois en indigotier et toi en policier ? Tout est à sa place. Tout a un sens...

— Même ce qui n'en a pas ! Pour une fois nous sommes d'accord.

— Je ne suis pas ici pour faire de la philosophie. La connaissais-tu, oui ou non ?

— Non. Mais il fallait bien que quelqu'un la recouvre. Elle est presque nue, là-dessous...

— Et l'as-tu prise dans tes bras ?

— Quelle tristesse, une si jeune fille ! L'ange qui était dans sa tête a ouvert ses ailes, s'est en allé et la tête a éclaté.

— L'ange ?

— Oui, l'ange...

Les paysans qui observent la scène ne comprennent guère ni ce qui se passe ni ce qui se dit, ou alors savent trop de quoi il s'agit et préfèrent se taire. Ils sont tous de la région, de derrière la piste qui va jusqu'au lac, des prés à chamois en pente raide, du plus haut des paysages minéraux ; tous sont gens timides mais non aveugles, francs, droits, ignorants des engrenages mesquins des petits cagibis de la vie. Ils vivent parmi des horizons entièrement fermés de roches acérées, en forme d'aiguilles, de crocs, de crevasses d'éboulis, de cheminées d'accès, d'épaulements et de creux en forme de bol qu'il faut contourner pour vivre. Cette journée, cette discussion, cet homme bleu pleurnichant sur le cadavre d'une fille de joie raide comme un glaçon ne les concernent pas. Et puis, l'homme qui vient d'arriver, comme l'indique son uniforme, est un policier, et les policiers savent les choses des assassins et des assassinés, les choses dans lesquelles il vaut mieux ne pas laisser traîner ses mains. Quant aux voyageurs de la patache, ce sont tous des bourgeois, et moins la bourgeoisie se mêle des affaires de police mieux elle se porte. C'est pour ça d'ailleurs que personne n'a donné son manteau ou sa couverture pour cacher le corps.

— Et toi, tu la connais ? demande Giobert.

— Oui.

Tous se regardent, étonnés, inquiets. Une révélation comme celle-là, en pleine nature, en plein midi, c'est une drôle d'affaire tout de même ! Et tous, voyageurs et paysans, sont présents quand le mystère est percé ! Maintenant, les voilà tous impliqués dans cette histoire de sang et de pendue !

— C'est une fille de joie..., dit Chevalier Rouge qui prétend connaître tout de la région, parce qu'il la parcourt chaque jour de long en large, et qu'il est policier.

— Tout le monde semble d'accord là-dessus, dit Giobert.

Chevalier Rouge, qui a eu le temps de regarder rapidement les vêtements de la jeune fille, conclut qu'elle sort de prison. Ils sont propres, de qualité. Certainement vendus par une détenue qui venait d'arriver et qui savait qu'elle resterait longtemps. « C'est l'usage dans les prisons. » Quand on lui remet les objets trouvés dans ses poches, Chevalier Rouge les observe attentivement, les met dans un mouchoir et les glisse dans la sacoche de cuir qui pend le long de la selle de son cheval.

— Vous savez comment elle s'appelle ? demande un paysan, inquiet. Un grand, bel homme d'un mètre quatre-vingts, teint coloré, cheveux châtains abondants, yeux bleu de mer, une expression de franchise ronde sur le visage, barrée toutefois par le sourire sceptique de lèvres serrées.

— Oui.

— Et je suppose que vous savez qui est le meurtrier ? demande un voyageur, la peur au ventre, comme si l'assassin pouvait alors surgir d'un moment à l'autre, au beau milieu de la campagne, ou qu'il était parmi eux à regarder la femme qu'il venait de pendre.

— Grosbois. Il ne supportait plus le rôle dégradant et ridicule d'amant honoraire d'une ravissante créature.

— Grosbois ?

— J'le connais, moi, Grosbois, dit le cocher, il irait pas s'mettre une affaire de meurtre sur les bras. Il veut être tranquille, le Grosbois. On l'a assez enquiquiné parce que son père avait été un des chefs de la contre-révolution annecienne en 1793 !

— Mais non, justement, réplique Chevalier Rouge. Quand les jacobins sont revenus au pouvoir, ils ont fait massacrer tous les émeutiers royalistes qu'ils ont pu attraper en les faisant fusiller sur-le-champ en compagnie du procureur de la commune de Thônes. Grosbois père en faisait partie.

— Et le père de la morte était un des jacobins, c'est ça ? dit un voyageur en mettant sa main devant ses yeux car le soleil commence à taper dur. En tuant la fille, il a vengé son père ?

— Exactement. Les vengeances traversent les siècles, s'installent durablement dans les familles, et la contre-révolution savoyarde est encore bien présente dans les esprits.

— Beaucoup de Savoyards sont, en effet, aujourd'hui hostiles à l'annexion à la France parce qu'ils se souviennent des exactions commises par les soldats français pendant la Révolution et sous l'Empire, ajoute Giobert qui s'est enfin relevé.

— Je ne te le fais pas dire, reprend Chevalier Rouge. Nous avons tous mille raisons de nous venger... La Fontaine a raison...

— La Fontaine ? Tu cites La Fontaine, maintenant !

— Et pourquoi ne le ferais-je pas ? La Fontaine, donc, a raison : « La vengeance est un morceau de roi... »

Tandis que la maréchaussée et un magistrat, prévenus, arrivent et emportent le cadavre dans une carriole noire, que voyageurs et paysans se dispersent non sans s'être mis au préalable à la disposition de la justice, Giobert et Chevalier Rouge restent seuls.

— Tu sais vraiment qui est cette femme ?

— Oui. Clara, une prostituée turinoise qui nous rendait quelques services...

— Et ce Grosbois ?

— Grobois n'existe pas.

— Pourtant le cocher a prétendu...

— Le cocher est un auxiliaire de police. Paysans et voyageurs vont divulguer une fausse nouvelle, et le véritable meurtrier tombera dans mes filets.

— Machiavélique !

— Efficace. Je fais mon métier. Et je commence à avoir une petite idée au sujet de toute cette histoire...

— Quelle histoire ?

— Tu verras. Tu seras le premier averti et le premier surpris ! On chevauche ensemble vers Albertville ?

— Non, je dois rentrer à Rumilly. Je pars dans deux jours pour Turin.

— Blausein ?

— Oui, Blausein.

— Ne va pas te compromettre dans on ne sait quelle affaire de contrebande, avec lui on ne regarde jamais assez où on met ses bottes ! Tu aurais tôt fait de te retrouver en prison !

— Ne t'inquiète pas. A bientôt, alors...

— Dans deux semaines, trois au maximum, on se reverra au Café des Alpes, autour d'un cimier de chevreuil !

14

Le dernier souvenir que Giobert a de Turin remonte au 21 mai 1814, quand tout le peuple piémontais lance des cris de joie sur le passage du roi. Giobert est alors un très jeune homme. Ce qu'il retient de cette journée, c'est le souverain qui descend de voiture puis monte à cheval, entouré d'une cour vêtue à la mode d'autrefois, avec perruques, catogans et chapeaux à la Frédéric II. Mais surtout, au-delà d'une foule en délire, c'est le spectacle de la jeune souveraine qui l'émeut, avec sa robe de casimir nankin garnie de velours bleu et son petit chapeau noir à plumes. Durant bien des années, cette beauté resplendissante, dont le visage reflète une partie du ciel, constituera pour lui le modèle de la grâce féminine. Les autres images de Turin sont plus incertaines et floues : les murs gris des fabriques de vermouth et de vin d'Asti, les édifices de briques, les larges avenues, les portiques élevés, les grandes perspectives architecturales, une certaine monotonie sans doute augmentée par toutes ces rues qui se coupent à angle droit et font comme un damier sur les cases duquel sa mémoire se perd.

Aujourd'hui, l'impression est tout autre. D'abord, il y a l'arrivée dans la capitale piémontaise qui se fait non plus à cheval ou en voiture, et qui vous faisait mettre pied à terre tout couvert de la poussière de la route, mais en train. Certes, le tout nouveau tunnel du Mont-Cenis n'est pas un objet poétique, mais la demi-heure que Giobert passe dans la longue cavité noire et glaciale est une expérience inoubliable. A peine basculée de l'autre côté de la montagne, et une fois Suse dépassée, la locomotive entre en gare de Porta Nuova. Giobert se sent immédiatement chez lui. En cette douce après-midi d'été, la cité aux stucs rose et jaune est bien la sienne. Se tenant à la fenêtre de sa chambre – son hôtel, l'Hôtel Victoria, donne sur une place sillonnée par des officiers en pantalon bleu et des dames drapées de mantilles –, il voit sa mémoire endormie se réveiller. Les innombrables cafés, les balcons, les volets, les campaniles, cette lumière plus douce, la gamme des couleurs, les bruits évocateurs, les odeurs lui appartiennent. Turin, la ville de son père et de son grand-père, est désormais la sienne.

Les associés de Blausein ne lui ont donné rendez-vous que le lendemain, dans un des restaurants installés le long du Pô, à droite de la piazza Vittorio Emanuele, un de ces établissements, snobs et chic, qui semblent vouloir s'être placés sous la protection de la Gran Madre di Dio. Giobert prend le temps de redécouvrir la ville de ses ancêtres. On lui avait parlé d'une cité géométrique, couverte de quadrilatères. Il croyait revoir une ville moderne. Il n'en est rien, et cela le rassure. Turin est une vieille capitale, une ville de province. Le soir, après le dîner, alors qu'une petite pluie fine commence à tomber, il se promène le long des rues, dans un état voisin du contentement. Il lui est facile d'imaginer ses parents rasant les murs, coupant de leur ombre telle avenue transversale déserte, passant sous telle arcade, avançant d'un pas lent dans ces rues sans trottoirs pavées de grandes dalles. Ici point de cariatides ni de vieux écussons, aucune ostentation, mais des murs de crépi étalé par de solides maçons piémontais, des bleus frottés, des roses très fins, des verts dégradés, des jaunes d'ocre, des pourpres éteints, et, dans le lointain, de hautes collines noires parcourues de couvents rococo, de villas de verdure sombre, de bosquets de sapins, qui ceignent la ville de leur ombre protectrice.

De retour de sa promenade, il se remet à sa fenêtre. Par-delà le Pô, les collines scintillent. Il fait frais, presque froid. Se répand une aigre odeur de moisi qui rappelle la longue journée de soleil, avec son vacarme, son agitation, la sueur d'une foule joyeuse parcourant sans répit les rues de la ville. Sur la place : des femmes de petite vertu, des solitaires, des marchands ambulants, des déracinés, des vieux qui s'assoient sur des bancs. Que peuvent-ils bien attendre ? se demande Giobert qui s'endort en songeant à son déjeuner du lendemain.

Le Caffè Prosio, célèbre pour ses riches apéritifs, propose une cuisine dans la plus pure tradition piémontaise. Ce n'est pas un hasard si le représentant de Blausein à Turin, un certain Giuliano Soria, a choisi ce lieu prestigieux : afin d'honorer Giobert et les marchands étrangers conviés au déjeuner – un Indien, un Africain, un Américain, un Anglais –, mais aussi pour exhiber sa puissance, car le Caffè Prosio est un des plus chers de Turin. Comme d'habitude, c'est à la fin du déjeuner, après que celui-ci s'est écoulé en propos superficiels voire inutiles, et que chacun s'est observé du coin de l'œil, que les choses sérieuses commencent – sous le regard attentif d'une certaine Angelina Costa dont on ne sait si elle est la secrétaire ou l'amante de Giuliano Soria, et qui, durant tout le repas, a couvert un petit carnet noir de pages de notes sans que personne entende le son de sa voix.

Alors que tout le monde fume un cigare sous le pavillon de verdure, à l'extrémité du jardin du restaurant qui s'allonge jusqu'au bord du Pô, la discussion prend un tour plus fécond et plus âpre. Soria, nécessaire figure de Hamlet et de Sphinx, dont le regard contredit sans cesse la parole, la parole dément le sourire, et le sourire déguise la pensée, précise les raisons essentielles de ce véritable conseil de guerre :

— Les sentiers de Savoie et de Piémont sont pleins d'herboristes, de colporteurs, de chasseurs, de contrebandiers, de douaniers, de longues files de poulains et de mulets dirigés par des maquignons qui ralentissent l'acheminement de nos produits. Les vols sont fréquents, les contrôles douaniers drastiques, les taxes exorbitantes. Il faut donc emprunter d'autres circuits et surtout trouver d'autres lieux de fabrication de l'indigo qui permettent une rentabilité accrue et un prix de revient moindre.

— Je me charge des nouveaux circuits de distribution, dit l'Anglais, démontrant combien il s'y connaissait en tracés de frontières et en franchissements illicites de ces dernières.

— Et nous de l'approvisionnement de l'indigo venu de l'étranger, disent en chœur l'Indien, l'Africain et l'Américain.

— Et moi de vous donner les clefs du labyrinthe turinois, ajoute Angelina Costa.

Giobert ne voit pas trop quelle place sera la sienne dans cette répartition des fonctions. Tout juste a-t-il une sorte de pressentiment. Lui, qui a très souvent nettoyé les vallons sentant trop la flouve aux premières chaleurs de l'été, se dit qu'il va lui falloir – il ne sait pas exactement à quel stade de cet échafaudage, mais il le faudra bien – faucarder soigneusement toutes ces mauvaises herbes et se mettre à pelleter de gros gâteaux de cette boue noire qui commence à sentir mauvais et qui va finir par puer comme cent mille diables.

Ce qui est très troublant, c'est que tous connaissent parfaitement leur métier, et tout ce qui touche de près ou de loin à l'indigo. Ils ont tous fait et refait les expériences de Cioni, de Chevreul, de Perutz, de Raverat ; ils connaissent exactement les conséquences d'une utilisation adéquate du carbonate de chaux, de la purification par sublimation, de la coloration, de la précipitation, de l'eau de chaux bouillie ; savent qu'une eau coupée d'urine et enrichie de genêt et de foin peut permettre de fabriquer un indigo d'un bleu superbe, et que le vert de moisissure peut migrer rapidement vers un bleu perse. Tous sont des maîtres de l'indigo. Mais ils semblent tous avoir tellement pratiqué l'évangile de Machiavel qu'ils ont comme mot d'ordre de devoir toujours dissimuler leurs desseins et marcher à leur but par les voies qui paraissent s'en écarter le plus.

— Voici la réalité, dit Soria, baissant d'un ton. D'un côté, nous achetons réellement de l'indigo venant des Indes, des Amériques et de l'Afrique, parce qu'il est moins cher. De l'autre, nous pratiquons, par « nous » j'entends l'association mise sur pied par monsieur Blausein, non pas ce que d'aucuns appellent vulgairement un

« trafic d'armes », mais plutôt, en accord avec nos convictions, une aide, à certains peuples et certaines nations qui luttent pour leur liberté...

Voyant que Giobert ne semble pas convaincu, l'Anglais prend la parole :

— Vous savez, les différentes Compagnies des Indes ont fait la même chose. Nous contrôlions le trafic d'opium, quitte d'ailleurs à nous enrichir avec ce dernier, pour mieux maîtriser le commerce du thé.

— En somme, nous ne ferions que remplacer l'opium par des armes ? demanda Giobert.

— Oui, dit l'Africain.

— En acheminant des armes dans certains pays d'Afrique ?

— Exact, dit l'Africain, la colonisation ne doit pas servir qu'aux Blancs.

— Et en donnant des munitions à l'Amérique ?

— Oui, dit l'Américain. La guerre civile a épuisé l'Union en hommes, en richesses et en crédit. L'Europe voit déjà la puissance américaine morcelée et abaissée, subjuguée à jamais. C'est une erreur !

— On dit que l'immigration vers l'Amérique a diminué de un tiers en dix ans. Les hommes et les femmes de notre vieux continent ont peur de disparaître dans le gouffre d'interminables batailles, ajoute Giobert.

— J'ai beaucoup de respect pour vous, dit l'Américain, vous êtes le maître incontesté du bleu, mais vous ne connaissez rien à l'Amérique. Une grande partie de l'Ouest reste à défricher. Les Indiens sont encore nombreux, et les colons manquent de fusils...

— Quant aux Indes, lance l'Indien, les problèmes causés par le développement du thé d'Assam au détriment des théiers chinois nécessitent aussi une certaine quantité d'armes…

— Vous vous demandez quel sera votre rôle ? dit alors Soria en se tournant vers Giobert.

— D'une certaine façon, oui.

— Vous savez très bien que la Savoie va disparaître et qu'elle va regagner le giron français en compagnie de Nice. Un autre troc en quelque sorte. La vie n'est que cela. Votre « Savoie » peut devenir une plaque tournante entre la France, l'Italie et les Nouveaux Mondes.

— Je ne me vois guère en trafiquant d'armes…

— Qui vous parle de cela ? Laissez les basses besognes aux autres. Vous faciliterez certains contacts, ouvrirez les routes, ferez circuler les marchandises. Mais toujours sous couvert d'indigo. Officiellement, nos convois ne transporteront que de l'indigo, des tissus, des draps, etc. Au premier étage : du bleu ; dans les soutes, les combles, les arrière-cuisines : de la poudre à canon. Angelina Costa vous aidera à faire prendre aux empêcheurs de tourner en rond des vessies pour des lanternes.

— Je dois réfléchir…

— Non, Giobert. Vous ne pouvez plus reculer, ni moi, ni nos amis ici présents. Tous solidaires, tous unis par le même noir secret, ou bleu, comme vous préférez. Et puis, dès demain, que dis-je, dès aujourd'hui, vous voilà à la tête d'une réserve d'indigo comme personne ne peut se vanter aujourd'hui de l'être. La liberté dans vos recherches a un prix…

De l'autre côté du Pô, sur l'autre rive, sur celle de la liberté de mouvement et de pensée, des officiers, rutilants, se promènent avec lenteur. Accompagnés, dans un même mouvement, de dames mûres à la beauté céleste, de dandys paisibles, tout en moustaches et en jabot, de jeunes filles en corsage et dentelles, de jeunes *abati* aux bas strictement tirés, tous descendent le fleuve puis, arrivés au terme de la promenade, remontent le Pô dans l'autre sens, en direction du pont construit par Napoléon. C'est étrange, il fait une journée magnifique. Le ciel est lisse comme une pierre de lavoir. Un vent de perdition y écrase de l'indigo à pleine main. Le soleil gicle de tous côtés, et les choses de la vie n'ont plus d'ombre. Giobert est soudain muet, comme si les mots qu'il a prononcés lors de ce repas lui avaient été arrachés des lèvres : il a parlé et acquiescé malgré lui. Mais c'est trop tard, Giuliano Soria a déjà appelé la lourde berline verte qu'il n'utilise que dans les grandes circonstances. Chacun y monte feignant la joie, et la voiture se met à rouler sur l'excellente route de pavés conduisant aux prairies verdoyantes qui ceignent la ville. Le soleil est gai. Une brise légère tempère la chaleur. Ce pourrait être une magnifique journée d'été. En réalité, le piège vient de se refermer sur l'indigotier.

Afin de mettre toute l'affaire sur pied, Giobert passe un mois à Turin. Des jours étranges. Mélange de bonheur et de crainte. Il a repris la lecture de la Bible, continue de travailler à son *Traité de l'indigo* dont il emporte le manuscrit partout, y incluant notamment un chapitre qui révèle une partie de son secret et qui s'intitule : « De l'action particulière des Alcalis sur l'indigogène, et sur les extraits ou liqueurs indigofères ». Quand il ne doit pas travailler avec Giuliano Soria et ses autres compères, il replonge lentement dans l'histoire de Turin qui est aussi la sienne. Ainsi a-t-il passé de longues heures dans le vaste palais de l'Académie des beaux-arts, dans la chapelle du Saint-Suaire, le Musée royal des armures, le Musée égyptien et d'antiquités et le palais de l'Académie des sciences où il s'est particulièrement attardé sur les pièces de la collection zoologique. Mais ce qu'il aime par-dessus tout, c'est se promener en dehors de la ville, par le faubourg du Pô, où, après avoir gravi les hauteurs voisines, visité la Superga et ses tombes royales, il revient par le Valentin tandis que les feux du couchant empourprent les ondes du fleuve. Aujourd'hui, alors qu'il rentre à son hôtel, croisant au passage une procession de Notre-Dame-du-Rosaire psalmodiant un chant d'église, il passe par la *galleria Subalpina* et pénètre machinalement dans une des librairies de livres anciens : *La Casa del Libro*.

A plusieurs reprises, il y a trouvé des livres qu'il cherchait depuis longtemps – se disant alors que son séjour à Turin aura au moins servi à ça, combler des lacunes livresques ! –, comme *Le Parfait Indigotier* de Overath Ruffino, publié à Amsterdam en 1769, ou encore *Principes de l'art de l'indigotier* du professeur Benito Merlino, publié à Paris par l'Imprimerie impériale. Mais, cette fois, c'est la seule curiosité qui le pousse à acheter *Pour faire cesser l'état cataleptique et ramener la somniation*, de Théodore Lovati. Immédiatement, Giobert se retrouve confronté à ces théories si troublantes, si dérangeantes, développées par le charlatan à Chambéry. Une nouvelle fois, il suit pas à pas les malades, évoqués par Lovati, dans leurs faits et gestes. Un cas retient particulièrement son attention. Celui de ce malade de l'hôpital de Milan qui entre « en condition seconde à peu près une fois par mois ». La crise s'annonce comme d'habitude, le malade se met alors en route, en pleine nuit, marche, étranger à tout, les mains légèrement en avant, les yeux fixes et inertes ; tourne les obstacles, ramasse tous les objets qui brillent, les montres, les cuillers, les verres ; met tout dans la poche de sa capote d'hôpital, et retourne dans son lit comme si de rien n'était, étonné de se retrouver le matin venu entouré d'objets hétéroclites qui l'encombrent, allant jusqu'à accuser ses compagnons de malheur de lui avoir fait une mauvaise farce…

Un deuxième cas trouble davantage encore Giobert. Il s'agit cette fois d'un sommeil provoqué, par « suggestion ». Le malade est un chanteur à qui Lovati va suggérer de rêver qu'il est en scène. Pour cela, il lui donne un rouleau de papier blanc qu'il lui demande de fixer, tandis qu'il fait passer sous ses yeux une lampe allumée qui doit lui suggérer l'idée de la rampe du théâtre. Le succès est immédiat et complet : le malade essaie sa voix. Mais il semble gêné, il enlève sa capote d'hôpital et exige qu'on lui passe sa redingote. Il la prend, en retire la rosette de la Légion d'honneur qui brille à la boutonnière et qui paraît le perturber, endosse l'habit, tousse deux ou trois fois et se met à chanter un des airs patriotiques dont il a la spécialité. Et Théodore Lovati d'émettre une hypothèse : « Par la suggestion, on pourrait ainsi pousser quiconque à commettre l'irréparable. A tuer, à voler, à se jeter du haut d'un pont. Au réveil, j'ai pu cent fois le constater, l'individu ne se souvient jamais de rien. Il est agi. Son cerveau en sommeil est mis en action par la mémoire, une suggestion extérieure, une idée qui va en entraîner une autre… »

Enfermé dans sa chambre à lire et à relire le livre de Théodore Lovati, Giobert n'entend pas ce qui se passe en Italie. La guerre entre l'Autriche et le Piémont est en train de susciter dans l'Italie centrale une flambée de révolutions nationalistes. Déjà les souverains de Toscane, de Modène, de Parme ont été chassés et remplacés par des gouvernements provisoires qui proclament l'annexion au Piémont. C'est certain, désormais, l'Italie est en marche vers son unité. Elle a gagné la bataille de Magenta et s'apprête à livrer un combat que l'on dit décisif à Solferino-San Martino.

C'est le moment pour Giobert de regagner la Savoie. Sa mission est terminée. Il organisera désormais pour Blausein des convois qui, sous couvert de commerce de l'indigo, feront passer par les défilés savoyards, suisses et italiens des armes destinées à ne soutenir, en réalité, aucune cause mais dans le but unique de gagner de l'argent. Giobert a honte, et s'il n'était bleu de naissance, son visage se couvrirait d'une couche de désespoir couleur sang. L'indigo est son maître absolu, pour lui il serait prêt à mourir et à tuer.

15

Giobert, qui préfère la bête à la machine, retourne en Savoie à cheval – un coursier tisonné, appelé Consul, offert par Giuliano Soria, en référence ironique à Caligula ; aux épaules plates, mobiles, et qui boit dans le blanc. La route est parsemée de croix sur les chemins et de madones dans le tronc des pins et des noyers. Tantôt elle monte et tourne dans les bois, tantôt elle passe un col, tournoie dans les hauteurs, puis redescend pendant plusieurs lieues. A présent, il grimpe le long d'un sentier forestier. Devant lui s'élève le versant verdoyant des collines. Le ciel bleu est limpide et froid, de chaque côté du sentier poussent des églantiers. Après Lanslebourg, Giobert ralentit son allure, car dans cette partie du trajet il n'est pas question de lancer un cheval. Il vaut mieux aller au pas et lui relever la tête à coups de guides pour éviter qu'il ne s'assoupisse. Giobert se sent presque « guilleret », ce qui ne lui est pas arrivé depuis longtemps. Il interpelle Consul, en fait un témoin de son bonheur. Ces bruissements de feuilles, ces craquements, tout ce sentiment délicieux d'une nature qui n'est pas hostile, Giobert l'a rarement éprouvé. Et quand il profite d'un nouveau ralentissement pour replacer ses pistolets dans ses bottes, il sait que ce bonheur va se poursuivre jusqu'à Modane où de longues allées cavalières sont bordées de taillis de chênes blancs.

Avant d'arriver à Saint-Michel, il croise des troupeaux de vaches qui paissent « dans les hauts », mais lorsqu'il redescend par l'autre versant de la montagne, une étrange inquiétude s'empare de lui, faisant fondre rapidement son bonheur éphémère. Comme s'il s'était soudain égaré du droit chemin, le plateau, les taillis fourrés ont disparu. Il est maintenant dans un vallon très sombre, avec au fond un petit ruisseau presque à sec, et des prés de luzerne. Au milieu des touffes de lavande, de thym, d'argelas, le cheval prend peur. Inexplicablement. Au-dessus du cavalier et de sa monture, de longs nuages volent maintenant comme des oiseaux, très gris et très noirs – par endroits. Des forêts alentour arrivent du bruit et du vent qui s'abattent sur le vallon. En quelques secondes, tout bascule. Consul prend peur, part dans une course effrénée et jette son cavalier au sol. De sa chute, Giobert ne retient aucun souvenir, si ce n'est, peut-être, un pan de ciel très bleu emprisonné entre deux nuages de terre noire comme du mortier.

Quand il reprend connaissance, ou conscience, ou se réveille, il a presque envie de rire, malgré une terrible névralgie faciale et de violentes douleurs dans tous les membres. Un écuyer, grotesque, orné de colliers de mulet garnis de grelots, est penché au-dessus de son lit et le regarde attentivement... Un bruit confus de coups retentissant comme ceux du marteau sur l'enclume, les mugissements de la cornemuse, les sons aigus de sifflets et de grands éclats de voix lui parviennent. Puis tout se tait, disparaît. Le silence s'installe. L'écuyer s'avère être un médecin de l'hôpital des Innocents à Saint-Michel.

— Vous vous réveillez enfin, dit doucement l'homme en blouse blanche. Nous avons eu très peur.

— Je suis tombé de cheval, n'est-ce pas ?

— Vous êtes surtout resté sans connaissance pendant des semaines…

— Des semaines ? s'étonne Giobert en essayant vainement de se redresser dans son lit, ajoutant « j'ai mal, très mal », avant de sombrer dans une douce torpeur tandis que le médecin lui administre une piqûre.

— Quelques milligrammes de sel de morphine sous la peau…

— De la morphine ?

— Je ne vois guère d'autre solution… Vos cris ont effrayé tout le dortoir.

Giobert est effondré. Il sait qu'un phénomène d'accoutumance, inévitable, va se mettre en marche, que l'effet est certes merveilleux, que la douleur cesse instantanément, mais qu'elle va reprendre de plus belle, ce soir, demain. Il sait que, comme tout patient, il va se souvenir du succès de la veille et réclamer son calmant. Il va céder, jour après jour, s'accoutumer. Ce n'est plus une injection quotidienne qu'il va lui falloir pour endiguer le mal, mais deux, trois, quatre, et ainsi toujours en augmentant. La douleur, cause du premier traitement, aura depuis longtemps disparu que des malaises intenses lui signifieront qu'il faut augmenter sa dose et arriver à des quantités formidables. Il va vivre assommé, en dehors du monde. Mais le médecin le rassure :

— Une ordonnance de dix centigrammes suffira. La dose sera de plus en plus légère. La science moderne sait équilibrer les poisons.

— C'est faux. Je finirai comme ces morphinomanes qui se morphinisent comme d'autres fument, boivent ou font de la musique.

— Mais non...

— Mais si ! Je vais m'empoisonner, comme s'empoisonnent paisiblement le Tout-Paris, le Tout-Londres, le Tout-Berlin et, probablement, le Tout-Milan, le Tout-Rome, le Tout-Turin !

— Vous fumez ? demande le médecin.

— Des demi-cigares, de temps en temps. C'est interdit ?

— Pas du tout.

— Alors ?

— Alors, tenez, dit le médecin en tendant à Giobert un porte-allumettes de poche.

— Vous trouvez que je n'ai pas assez de poison dans le corps ?

— Ouvrez.

Giobert découvre, adroitement caché dans l'étui, un petit flacon émaillé contenant la dose de morphine nécessaire et une petite seringue en or.

— D'ici quelques mois, vous n'aurez plus à vous servir de cet arsenal pourtant discret, je vous l'assure. Mais pour l'heure, il vous sera très utile.

Dans les jours qui suivent ce réveil, la prédiction du médecin semble se réaliser. Si l'accoutumance à la morphine reste bien réelle, les doses commencent insensiblement à diminuer. Giobert peut se lever, faire quelques pas sur la terrasse qui surplombe l'hôpital. C'est l'été. Parfois il pleut, et de son observatoire Giobert voit qu'on commence à balayer les feuilles sur les trottoirs. Il se dit que ce petit détail du passage des saisons, il ne l'oubliera jamais. Dans les couloirs de l'hôpital, il vit un étrange moment de solitude, de réflexion, de repos. Il voudrait tant pouvoir faire tomber les murs de cette prison, car c'en est quand même une, laisser son cheval au piquet d'un pré, et arpenter seul, comme il l'a si souvent fait, les chemins de campagne pour aller au-devant de ce qu'il appelle ses « jours d'incertitude ». Il passe des heures, de plus en plus longues, à somnoler sur la terrasse, observant la ville baignée par l'été qui est revenu. Une ville toute brûlée, toute sèche. Il le voit bien : il n'y a plus d'eau aux fontaines, le crépi des murs tombe en grosses écailles, la poussière recouvre les rues, une couche épaisse de terre en poudre qui doit palpiter sous les pas et qu'il voudrait à nouveau sentir. Dans le ciel volent des alouettes exténuées. Près des puits les corbeaux restent à l'affût. Avec une telle chaleur, le tabac doit fondre dans les poches et devenir pâteux, collant comme du marc de café. Il faut qu'il sorte de cette léthargie. Il se sent comme le renard en manque d'eau qui finit par foncer tête baissée vers le seau tenu par une femme, oubliant que le mari est là avec un fusil chargé, et qui jappe au soleil quand le coup lui fait exploser la tête.

Entre deux piqûres de morphine, il peut revenir à la recherche du bleu, du « Bleu de Nuit », sujet du prochain concours. Le bleu le sauve de la détresse, le maintient en vie, comme il l'a toujours fait. Pour obtenir le

« Bleu de Nuit », il sait qu'il doit mettre au point un bleu dense et sombre, qu'il va devoir glisser sur les nuances subtiles comme le funambule sur son fil, faire fi de tout orgueil, de toute méfiance, accepter sa méconnaissance, rester attentif, ouvert, tenter toutes les expériences, et ne rien négliger – même pas le hasard. Quand Diesbach, droguiste et fabricant de couleurs, a découvert le bleu de Prusse, il cherchait une qualité de pourpre. Si Johann Konrad Dippel, pharmacien malhonnête, ne lui avait pas vendu du carbonate de potassium frelaté, nécessaire à la fabrication de son fameux rouge écarlate, il n'aurait jamais obtenu ce magnifique précipité bleu. Giobert le subodore, c'est du côté de ce bleu de Prusse qu'il doit chercher. Certes, il est peu stable à la lumière, les alcalis le détruisent, mais ses tons sont admirables, transparents. Son « Bleu de Nuit », il l'obtiendra à la croisée des chemins du « bleu Macquer », du « bleu Raymond » et du « bleu Woodwardörer ». Chaque fin d'après-midi, Giobert ouvre son porte-allumettes de poche, utilise la seringue d'or. La piqûre n'est plus douloureuse, l'injection n'est plus suivie de nausées ni de vomissements. L'anéantissement de l'être est toujours présent, mais le convalescent met à profit ces instants prodigieux durant lesquels la rêverie béate cède le pas à une concentration inégalée. L'esprit devient plus vif, plus acéré.

Tout renaît. Tout revit. Jusqu'à ce soir étrange durant lequel Giobert fait un rêve affreux. L'hôpital est bordé d'un côté par les jardins d'un ancien couvent. D'immenses platanes dépassent les murs de clôture de plus de vingt mètres et font avec leurs feuilles une énorme voûte. A leur pied : un étang encombré d'un fouillis d'osiers, de saules, d'herbes aquatiques sur lesquels dansent des ombres. A demi enfoncé dans le marécage, Giobert découvre de gros souliers à bout carré. Il veut les observer de plus près, pénètre dans l'étang, peut enfin les toucher. Ces godillots « à trompette » lui rappellent les chaussures, à l'ancienne mode, de son enfance à Turin, et avec elles le souvenir des caresses prodiguées par les diaconesses qui l'ont recueilli à la mort de ses parents, et les dragées qu'elles lui offraient, et la saveur des confitures, des petits pains chauds.

L'eau glacée de l'étang traverse le cuir épais de ses bottes. Il se sent bientôt comme aspiré par le trou boueux, et tandis qu'il pense pouvoir se raccrocher aux deux souliers faisant office de bouées, il constate que les chaussures recouvrent les pieds d'un vieil homme, gonflé comme une outre, en état de putréfaction avancée. Le noyé a doublé de volume, le corps bleui cède de partout, craque, s'ouvre, suppure, dégouline. L'odeur pestilentielle est insoutenable, et les vieilles chaussures lui restent dans les mains, emportant avec elles leur poids de chair humaine en décomposition. L'homme n'a plus de tête. Elle n'a pas été décapitée, mais plutôt broyée : une sorte de bouillie gluante mangée par les poissons et les vers, une Gorgone...

— Monsieur, monsieur !

La religieuse chargée de s'occuper de Giobert ne sait plus comment stopper la bête furieuse qui s'agite sur son matelas en poussant des cris de truie qu'on égorge. Elle exigerait presque de la direction de l'hôpital qu'elle l'attache à son lit de fer avec des liens de cuir, comme ceux utilisés pour les aliénés. Quand Giobert reprend ses esprits, il se jette sur un grand verre d'eau qu'il engloutit, les yeux exorbités – voici un homme qui vient de croiser le diable. La religieuse hausse les épaules, bougonne, trouve inadmissible que les malades soient si sales, et manifeste sa désapprobation :

— Où êtes-vous encore allé ?

— Dans les sombres territoires des rêves, ma sœur, croit nécessaire de répondre Giobert.

— Et ces bottes toutes crottées, vous les avez emportées dans votre rêve, sans doute ? dit-elle en mettant sous le nez de Giobert ses bottes de cheval recouvertes d'une épaisse couche de boue !

Dès le lendemain, contre l'avis des médecins, Giobert quitte l'hôpital, sans pouvoir passer par l'intendance où se trouve la malle contenant ses effets personnels. C'est une véritable fuite pour sa survie. Il attend que l'aube ne soit pas encore levée pour s'engager dans les longs couloirs de l'hôpital, descendre le petit escalier qui conduit aux cuisines et s'emparer d'un des chevaux laissés là pour les médecins appelés en urgence. Il galope jusqu'au lever du jour, puis une journée entière… Saint-Jean-de-Maurienne, Aiguebelle, Chamousset, Lescheraines… Les villes et les paysages se succèdent. Il fuit un rêve qu'il voudrait voir rester à jamais dans l'étang du couvent à Saint-Michel, tandis qu'il éperonne les flancs de son cheval à grands coups de bottes fraîchement cirées par la bonne sœur.

Quand il est sur le point de pénétrer dans Rumilly, Giobert descend de cheval, lui tape sur la croupe et le fait fuir dans la campagne. Il veut rentrer dans sa ville, seul et à pied. Cela fait maintenant plusieurs mois qu'il en est parti ! Que doivent penser ses amis, ses associés, ses ennemis ? Le croit-on mort, est-ce un fantôme qui revient dans sa ville ? Giobert porte dans la main droite un sac de cuir noir contenant les écritures établies à Turin lors de ses rencontres avec Soria, et ses deux pistolets. La main gauche, enfoncée dans sa poche, tient fermement le porte-allumettes. Après l'avoir ouvert délicatement, à l'ombre d'un grand hêtre aux feuilles réversibles, il verse un peu du contenu du flacon dans la seringue d'or et s'injecte sa dose de morphine avant d'entrer à Rumilly par la porte qui conduit à l'église Saint-Pierre. Parti fin mai, le voilà revenu, presque trois mois plus tard : très exactement le 25 août 1859.

16

Le dernier samedi d'août, à Rumilly, c'est le jour du marché aux bestiaux. On vend des bêtes dans toute la ville, mais surtout à l'extrémité de la place d'Armes, là où aboutit la toute récente voie ferrée. Sous un soleil de fer, des odeurs infernales, qui vont jusqu'à échauffer les femmes et les hommes, montent des boulevards, des rues, du pied des remparts, là où sont parqués les cochons, où trépignent les chevaux, où dorment les moutons, où grognent les porcs. Parmi les coups de fouet, les galops, les cris des maquignons, les gémissements, la grosse fumée des cigares, monte une épouvante qui durera tout le jour. Malgré la chaleur et la poussière, les auberges font bouillir des chaudronnées de bœuf en daube, des soupes épaisses alourdies de tranches de pain et versées à grandes louchées dans des assiettes tendues par des convives alignés devant de longues tables à tréteaux. C'est une fête terrible durant laquelle le vin coule à flots et où nombre d'hommes, prenant leurs femmes pour des juments prisonnières, rendus fous par le parfum de leur sueur, se jettent sur elles à pleines ruades en gémissant.

A mesure que Giobert pénètre dans l'enceinte de la ville, il comprend que la liesse très particulière qui s'est emparée de Rumilly n'a rien à voir avec le jour du marché aux bestiaux. Aucune vente d'animal n'est en vue, aucune exhibition de bovin monstrueux ni de coq, la plume lissée comme celle d'un shako. Et ce qu'il prend pour un samedi est en réalité un vendredi, « le jour maigre », lui confirme une vendeuse de quatre-saisons effrayée par la couleur bleue de son visage, « le jour maigre », répète-t-elle en marchant à reculons, sa corbeille d'abricots à la main.

Alors de quoi s'agit-il ? De la fin de la guerre, tout simplement.

— Quel drôle de citoyen vous faites, monsieur le Bleu, lui lance un homme corpulent, une cravate de soie enroulée autour du cou : vous ne savez donc pas que l'Italie a gagné la guerre ?

— Non.

— Villafranca, ça ne vous dit rien ?

— Non.

Au milieu du brouhaha, l'homme explique à Giobert ce qu'il croit savoir. Napoléon III est un couard. Au lendemain de Solferino, il a signé un armistice avec l'ennemi, dans le dos des Italiens. Un véritable coup de poignard ! Pensant se tirer des périls qu'il avait déchaînés, il a laissé Venise à l'Autriche, a assuré au Piémont la Lombardie et a renoncé à la Savoie et à Nice. L'homme à la cravate de soie est un natif de Milan. Napoléon III l'a déçu, « amèrement », c'est un « fourbe, un homme sans volonté » :

— Quel dommage qu'Orsini n'ait pas réussi son attentat ! Tiens, je vais acheter un de ses portraits chez un marchand de gravures et le coller à la devanture de ma boulangerie, ajoute-t-il, blanc comme *geso*.

Giobert ne répond rien. Serait-il resté si longtemps absent ? A-t-il tant oublié de sa vie de tous les jours ? Depuis sa chute de cheval, il vit dans une sorte de rêve étrange, et il est en train de se rendre compte que les événements de sa vie sont vécus puis immédiatement effacés, tombent littéralement dans l'oubli. Incapable de la moindre concentration, son esprit s'échappe vers des territoires nébuleux dans lesquels les faits s'enchevêtrent mais ne s'emboîtent jamais les uns dans les autres grâce à une suite subtile de causes et d'effets.

Pour rentrer chez lui, il doit remonter la rue qui passe devant la manufacture de tabac, puis l'Hôtel-Dieu. A gauche de ce dernier se trouve le Café des Alpes. Les portes sont grandes ouvertes, les fenêtres claquent au vent et au soleil, de la poussière rouge se soulève du sol. Une foule nombreuse entre et sort. Parmi les rires, les cris, il entend une voix qui l'apostrophe. Un homme s'avance vers lui, immédiatement reconnaissable à son épaisse chevelure rousse : Sang-Dragon ! Dans son regard, on peut déceler un mélange de surprise et de peur :

— Giobert !

— Sang-Dragon !

C'est une joie curieuse qui s'empare de Giobert. Reconnaître Sang-Dragon, c'est retrouver cette vie qui lui a tant manqué, et dans le même temps éprouver le malaise qui a toujours été le sien face à ce personnage dont il connaît l'hostilité. Mais Giobert n'a pas le temps de se laisser envahir par l'expectative, jaillissent du café ces hommes qu'il a depuis si longtemps côtoyés : Chevalier Rouge, Chevalier Vert, Chevalier Noir, Chevalier Blanc

– et, comme d'habitude, un peu en retrait : Blausein... Happé par l'amicale phalange, il pénètre dans le café, tenant fermement contre lui une sacoche de cuir, monte le fameux escalier qui conduit à la passerelle qui leur est depuis toujours réservée, la hune de vigie d'où ils observent et commentent le monde.

— On pensait que vous seriez revenu monté sur une jument noire, à la tête d'une caravane rapportant d'on ne sait quelles Indes de riches tissus, des bijoux, des métaux précieux, dit Sang-Dragon.

— Et je vous aurais dit : « Rentre ma jument noire à l'écurie, couvre-la. Donne-lui de l'avoine et du son dans de l'eau tiède. » Eh bien, non...

Blausein le regarde en souriant. Il sait que Giobert a rempli sa mission, mais il ne dit rien, se contentant de le saluer chaleureusement. Son retour le comble de joie. Il sait déjà que la sacoche de cuir exhibée par Giobert contient engagements écrits, contrats, conventions et autres mandats nécessaires au développement de ses affaires. Sa présence, toutefois, ne manque pas de surprendre Giobert. Blausein n'avait jusqu'alors jamais franchi les portes du Café des Alpes... Cette légère contrariété est vite dissipée :

— Quel bonheur de te voir, répète plusieurs fois Chevalier Blanc en serrant Giobert dans ses bras. Quel bonheur de te voir ! Je me demandais si je te reverrais un jour !

— Le monde ne s'est pas arrêté de tourner durant mon absence !

— Le monde, non, lance Chevalier Vert, mais la Savoie et l'Italie, oui !

— Vous voulez parler de la guerre gagnée par Victor-Emmanuel, rétorque Giobert, qui serait bien incapable d'en dire plus.

— La guerre, oui, gagnée et bien gagnée. Mais il y a les suites de la guerre… Et la fête d'aujourd'hui ne doit pas cacher la réalité qui, elle, n'est pas brillante… La révolution italienne est en marche. Les populations ne veulent pas de l'arrangement de Villafranca qui dispose d'elles sans qu'on les ait consultées…

— Napoléon est en train de supplier Pie IX d'accepter la présidence honoraire de la Confédération italienne, ce qu'il n'acceptera jamais, ajoute Chevalier Vert.

— Quant à la Savoie, son sort est loin d'être réglé, grogne Chevalier Noir, Napoléon III n'en veut plus.

— Parce que le Piémont n'a pas reçu, comme il avait été convenu à Plombières, la vallée du Pô jusqu'à l'Adriatique, fait remarquer Chevalier Blanc. Je donne à l'empereur des Français moins d'un an pour revenir sur sa décision, vous verrez. Ce territoire servira à indemniser la France d'une partie de ses frais de guerre !

— Messieurs, messieurs, arrêtons d'évoquer le sort de l'Italie ou même celui de la Savoie pour nous préoccuper de celui de notre ami, dit Chevalier Rouge. Vous n'avez pas hâte de savoir ce qu'il a fait durant tout ce temps, moi si !

Maintenant installés autour de la table, tandis que chacun se passe les beignets, les pots de confiture d'airelles, les bols de chèvre chaud, la rôtie de pain frottée d'ail, Chevalier Rouge repose sa question en regardant Giobert dans les yeux :

— Où étais-tu, durant tous ces mois ?

— « Ces mois », « ces mois », n'exagérons rien !

— Tout de même, de mai à août, insiste Chevalier Rouge, c'est long... On commençait à se poser des questions...

Giobert ne répond pas directement à la question de Chevalier Rouge. Après avoir reposé dans son assiette la cuisse de caille frite au plat et bu une gorgée d'un gros vin bleu savoyard – celui qui laisse des nuages dans le verre et dans la bouche –, il commence à raconter son périple, du moins ce dont il se souvient. Il trie, classe, modifie les informations, consciemment ou non. Ainsi se souvient-il tout particulièrement des Turinoises brunes à peau de lait, de leurs yeux bleu d'acier, de l'ovale ravissant de leur visage, de leur démarche « qui vous laisse bouche bée ».

— Voilà pourquoi tu es resté si longtemps. Tu as rencontré une femme ! lance Chevalier Noir.

Ironique, Chevalier Rouge demande à Giobert s'il a trouvé le temps d'aller manger un potage à la tortue, une sultane à la Chantilly ou des petits pois à l'anglaise chez Mirabilia, le restaurant de la via Monte di Pietà, une façon comme une autre de lui dire qu'il est en train de noyer le poisson, de parler de choses futiles pour masquer l'essentiel.

Giobert, qui a très bien compris le sens de la question posée par le policier, rétorque qu'il n'en a eu guère le temps, et évoque ses discussions avec les importateurs d'indigo et de pastel.

— J'ai travaillé, pris des contacts. Le monde des indigotiers est en plein bouleversement. Si nous ne prenons pas, c'est le cas de le dire, le tramway et le train en marche, notre ruine est plus qu'assurée.

Très vite, la conversation s'oriente vers les questions économiques, leurs liens avec la politique, la construction de la nation italienne, l'Europe. Tous sont rassurés, Giobert est bien allé à Turin pour y travailler, y représenter les intérêts de Blausein mais aussi, d'une certaine façon, les leurs. Car tout est dépendant. L'indigo qui les lie les fait vivre ensemble et les fera mourir ensemble.

La meilleure façon de ne pas devenir un morphinomane, lui a dit le médecin qui l'a soigné à Saint-Michel, c'est de ne pas « aller se cacher au fond d'un bois » quand il doit se faire sa piqûre. L'heure étant venue de sortir le porte-allumettes, Giobert le pose sur la table et, devant tous, effectue l'injection au moyen de sa seringue d'or. Chevalier Blanc est le seul à éprouver une forme de compassion pour Giobert. Les quatre autres sourient méchamment. Voilà donc la raison de ce séjour interminable, de cette quasi-disparition : Giobert est devenu morphinomane !

— Ne faites pas ces têtes-là, réplique-t-il, tout est fini, ou presque.

— Que veux-tu dire ? demande Chevalier Blanc.

— J'ai eu un accident. La morphine m'aide à supporter la douleur. Dans quelques mois, je pourrai arrêter le traitement et ranger la seringue et le flacon dans une vitrine.

— Grave, l'accident ? demande Chevalier Rouge, sceptique.

Giobert répond, raconte tout de la chute de cheval, du pan de ciel bleu, de l'écuyer à grelots, des pertes de mémoire, des nausées, des vomissements, des instants terribles où l'esprit est englué dans une brume épaisse.

Giobert dit tout de l'hôpital, de la terrasse, des feuilles qui commençaient à tomber, de la solitude, de l'efficacité de l'équipe soignante, des infirmières.

— Dans quel hôpital étais-tu ? demande Chevalier Vert, se faisant le porte-parole des quatre autres qui tous, à présent, le croient, le plaignent sincèrement, semblent se réconcilier autour de l'évidence de la douleur, en croquant à belles dents dans des saucissons, blancs et gras comme de grosses chenilles, et sortis religieusement d'un énorme pot à huile, à l'aide d'une pince en bois, par Sang-Dragon riant aux éclats comme un idiot.

— A Saint-Michel.

A peine a-t-il prononcé ce nom que Sang-Dragon s'arrête immédiatement de rire, manquant de s'étouffer avec le morceau de saucisson qui lui obstrue le gosier, tandis qu'une nuée glaciale s'abat sur la table.

— A Saint-Michel ? dit Chevalier Rouge.

— Oui, à Saint-Michel, et alors ?

— Un nouveau meurtre..., murmure Chevalier Blanc.

— Un nouveau meurtre ?

— Oui, dit Chevalier Rouge. Dans un étang, près de l'ancien couvent qui jouxte l'hôpital de Saint-Michel, justement... Un vieil homme a été retrouvé noyé dans un fouillis d'osiers et de plantes aquatiques.

— Un drôle de vieillard, chaussé de gros souliers à bout carré, des bottes à trompette à l'ancienne mode, comme on en portait à l'époque de la Révolution, ajoute Sang-Dragon.

— On pense qu'il a été traîné dans l'étang après avoir été abattu. Le meurtrier a fait preuve d'une cruauté sans nom. Le vieillard a dû se protéger les mains et le visage.

Les mêmes chevrotines tirées à bout portant ont broyé et ses mains et son visage. Tout ça sent le sabbat, conclut Chevalier Rouge.

Plus personne ne dit rien. Le contraste entre le bruit venant de l'extérieur du café, la liesse qui perdure dans la rue et le silence qui vient de tomber sur la table est tel que Chevalier Blanc décide de le rompre, afin de sortir de cette image affreuse : celle d'un visage broyé devenu une chose sans nom.

— On soupçonne un tanneur, mais je n'y crois pas.

— Pourquoi ? demande Chevalier Vert.

— Les teinturiers et les tanneurs ont toujours été considérés comme suspects parce qu'ils travaillent avec des cadavres d'animaux.

— C'est pourtant vrai…, dit Chevalier Noir.

— Certes, mais mêler, brouiller, fusionner, amalgamer ont depuis longtemps été jugés des opérations infernales parce qu'elles enfreignent l'ordre et la nature des choses voulues par le Créateur, rétorque Chevalier Blanc.

— Celui qui trouve une nouvelle couleur ne triche jamais avec la matière, dit Giobert, il ne fait que mettre au monde une couleur qui existe déjà. Il la sort de son néant, de ses limbes. Il ne fait rien d'autre. Rien d'infernal là-dedans !

— Cela ne le met pas à l'abri du carnage. Cela ne l'empêche pas de devenir un jour un meurtrier si l'occasion se présente, dit Sang-Dragon.

— Non, en effet, rétorque Giobert. En effet.

Blausein, qui jusqu'alors a été d'une discrétion totale, finit par intervenir et met tout le monde d'accord :

— Dites tout de suite que Giobert a tué ce méchant vieillard ! Tout ce que je peux vous assurer, c'est qu'il a totalement et brillamment rempli sa mission. Les missives de mes associés ne tarissent pas d'éloges. Giobert a magnifiquement travaillé, et pour moi, et pour vous. Nous devrions tous le remercier.

— Un homme est mort, Blausein, ne l'oubliez pas, intervient Chevalier Vert.

— Et Giobert l'a tué ? dit Blausein en forme de boutade.

— Mais non ! répondirent les convives, reconnaissant qu'ils s'étaient égarés, que tout cela était absurde, voire injurieux, qu'en aucun cas ils n'avaient émis une telle hypothèse et qu'ils se demandaient même pourquoi on en parlait autant.

Mais le mal est fait. Le doute peut s'installer. Les soupçons se mettre en marche. La rumeur aller bon train…

— Mieux vaut en rire, n'est-ce pas ? suggère Giobert, bon joueur. J'avais oublié votre ironie parfois particulière, messieurs…

— Mes chers amis, nous ferions mieux de nous occuper de choses importantes, ajoute alors Blausein en guise de conclusion, et avant que chacun ne rentre chez soi. Mes chers amis, la guerre est finie, les difficultés avec les puissances étrangères aplanies. Tout annonce une longue période de paix et de prospérité… Il va falloir faire face à la fièvre des placements en fonds d'Etat, à la fièvre des constructions et des spéculations de terrains, à la folie des emprunts répétés. Développons ensemble notre industrie indigotière, à moins que vous ne préfériez placer votre argent dans les savanes de Truxillo, les pelleteries du Honduras, voire dans cette entreprise absurde qui voudrait faire communiquer l'océan Atlantique avec l'océan Pacifique en perçant un passage par l'isthme de Panama ! Je le répète, développons-nous ensemble et non les uns contre les autres !

— C'est une proposition de rachat ? demande Chevalier Noir qui connaît l'intérêt que Blausein porte à sa filature de coton et à sa fabrique d'indiennes ; ainsi qu'aux entreprises de ses amis.

— Une bouteille à la mer, cher ami, une bouteille à la mer, en affaires tout est possible, il n'y a aucun interdit.

Alors que tout le monde se sépare, Giobert comprend la raison de la présence de Blausein. Le profiteur n'a rien perdu de son appétit financier. A peine revenu à Rumilly, Giobert replonge déjà dans les problèmes économiques et financiers. L'ogre Blausein finira par les manger tous... Après avoir dressé sa main gauche en l'air pour le salut, Giobert précise qu'il souhaite rentrer chez lui à pied, puis il pousse la porte du Café des Alpes et s'en va, la laissant ouverte. Dehors, une petite ondée d'été a mouillé le sol de la rue. Monte de dessous les arcades une moiteur étouffante.

De retour au Château, Giobert, comme aimanté par une force souterraine qu'il ne maîtrise pas, pénètre dans sa bibliothèque et s'empare sans attendre de la clef qui va lui permettre d'avoir accès au petit secrétaire où il entasse, plus qu'il ne cache, certains objets avec lesquels il entretient une histoire singulière. Sans prendre la peine de se déshabiller, il pose le tiroir sur ses genoux et, assis dans le fauteuil où il aime se reposer, regarde son trésor de guerre. Les balles bleues, le curare. Il dépose délicatement la fleur séchée donnée par la petite Italienne et glisse le livre de Théodore Lovati qu'il a acheté à Turin. Après quelques secondes d'hésitation, il se décide enfin à déplier le mouchoir qui contient désormais quatre pentacles !

Toujours assis dans son fauteuil, se passant en tremblant les pentacles d'une main dans l'autre, il laisse le soir venir en essayant de distraire son esprit de la vision de ces quatre terribles étoiles dont il ne sait ce que leur présence chez lui signifie. Il se laisse assaillir par des pensées diverses, des sujets n'ayant aucun lien entre eux. Peut-on semer l'isatis en toute saison – le Pô choisit l'automne, la Toscane le printemps ? Doit-il continuer de se réveiller chaque jour à quatre heures, et de déjeuner, à huit, d'un croûton de pain, de deux œufs et d'une tasse de thé ? Il voudrait que cet été finisse et attend avec impatience le retour de l'hiver. Il a hâte de voir les feuilles jaunir, les branchages tomber au milieu d'un froid brouillard. Il a hâte de voir les sombres nuées chassées par la bise d'hiver obscurcir le ciel, et la neige jeter sur la plaine et sur les montagnes son linceul blanc. Alors tout est arrêté, tout est ralenti. Ce qu'il veut, c'est une halte dans sa vie. Dehors, tombe une pluie chaude qui va faire grossir les rivières et rendre les routes, jusqu'à Turin, impraticables. Il fait un soir gris perle semblable à ceux qui troublaient son cœur d'enfant.

Des fenêtres ouvertes, il aperçoit la forêt de sycomores qui ceint le Château où les reflets des feuilles vont jusqu'à colorer les ombres. Il tremble. Il prend le porte-allumettes et s'empare de la seringue d'or. A mesure que la morphine se répand dans ses veines, une vision pénible s'installe devant ses yeux. Il voit Sang-Dragon, chevelure rousse hirsute et mine patibulaire, se vanter de dresser des mastiffs qu'il affuble d'énormes colliers à pointes pour initier une chasse à l'homme, car « le tueur doit payer ». Concentré, tirant sur sa pipe, Sang-Dragon aligne ses pistolets sur la table de sa cuisine, les graisse, les essuie, fait jouer les ressorts à vide, en lime soigneusement les détentes afin que « ça parte au millimètre », caresse ses armes comme s'il s'agissait de femmes, de toutes ces femmes qui se refusent à lui. Puis il se lève, s'habille « comme un bourgeois », met son fusil à la bretelle, assure sur sa veste fourrée des ceintures pleines de cartouches à sanglier, un arsenal de couteaux tranchants comme des rasoirs, lames nues, une petite hache à manche d'ivoire, et ses deux pistolets qu'il glisse dans son ceinturon. Giobert s'est endormi, serrant entre ses doigts les étoiles à cinq branches.

17

Giobert ne comprend pas. Du temps a bien dû passer depuis l'été de son retour à Turin, celui de sa chute de cheval. Pourtant la neige tombe et il fait froid, c'est déjà l'hiver. Le calendrier indique : 29 janvier 1860... C'est comme s'il n'avait rien vu, rien senti, rien éprouvé. Rien compté de ce temps écoulé si vite. Doit-il attribuer cette sensation à la seringue d'or dont il sent la piqûre plusieurs fois par jour ? Il ne sait. Dans sa tête tout se mêle – pourtant certains souvenirs émergent, telles des souches de bois qui dérivent le long du fleuve et en suivent le cours, sans volonté. Ainsi se souvient-il de certaines courses à cheval durant lesquelles sa monture éreintée fumait comme un brasier ; d'un carnaval où les rues étaient constellées de confettis et d'abominables serpentins qui grouillaient comme des vers. Il se souvient aussi de ce jour où il s'est endormi dans son fauteuil, les doigts serrant quatre pentacles, et de ce 1er novembre où, réuni avec ses amis, il avait soupé et mangé des châtaignes.

Mais ce dont il se souvient très clairement, parmi les sautes d'humeur de cette mémoire oublieuse, c'est de tout ce qui a trait à l'indigo. Ainsi, après cette vie entière de recherche consacrée à l'ogre bleu est-il convaincu que l'extraction de l'indigo doit être opérée par infusion en général et non par fermentation. Il en est sûr : même lors d'une fermentation conduite avec soin, les feuilles ne donnent jamais qu'une partie de l'indigo qu'elles contiennent. Et il pense aux exigences de Blausein, aux nouvelles règles du marché : jamais le procédé par fermentation ne sera adopté par les grands établissements en indigo-pastel. Il n'a aucun doute là-dessus. Il n'est que de lire l'article de Mathias Nasatern paru dans le *Magasin des Inventions* pour s'en convaincre : « Le plus beau degré de pureté de l'indigo s'obtient par la précipitation de l'extrait par infusion théiforme, au moyen de l'eau de chaux et de l'acide muriatique. » Le génie de Giobert c'est, contrairement aux autres concurrents, non pas de jeter le gros gâteau de boue bleue récupéré à la sortie des eaux de lavage, et qui pue comme cent mille diables, mais de le recueillir précieusement et d'en extraire une sorte de jus qui confère au bleu ainsi obtenu une nuance entièrement nouvelle.

C'est bien ainsi qu'il a gagné le concours du « Bleu de Nuit », grâce à ces pelletées puantes. Ici, sa mémoire est inaltérable, sa pensée exacte. Mais, étrangement, il se souvient d'avoir gagné le concours comme si un intrus s'était installé en lui, avait dirigé ses pensées et accompli ses gestes à sa place. Il se souvient d'avoir rapporté chez lui les échantillons de la victoire, au nombre de sept, et d'avoir joint un échantillon de drap vierge, celui utilisé pour les essais, afin que le Maître du Bleu puisse constater le travail accompli. Etre reconnu par ses pairs est une chose, être accepté par le Cavalier Bleu en est une autre. Les sept échantillons offrent d'étonnantes nuances de bleu, depuis la plus claire jusqu'à la plus foncée, qui est presque noire. Le Cavalier Bleu est allé droit au but : « Les nuances sont comparables à tout ce qu'on a pu obtenir par l'indigo des Indes. Quant au bleu le plus noir, il est bien celui de la nuit. »

Dans son souvenir, Giobert sait que le Cavalier Bleu, après ces premiers compliments, a été plus dur que jamais, plus ferme, mettant sa foi, parce qu'il s'agit bien d'une « foi », à rude épreuve :

— Je ne vois qu'une seule issue à votre travail, Giobert.

— J'écoute, Maître.

— Vous avez vaincu le « Bleu de Ciel », le « Bleu de Nuit ».

— Oui.

— On me dit que vous travaillez actuellement à une sorte d'outremer artificiel...

— « On » ? Qui « on » ? Blausein ?

— Ne soyez pas si terre à terre, Giobert. Vous raisonnez dans du temps, une dimension, un savoir qui ne sont pas les miens...

— En chauffant à l'abri de l'air un mélange de kaolin, de sulfate de sodium, de charbon et de soufre... Si on joint à un pigment de synthèse de la poudre de lapis-lazuli et du...

— Ne m'expliquez rien. Ne me révélez rien de vos secrets...

Giobert reste muet, redevenu élève écoutant le Maître. Après avoir esquissé un léger sourire, le Cavalier Bleu poursuit :

— Voulez-vous voyager en restant à Rumilly, être un nomade immobile ?

— Qu'attendez-vous de moi ?

— Si je vous dis : Californie, fjord, glacier, lagon, mers du Sud, océan, ultramarin... Que répondez-vous ?

— Qu'il s'agit sans doute d'une charade dont la réponse est une nuance de couleur qui devrait se trouver entre le bleu et le vert clair.

— Exact. Alors, trouvez-la, cette nuance, atteignez désormais les rives du « Bleu Eau de Mer ».

— Le « Bleu Eau de Mer » ?

— Oui !

— Personne, à ce jour, n'est parvenu à y amarrer son esquif.

— C'est bien pour cela que je vous le demande... Le prochain concours a lieu dans moins de deux mois !

C'est à cette nouvelle injonction du Cavalier Bleu que pense Giobert en ce dimanche de janvier, alors qu'il déambule, très tôt le matin, en compagnie d'une foule compacte dans les rues de Chambéry. Le froid est si rigoureux que dans la calèche qui l'a conduit jusqu'ici, étroitement close avec des vitres blanchies par la buée, le pain et le vin ont gelé. Dans les rues de la ville, une pluie froide, mêlée de neige, dont les gouttes serrées piquent le visage, gêne la vue et borne à ce point l'horizon qu'on a l'impression d'avancer dans un long boyau qui ne mène nulle part. Les vêtements, détrempés par le contact de la neige et de la pluie, se collent aux corps ; les pieds pataugent dans une bouillie noirâtre et glacée. Que veulent tous ces gens, et parmi eux, Giobert ? A voir leurs visages, le sérieux qui les habite, la tristesse, et pour certains la colère, ils ne sont nullement là pour danser la valse.

Malgré les promesses de Napoléon III de revenir sur l'annexion de la Savoie à la France, chacun sait que la question est loin d'être réglée. Voilà pourquoi, en ce jour chargé de flocons de neige, les libéraux démocrates essaient de rappeler que la Savoie doit rester unie au Piémont. Aux côtés de Marc Burdin et des membres du comité libéral, la foule, et parmi elle Chevalier Vert, Chevalier Noir, Blausein et Giobert, drapeaux sardes en tête, réunie au faubourg du Verney, se rend au château. Apparemment, le message est entendu puisque Orso Serra, représentant de Victor-Emmanuel, reçoit une délégation devant laquelle il lit une dépêche télégraphique en provenance de Turin, et signée de la main même de Cavour : « Le gouvernement n'a jamais eu la pensée de céder la Savoie à la France. »

L'après-midi, alors que le théâtre de Chambéry donne exceptionnellement deux pièces, sans aucun rapport avec la démonstration du matin, *Cartouche* et *Il a des bottes Bastian*, une partie des manifestants, dont Giobert, Blausein, Chevalier Vert et Chevalier Noir, s'entasse dans des loges. Dans celle du roi, ceint des trois couleurs du drapeau italien et de la Croix-Blanche, trône le buste de Victor-Emmanuel, apporté par les manifestants ! Durant les entractes, les cris de « Vive le Roi ! Vive la Constitution ! » fusent de partout. A la fin du spectacle, une jeune fille, choisie par le comité libéral pour ses formes généreuses susceptibles d'emporter l'adhésion des indécis, drapeau national en main et poitrine offerte, chante l'hymne *A la liberté* de Dessaix, tandis que toute la salle entonne en chœur le fameux refrain : « Un mot d'espoir à la Noble Italie… »

Pour fêter la victoire de la manifestation, romantique à souhait, que ne manquera pas de brocarder copieusement la presse conservatrice, mais que louera celle proche de différents comités patriotiques savoyards, Blausein a invité chez lui à Annecy, en cette fin d'après-midi, les notables favorables au maintien de la Savoie dans le giron de la future Italie. Dans le train de calèches et de diligences réquisitionnées pour l'occasion, les conversations roulent toutes sur le même sujet. La manifestation, réussie, n'a toutefois réuni que trois mille personnes, assez vite dispersées par la neige qui, en fin de démonstration, commençait à tomber à gros flocons. Chevalier Vert s'inquiète de la présence très active en territoire savoyard des agents suisses, courtiers de cabarets et autres beaux parleurs qui depuis quelques mois recueillent des signatures en faveur de l'annexion à Genève de la Savoie du Nord, voire de toute la Savoie à la Suisse : « Il faut rester vigilant. Les intérêts de l'agriculture, les avantages de la neutralité confédérale, une certaine poésie alpestre, l'image de Guillaume Tell, ces arguments sont loin d'être négligeables et peuvent impressionner les plus faibles comme ils ont déjà impressionné nombre de nations d'Europe… » Chevalier Noir, qui change d'avis comme de chemise, prévient que l'attitude du Piémont, depuis des années, peut jeter la Savoie dans les bras de la France : « Sur trois mille fonctionnaires, l'administration centrale n'en compte qu'une soixantaine d'origine savoyarde… Sur huit ministres et treize secrétaires généraux, il n'y a pas un seul Savoisien… La Savoie a toujours été traitée par le Piémont comme une colonie dont on exploite les richesses au profit de la mère patrie… Notre combat est loin d'être gagné d'avance ! » Blausein, qui se fait l'avocat du diable, rappelle que l'annexion à la France permettrait de créer des chemins de fer, de construire des routes, d'aménager, à l'usage de la clientèle étrangère, les nombreuses sources thermales du duché. De toute façon, il tirera, lui, toujours, son épingle du jeu. Dans ces affaires, le commerce n'est jamais perdant. Et s'il défend aujourd'hui le rattachement de la Savoie à l'Italie, il peut demain défendre le contraire. Calé dans un coin de la diligence, Giobert écoute en silence et se demande si l'argumentation de Chevalier Vert n'est pas la plus juste. Il se souvient d'avoir lu, dans un numéro de *La Savoie du Nord*, un article prônant le rattachement de la Savoie à la Suisse, et disant en substance : « Nous sommes des pères de famille qui aimons nos enfants et nous ne voulons pas les voir partir chaque année pour aller à la boucherie humaine et se mettre en coupe réglée sur un champ de bataille pour servir la France ou l'Italie, pays régulièrement traversés d'orages révolutionnaires. »

Mais quand tous ont franchi les portes de l'ancien monastère et ont commencé de se jeter sur les bols fumants de soupe de tortue, de velouté d'asperges à la crème, de bouillon de dinde aux mandarines, de chaudrée d'herbes aromatiques au jus d'érable, de potage de foie de volailles aux truffes blanches, qui les attendent sur les tables disposées tout au long du grand salon à l'italienne du premier étage, les questions politiques sont vite oubliées. Blausein, pour montrer qu'il est le maître et régale la compagnie, a fait venir un orchestre. Dans la mêlée bruyante de la musique, dominée par les hurlements du trombone, les traînes des robes blanches, déployées, tournent comme des éventails. Beaucoup d'hommes, monocle à l'œil, ressemblent à des Méphistophélès ratés. Quelle étrange assemblée habillée avec prétention, bouffie d'orgueil, penchant tantôt du côté des momies aristocratiques, tantôt du côté de la bourgeoisie, sûre d'elle-même, jusqu'à l'embonpoint, dont les femmes montent les escaliers en se prenant les pieds à chaque pas...

Alors que la soirée a déjà bien avancé vers son terme, que les valses se sont tues, que la poudre de riz a glissé des visages et que les lèvres fortement peintes en rouge ont perdu de leur éclat, le seul grand sujet de conversation, celui qui habite véritablement toutes ces femmes et tous ces hommes, s'est lentement installé : il s'agit de la peur. De la vraie peur. Celle qui s'emparait de l'homme préhistorique quand il devait faire face à l'obscurité du monde, à la foudre venue du ciel, aux cris des sauriens, et qu'on croyait disparue depuis des millénaires. Longtemps, la peur éprouvée par l'homme ne fut que le pâle reflet de cette frayeur enfouie. Mais le nerf qui la provoquait était toujours en nous, anesthésié, endormi depuis plusieurs millions d'années, sans réagir, sans broncher, prêt à tout moment à se réveiller. Il suffisait de trouver la clef du labyrinthe, le stimulus adéquat. Ce qui est chose faite. Ce soir, en cette nuit de janvier 1860, le terrible dormeur s'est réveillé et a remis l'homme en face de l'épouvantable lumière que chacun porte en soi, de l'inimaginable couleur, de la frayeur mortelle venue de l'aube de l'humanité.

18

Dans la salle de jeu, tapissée de vert sombre, avec son lustre en bronze qui lui confère une teinte funèbre, la petite dizaine de retardataires encore réunis autour de la table pour une interminable partie de nain jaune regardent autour d'eux, comme apeurés. Les grands vases de porcelaine de Ginori, les consoles en ébène ornées de cannelures, les chaises alignées de part et d'autre des fenêtres et munies de hauts barreaux lançant sur les murs des ombres menaçantes, les petites tables anglaises en noyer allumées de vifs reflets sombres, les flammes de la cheminée jetant sur les canapés des feux follets dansants, le silence, même, pourtant très relatif de l'assemblée mais plein d'une terreur indéfinie, sont en train de faire glisser lentement cette folle journée du côté de la seule question qui hante les habitants du canton depuis tant de jours : la série de meurtres inexpliqués.

— Dans ce pays, il faut toujours se méfier, dit Blausein, tout en plaçant sa mise sur le tableau. En plein jour, comme au plus franc de la nuit.

— Pourquoi dites-vous cela ? demande Chevalier Vert, se tamponnant le menton avec la carte qu'il tient à la main.

— En Savoie, le ciel traîne sur la terre, il y a parfois entre les murs des silences insupportables, la montagne est partout, trop présente.

— Vous dites ça parce qu'on est en plein hiver !

— Pas du tout.

— Alors quoi, c'est à cause de tous ces meurtres ? Vous avez peur qu'on vienne vous couper la tête en pleine nuit dans votre lit ?

Cette mauvaise boutade glace immédiatement la fin de soirée, comme un cheval tombant dans un étang et qui voit se refermer à la seconde sur ses flancs la glace que ses sabots ont ouverte. Blausein sourit, narquois, et poursuit sa démonstration :

— Reconnaissez, et je dis ça à tous, que la Savoie est un pays étrange. Chaque matin, on assiste au départ de touristes vêtus de costumes fantaisie, affublés de chapeaux munis de voile vert, montés sur des ânes ou des mulets, et qu'on retrouve, accompagnés de leurs guides, vingt ans plus tard, pris dans les glaces comme des mammouths ! Leurs âmes doivent errer dans les montagnes…

— Et s'il n'y avait que cela, rétorque Chevalier Noir. Un pays qui laisse un jeune homme masqué se faire entourer les membres et le corps de vieux chiffons jusqu'au point où on l'enflamme pour signifier symboliquement qu'il faut brûler Carnaval ne me dit rien qui vaille.

— Et il n'y a jamais d'accident ? demande Giobert. Je ne connaissais pas cette coutume.

— Après, vous allez nous faire croire que vous n'êtes pas italien, monsieur Giobert, dit une femme légèrement avinée, accrochée au bras de Chevalier Noir. Un vrai Savoyard n'aurait jamais posé une telle question…

Le jeune garçon se roule dans la neige en s'enfuyant pour essayer de ne pas être reconnu. Celui qui se prête à ce jeu est évidemment souvent brûlé !

Chevalier Blanc, arrivé en cours de soirée, rappelle que la Savoie est un vieux pays plein de vieilles légendes et qu'il faut remettre superstitions et légendes à leur place :

— Bientôt, nous allons nous préoccuper de la Chambre du diable, du Cheval fantôme, du petit Nain du lac de Saint-Paul – qu'il ne faut pas confondre avec le Lindor de notre jeu ! –, du sanglier de la forêt de Lonne et de la Vierge de Myans !

— Il ne s'agit pas de cela, dit Chevalier Noir, mais de ces morts successives : déjà quatre, à quand la cinquième ! La peur gagne la Savoie. On n'ose plus sortir de chez soi. On ne va tout de même pas vivre en reclus !

— Et vous, Giobert, vous n'avez encore rien dit, qu'en pensez-vous ? demande Blausein à son associé, tout en surveillant le déroulement de la partie de nain jaune.

Giobert fait une réponse désabusée qui ne convainc personne :

— Sans doute faut-il l'attribuer à l'intervention des fées ou des mauvais esprits.

— Vous n'avez donc pas peur ? demande Blausein.

— Si, évidemment. Tous les hommes ont peur. Celui qui n'a pas peur n'est pas normal – et cela n'a rien à voir avec le courage ! Certains, pour échapper à la peur, choisissent même de mourir.

Ce que Giobert ne dit pas, c'est que sa peur est particulière et ne ressemble à aucune autre. Il est comme mithridatisé par le meurtre ancien, celui qui eut lieu le 15 ventôse an II, tandis que ses parents, fuyant par la

Semine, alors couverte de bois-taillis épais et desservie par un réseau inextricable de chemins boueux impraticables en mauvaise saison, avaient été dépecés vivants par les soldats de Dumas et les sbires du commissaire Carelli de Bassy. Toutes les nuits, ou presque, il revoit la scène, telle qu'il se l'est imaginée, et dont le déroulement change au fil des années, se modifie, se corrige. C'est cela qu'il explique en aparté à Chevalier Blanc, sans doute le seul à pouvoir l'écouter avec toute l'attention requise :

— Ces meurtres ne parviennent pas à m'effrayer. J'ai toujours sous les yeux celui de mes parents.

— Ce qu'on t'a raconté qu'il était, précise Chevalier Blanc.

— Non, pas ce qu'on m'a « raconté », dit Giobert à son ami, sur le ton de la confidence et à mi-voix...

— Tu n'avais que quelques jours, ce sont les prêtres qui t'ont rapporté la scène. Et puis la « Boucherie du 15 ventôse an II » fait partie de la mythologie savoyarde.

— Je t'expliquerai tout cela un jour, mon ami, je t'expliquerai, comment j'ai tout vu...

Tandis que la partie de nain jaune reprend de plus belle, Giobert et Chevalier Blanc en profitent pour déserter la salle de jeu et rejoindre un petit salon plus calme, un peu à l'écart. Dans le feu brûlent de bonnes bûches qui crépitent, dégageant une formidable odeur de bois bien sec que les flammes attaquent à pleines dents.

— Je ne te comprends pas, Giobert, tu fais tout pour attirer les soupçons de cet imbécile de Chevalier Rouge...

Là encore, pourquoi répondre par une boutade alors que la Savoie est morte de peur !

— Mais non, tout ça n'a aucune importance.

— Mais si, au même titre que tes disparitions !

— Quelles « disparitions » ?

— Enfin, tu disparais des mois entiers, personne ne sait où tu es ni ce que tu fricotes…

— Mon dernier voyage remonte à un an, tout au plus. J'étais à Turin, puis je suis tombé de cheval, tout le monde est au courant. Allez, bois, dit Giobert en servant à Chevalier Blanc un grand verre de moscato d'Asti, bien pétillant, bien frais.

— Je ne te parle pas de cela. Tu as depuis disparu plusieurs fois.

— Quand ? Où ?

— Il y a trois semaines, par exemple, on ne t'a pas vu une seule fois au Café des Alpes, et le Château était vide… Ton absence a duré une dizaine de jours.

— Tu crois que je me suis promené dans le ravin des Usses à la poursuite d'Hannibal ? Que je me suis enfui sur la route de Seyssel à Frangy ? Que je me suis promené sur le sentier du col des Aravis, à dos de mulet ? lance Giobert en se levant, théâtral, excessif.

— Je ne sais pas.

— Je ne sais pas ! Je ne sais pas ! Eh bien, je vais te dire où j'étais : aux Salines de Moûtiers.

— Tu veux devenir marchand de sel ?

— Non : d'eau !

— Je croyais que tu n'avais plus d'argent…

— Blausein en a.

— Ce mécréant ! Tu t'allies à ce profiteur !

— Oui, ce mécréant ! Oui, ce profiteur ! Il faut parfois ne pas hésiter à s'allier avec le diable pour arriver à ses fins.

— C'est-à-dire ?

— Je vais vendre une « idée » à Blausein. J'ai besoin d'argent pour poursuivre mes recherches sur le bleu.

— Une « idée » ? Tu vas vendre une « idée » ?

— Oui, monsieur.

— Et laquelle ?

— Isoler davantage encore les sources salées de Moûtiers de l'eau naturelle, et ainsi pouvoir exploiter l'eau très abondante de la source, dont les qualités et la quantité sont d'une étonnante stabilité, depuis des années, et qui se perd en grande partie dans le torrent.

— Tu es prêt à tout dès lors qu'il s'agit de l'indigo.

— Tout, mon ami. Rien ne pourra m'arrêter.

Alors qu'il se verse un nouveau verre de moscato, Chevalier Blanc regarde Giobert droit dans les yeux et lui demande :

— Tu es sûr que tu n'as pas rêvé ? Tu es bien allé à Moûtiers ?

— Non, non, c'est la morphine, la seringue d'or..., répond Giobert, sortant de sa poche un gros couteau, large, sensible, un peu courbé dans son bout, muni d'une lame nerveuse comme une feuille d'iris, avec sur le manche recouvert de nacre, gravées, une étoile à cinq branches et une inscription : « Coutellerie Jacques & Fils à Moûtiers ».

— Et ça, c'est quoi ? Je ne suis pas allé à Moûtiers !

— Je vois un couteau, original, certes, mais rien d'autre. Ça ne prouve rien...

— Acheté à Moûtiers !

— Ça, c'est toi qui le prétends.

— Allez, j'avoue, je me suis promené dans la campagne et j'ai offert en holocauste à l'Eternel un Nouvel Isaac..., ironise Giobert au moment où Blausein pénètre dans la pièce pour annoncer à ses hôtes que la voiture pour Rumilly est prête à partir.

— Quelle arme magnifique, dit Blausein, essayant le pointu du couteau sur son pouce.

— Méfiez-vous, ça entre dans le ventre d'un bœuf comme dans de l'eau, ces ustensiles-là, lance Chevalier Blanc.

De retour chez lui, Giobert est pris d'une soudaine fringale. Il fait nuit noire. Contrairement à Voltaire qui, dit-on, a des années durant suivi un régime dont il ne s'est jamais écarté – une tasse de café à onze heures le matin, une panade à deux heures, une aile de volaille froide à dix heures et demie du soir –, Giobert, lui, doit manger, beaucoup et souvent. Ce voyage de retour dans la glace de la nuit lui a donné une faim inextinguible. Il se fait une omelette de six œufs, dévore de larges tranches d'un de ces pains savoyards chargés de levain et passés deux fois au four, et engloutit un pot entier de confiture de pêches à la cannelle, le tout arrosé d'un chaud et généreux contant.

Après avoir sorti de sa poche le couteau à manche de nacre dont il est le seul, avec la personne qui le lui a vendu, à savoir qu'il est creux et cache un phylactère sur lequel est écrit le fameux vers que Dante a placé sur la porte de l'Enfer – « *Vous qui entrez, laissez toute espérance* » –, il s'installe à son bureau et parcourt *Le Courrier des*

Alpes daté de quelques jours, qu'il n'avait pas encore eu le temps de lire et qui démontre que la presse est en train de changer, s'ouvrant aux sujets les plus divers : importants et futiles. Nombre d'articles évoquent le futur incertain de la Savoie, rappelant que, lorsque l'empereur des Français est rentré en hâte dans son pays au lendemain de la guerre d'Italie, il avait bien pris soin de traverser le duché dans toute sa longueur, du Mont-Cenis à Aix-les-Bains, et de déclarer au passage qu'il n'avait pas « voulu rentrer en France sans traverser la Savoie, cette terre à moitié française » ; bref, que la guerre des brochures et des magazines qui fait encore rage aujourd'hui, pour ou contre l'annexion, n'est pas près de s'éteindre.

D'autres sujets sont abordés, comme celui de la contrebande autour de Megève et la multitude de sentiers fréquentés par des colporteurs, herboristes, chasseurs, contrebandiers et autres douaniers ; ou comme celui de l'indigoterie confiée en Amérique à de malheureux esclaves nègres dont personne ne cherche à ménager les peines et la fatigue ; ou comme celui de ces journalistes potiniers qui s'intitulent « critiques gastronomiques » et s'obstinent à ne point choisir entre l'épate et la science, l'art de dîner et la passion de s'exhiber, mettant en compétition un château-d'yquem 1847 et un clos-de-vougeot 1846, comme s'il en allait du sens de rotation de la Terre.

Mais ce qui retient plus particulièrement l'attention de Giobert, c'est une double page centrale consacrée justement à ces fameux accidents de montagne évoqués durant la partie de nain jaune. Le nouvelliste raconte la découverte macabre faite au pied du glacier des Bossons d'une tête humaine « avec toute sa chair et ses cheveux, la bouche encore garnie de belles et blanches dents », mais aussi de morceaux de membres fracassés, de lambeaux de vêtements, d'un voile vert et de divers objets et outils attestant qu'il devait s'agir d'un alpiniste. Après enquête auprès des vieillards de Chamonix, plusieurs d'entre eux ont en effet reconnu un certain Carrier parti en août 1820 en compagnie d'un médecin russe, d'un colonel anglais et de plusieurs compagnons, tenter l'ascension du mont Blanc. Une tourmente avait surpris la caravane, déclenchant une avalanche et engloutissant la colonne dans une profonde crevasse. « Quarante ans plus tard, affirme *Le Courrier des Alpes*, comme l'avait à l'époque annoncé le savant Agassiz, défenseur d'une théorie sur la marche déclinante et continue des glaciers et sur la distance qu'ils parcourent annuellement – environ quatre-vingts mètres –, le glacier vient de rendre sa proie. »

Alors qu'il referme le journal, Giobert plonge machinalement la main dans la grande poche de sa veste et en tire une autre gazette : *L'Echo de Moûtiers*. « Et après, on va dire que je ne suis pas allé dans ce foutu village », se dit-il à voix haute, avant de parcourir distraitement la gazette, quand son attention est soudain arrêtée par un article qu'il lit une première fois, puis une deuxième, enfin une troisième, dans un état d'effroi grandissant. Il s'agit de la description d'un nouveau meurtre, particulièrement odieux. Une tête d'homme vient d'être découverte, détachée de son tronc, avec, dispersés autour d'elle, des lambeaux de vêtements, des membres fracassés, des ustensiles d'alpinisme, mais aussi des ossements soigneusement équarris, des bouts de chair découpés, « un travail, précise l'article, effectué par un artisan boucher, avec un tel art que seul un professionnel peut en être l'auteur ». Un élément trouble particulièrement Giobert : la proximité des deux affaires et de ces deux « têtes » toutes deux tranchées. Mais aussi, et cela devient évident quand il pose les deux journaux l'un à côté de l'autre : les noms des « propriétaires » des deux têtes. Le premier s'appelle Carrier et le second Riécar, l'un est l'anagramme exact de l'autre… Prostré dans son fauteuil, Giobert recourt immédiatement à la seringue d'or, car la douleur est trop forte, un mal de tête terrible qui finit par diffuser dans tous les membres et le ventre. Quant au lieu du massacre, longuement décrit en fin d'article, il s'agit de l'arrière-cour d'un des jolis petits cafés édifiés en bordure de l'Isère à Moûtiers…

La conscience embrumée par la morphine, Giobert a la force de se lever et de se diriger vers le petit secrétaire. Ouvrant le fameux tiroir, il découvre ce qu'il subodorait : le mouchoir délicatement déplié contient désormais cinq pentacles. Dans le coin gauche du tiroir : un petit morceau de corde d'alpiniste taché de rouge. Giobert y ajoute le couteau à manche de nacre et reste longuement les paumes collées sur le dessus du secrétaire, tiroir repoussé, comme s'il voulait en contenir toute la fureur. C'est une certitude, il va devoir désormais gravir la montagne et se retrouver face à face avec, si ce n'est le Seigneur, du moins un dieu qui est le sien. Il va devoir traverser le buisson et trouver, derrière, la nuit ; traverser la nuit et trouver, derrière, l'ange.

19

— Je ne peux pas t'aider, Giovanni.

— Comment, tu ne peux pas ? réplique Giobert.

— Enfin, plus exactement, je ne peux plus...

Chevalier Noir, dont Giobert n'arrive toujours pas à savoir s'il est chair ou poisson, tant son identité est peu claire et ses certitudes volatiles, mais qui a toujours été un associé honnête, s'embourbe dans une argumentation à laquelle lui-même ne semble pas croire. Giobert n'admet pas cette fin de non-recevoir de la part d'un homme qu'il considère encore comme son ami. Et puis, il se dit qu'il n'a pas effectué ce voyage jusqu'à Lanslebourg pour recevoir une telle réponse :

— Mais pourquoi ? Nous sommes associés depuis plus de vingt ans...

— Nous ne le sommes plus... J'ai tout vendu.

— Tu veux parler de ta filature de coton et d'indiennes ?

— Oui.

— Pour partir aux Amériques avec la belle Pauline ?

— Certainement pas, répond Chevalier Noir, laissant la place à un silence gêné.

Giobert reste sans voix. Que Chevalier Noir se soit débarrassé de ses vignes quand le phylloxéra, ayant fait son apparition dans le vignoble vaudois, menaçait sérieusement les ceps savoyards, voilà qui participait d'un réalisme économique certes cynique mais défendable. Mais qu'il brade aujourd'hui une filature en pleine expansion est une belle ânerie ! Est-il si mal en point pour inviter ainsi son ami dans un restaurant de troisième catégorie où la raie semble de fraîcheur douteuse, la tourte grasse, le veau à la casserole coriace comme une semelle, et les haricots verts trempés d'eau ?

Giobert a beau expliquer à Chevalier Noir qu'il est vital qu'il mette à sa disposition les locaux et les machines de sa filature afin d'y expérimenter ses différentes qualités de « Bleu Eau de Mer », rien n'y fait. Debout, le nez contre la vitre, Giobert regarde la campagne environnante éclairée par un vrai soleil, glacé mais très lumineux, contrastant avec la neige qui est tombée toute la semaine et qui commence à fondre car le printemps arrive.

— Alors que vas-tu faire, maintenant, si tu ne pars pas avec Pauline ?

— Investir dans une fonderie.

— Une fonderie !

— Enfin, plus exactement, la production de cuivre et de plomb argentifère extraits des montagnes n'étant plus assez importante, je vais établir, dans les bâtiments d'une ancienne fonderie qui sont encore utilisables, une reisse et une taillanderie...

— Tu lâches l'indigoterie, tu sors de la confrérie ?

— Oui.

— Tu as des raisons valables ?

— Tout le monde a les siennes. J'ai vendu à Blausein...

— Evidemment, Blausein !

— C'est le seul à pouvoir payer. D'ailleurs, tu as fait pareil, et bien avant moi.

— Mais je n'ai pas quitté la confrérie, moi.

— Eh bien, disons que je ne suis pas aussi impliqué que toi dans la recherche de la couleur impossible, ou idéale, ou introuvable – appelle ça comme tu veux…

Tandis que Chevalier Noir, signe d'énervement, ne cesse de sortir son cornet de tabac et de bourrer petite pipe de terre blanche sur petite pipe de terre blanche, tirant sur le tuyau et soufflant la fumée sans arrêt, régulièrement comme une pompe, perdu dans son sens profond des affaires plus que dans une solide imagination, et que Giobert, au contraire, fume des cigares à la posette, comme il le fait d'habitude, le temps agit, rapprochant deux hommes décidés à poursuivre chacun leur route de leur côté mais qui ont encore des choses à partager.

— De quoi as-tu besoin exactement ? demande Chevalier Noir.

— De tes étoffes, de tes cuves, de tes métiers à tisser pour y faire vivre mon « Bleu Eau de Mer ».

— Encore une couleur qui n'existe pas.

— Toutes les couleurs existent : ce qu'il faut, c'est savoir les faire advenir.

— Tu as besoin de tout cela durant combien de temps ?

— Moins d'un mois. Je voudrais trouver un compromis entre la « digestion », opération dans laquelle les feuilles sont infusées dans l'eau tiède, pour la distinguer de la « macération », dans laquelle l'eau est froide, et de l'« infusion », dans laquelle l'eau est presque à ébullition.

— Pourquoi toutes ces explications ! Je passe peut-être de la filature à la taillanderie, mais je sais toujours ce que c'est qu'une digestion, une macération ou une infusion !

— Pardonne-moi, mon ami...

— Ton indigo est trop sec ? D'un bleu terne ?

— Exactement. Tirant au noir, très dur, très difficile à casser, et d'une cassure luisante. Je dois essayer des bains nouveaux, observer l'évolution des teintures, la réaction des fibres des tissus à l'imprégnation colorée.

— Et tu as besoin de ma fabrique pour cela ?

— De ta fabrique et d'un rendez-vous avec Hans Neumann...

— Le taxidermiste ?

— Oui. Je dois incorporer à mon mélange de nouveaux ingrédients que seul un taxidermiste possède, enfin, ce taxidermiste-là...

— Des cadavres embaumés, des mammifères empaillés ?

— Je ne peux pas te le dire. Tout ce que je sais, c'est que j'ai besoin d'un espace dans ta fabrique et d'un rendez-vous avec ton ami Hans Neumann.

— Blausein n'a pas encore remis l'usine en service. Elle est vide. Plus aucun ouvrier n'y travaille.

— C'est encore mieux. J'ai besoin de tranquillité.

— Surtout de secret, non ?

— Moins un secret a de gardiens, moins il s'échappe.

— Tu auras les deux, l'usine et ton rendez-vous, je m'y engage.

— Mais, tu ne dois pas retourner à Annecy ?

— A Annecy et à Chambéry... Tu garderas la maison pendant ce temps-là !

— Et si Pauline te cherche ?

— Ça m'étonnerait...

— Tu as l'air bien sûr de toi, lance Giobert sur le ton de la plaisanterie.

— Je te dis qu'elle ne risque plus de venir me voir ! Tu as compris ! répète Chevalier Noir, en proie à une colère froide dont Giobert ne comprend pas l'ampleur soudaine.

Le lendemain matin, Giobert a attelé un cheval à une berline recouverte d'une bâche de toile cirée noire, et la voiture s'est mise à rouler sur une large rue aussi excellente que déblayée, par un petit soleil de matin et une brise légère. Avec ses deux églises et ses maisons serrées le long de la route du Mont-Cenis, Lanslebourg est un village composé uniquement de porteurs, de guides, de muletiers et d'aubergistes. On dirait un port au creux d'une vallée, d'où partent des bateaux avant d'affronter l'océan des hautes terres. Mais pour Giobert, nul besoin de sortir de la ville, l'océan déchaîné est à ses pieds, la houle le fait tanguer, les vagues lui glacent les sangs. Le rendez-vous avec le taxidermiste est pris. L'aventure du bleu continue.

Giobert suit scrupuleusement l'itinéraire indiqué par son ami afin d'atteindre sans se tromper la maison de Hans Neumann. Il vient de laisser à main droite le lourd bâtiment de l'Etablissement d'instruction Rucellai, fréquenté par des écoliers venus de tous les points de la Savoie et même de Turin ; s'engage dans l'avenue qui mène au pied de la montagne, où l'hiver les passeurs entassent leurs ramasses ; enfin passe, à main gauche, devant l'église où, lorsqu'on célèbre les Quarante

Heures, les jeunes filles du pays, en souliers de bois et jupes à dentelles, chantent des airs populaires.

A l'angle formé par la rue des Bouchers et celle de La Ferrière se dresse une maison de couleur noire dont le rez-de-chaussée est constitué par une boutique à la devanture de laquelle bat au vent une petite enseigne de métal. Hans Neumann est un taxidermiste d'un genre particulier. Il peut, certes, comme l'écrit Laura Trivulzio, dans ses *Mémoires d'une voyageuse*, « préparer avec le même soin et la même méticulosité des oiseaux et des mammifères, des reptiles et des poissons, des crustacés et des insectes, mais aussi des zoophytes, des vers et des mollusques, et pour ceux qui le souhaitent conserver des plantes et des minéraux », mais surtout possède une sorte de magasin de curiosités des plus étranges puisqu'il est constitué d'animaux et d'insectes vivants. Certains vont même jusqu'à prétendre que le naturaliste peut, si on le lui demande, exercer l'art de la chirurgie ou embaumer des cadavres d'êtres humains, comme celui d'un certain Gaetano Stelzi, que le taxidermiste conserva, tel un anchois, dans une macération de sublimé corrosif, le système artériel bourré d'une mixture de tanin, de glycérine et d'acide phénique.

La porte de la boutique poussée, Giobert se retrouve dans une grande pièce aux murs tapissés de rayonnages sur lesquels sont alignés des bocaux remplis de formes improbables baignant dans du formol, et des vitrines contenant, bien rangés, des instruments de chirurgie tous plus effrayants les uns que les autres. L'attente est de courte durée. Un petit homme en tablier de boucher taché de sang, parfumé à l'acide arsénieux, les yeux chaussés de « conserves » colorées, sec comme un romarin sauvage, exactement tel que le lui avait décrit Chevalier Noir, s'avance vers Giobert et lui donne une franche poignée de main :

— Je vous attendais.

— Je tenais absolument à vous rencontrer.

— Que puis-je faire pour vous ? dit Hans Neumann, tout en posant dans un plat métallique la seringue qu'il tient à la main.

— Je n'ai pas de kangourou à faire naturaliser, ni de chat à faire empailler. Je ne viens pas acheter une tortue ou un poisson monté sur un socle de bois.

— Je m'en doute.

— Je n'ai pourtant rien dit à Chevalier Noir de mes intentions…

— N'ayez crainte, monsieur Sollier ne vous a pas trahi. Je devine, dès le premier regard, ce que cherche le client qui pénètre dans mon antre. Votre visage, monsieur…

— Oui ?

— Votre visage, monsieur, pose les questions, et offre quelques réponses.

— Ah oui, mon visage…

— Le bleu, monsieur, le bleu…

— Et que vient chercher l'homme bleu ?

— Non pas le simulacre de la vie, mais la vie même. Vous voulez, disons, certains animaux, qu'on ne trouve nulle part ailleurs que chez moi, et vivants, le cœur palpitant, les veines gorgées de sang.

— Je peux compter sur votre discrétion ?

— Vous m'offensez, monsieur. Notre pacte sera un pacte à vie. Sans paperasserie ni cachet de cire. La parole, monsieur, la parole suffit. Quant à ce que vous allez faire avec les bestioles que vous achetez chez moi, peu m'importe. Vous pouvez, si cela vous amuse, les déguster vivantes ou les faire rôtir à petit feu et jouir de leur détresse.

— C'est une liste très précise, qui contient nombre d'espèces rares...

— Et chères...

— J'ai de quoi payer.

— Mais je n'en doute pas, monsieur.

— Voici la liste, dit Giobert, en dépliant un papier caché dans le revers d'une de ses bottes, et qu'il défroisse avant de le tendre au taxidermiste.

Rapprochant la feuille de la lampe à pétrole, Hans Neumann lit la liste à haute voix, hochant parfois la tête en signe d'approbation ou laissant un sourire poindre au coin de ses lèvres, et faisant parfois un commentaire assez court :

— Sittelle torchepot, Martin-pêcheur, Pigeon colombin, Râle d'eau, Geai bleu, Pie bleue ornée, Sucrier bleu, Dacnis bleu, Sarcelle à ailes bleues – voilà pour les volatiles... Grand mars changeant, Azuré de l'airelle, Azuré du serpolet, Argus bleu, Protée, Lycaeides argyrognomon – voilà pour les papillons... Sinophos annelé, Scolecomorphus kirkii – voilà pour les amphibiens apodes... Je les livre dans des boîtes de terre chaude grouillantes d'insectes dont ils se nourrissent.

— Très bien, très bien.

— Passons maintenant, aux salamandres du Mexique : l'Ambystome tacheté et l'Ambystome marbré – cela s'impose... Serpent arc-en-ciel, Lézard bleu à collier, Caméléon de Balazinsk... Je n'ai guère que deux ou trois spécimens de chaque espèce, excepté pour les papillons, les caméléons et les serpents.

— J'achète tout.

— Bien. Et vous emportez vos achats ?

— Aujourd'hui même. Dès que la ménagerie aura pu gagner ses cages et ses boîtes.

— Puis-je me permettre une suggestion ?

— Allez-y, réplique Giobert pensant qu'il s'agit de conseils relatifs au transport de son étrange cargaison.

— Voulez-vous des éléments supplémentaires à ajouter à votre liste ?

— Je vous écoute.

— Vous n'avez pas dans votre liste de Scarus coeruleus, un poisson des Caraïbes autrement appelé « Perroquet bleu », auquel vous pourriez ajouter l'Opah, un poisson bleu vif ponctué de blanc.

— D'accord, marché conclu.

— J'ai également un gros « Oiseau bleu des fées » ou Irène vierge, de trente centimètres d'envergure. Très bruyant, et très bleu... Et je vous offrirai, si vous me le permettez, de la poudre d'azurite venant de Sibérie, à n'utiliser qu'en très petite dose, les nuits de doute profond.

20

Dans les bâtiments déserts de la filature, il fait un froid de chien. Emmitouflé dans plusieurs épaisseurs de laines et de fourrures, penché au-dessus des cuves et des longues tables de bois, Giobert ne recule devant aucun geste, aucune incantation, aucune expérience pour tenter de percer le mystère du « Bleu Eau de Mer ». Derrière les vitres du bâtiment, la neige qui tombe à gros flocons parcourt le ciel comme un vol de cygnes, sans doute pour la dernière fois de la saison car on sent bien que le soleil est en train de s'installer derrière la montagne. Giobert a déjà épuisé son stock de volatiles. Une belle lumière bleue est très longtemps restée dans les cuves absolument immobile, puis une lueur de sang est apparue, en filaments s'échappant d'un dacnis plongé mort dans le liquide bouillant, alors que Giobert avait bien pris soin de jeter tous les oiseaux vivants d'un seul coup dans l'écume infernale, les voyant se débattre avec une force telle que l'un d'entre eux, un geai magnifique, avait voleté dans le hangar, aspergeant le sol d'une pluie bleue avant de venir mourir à ses pieds, ses ailes en miroir recouvertes, de façon éphémère, du « Bleu Eau de Mer » tant recherché !

Le plus difficile consiste à nettoyer soigneusement les cuves et les baquets nécessaires à la recherche du bleu vivant et à faire rapidement disparaître les cadavres d'animaux entièrement bleus mêlés à une sorte de bouillie infecte qui pue la mort et la torture. Pour plus de facilité, Giobert a entouré les cuves d'une montagne de cages et de caisses dans lesquelles les animaux attendent leur mort. Giobert est persuadé qu'ils sont tous spectateurs, qu'ils savent exactement ce qui les attend, qu'ils entendent entrer en eux la souffrance animale – même les poissons dans leur aquarium, les papillons dans leur volière de fortune fabriquée à la hâte dans de la gaze à fromage.

Giobert, énervé par ses échecs et par la présence si forte de toute cette humanité qu'il martyrise, a même écrasé plusieurs sinophos annelés et autres scolecomorphus kirkii qui font sous ses pieds comme une pâte bleue dans laquelle il patauge, et qui lui donne une nausée tenace. A mesure que passent les jours et que diminue son stock de bleu vivant – c'est-à-dire celui qui est présent sur les pelages, plumages, carapaces, écailles, peaux, etc., des créatures que le Seigneur a bien voulu créer pour accompagner la vie de l'homme sur la Terre –, Giobert commence à douter du bien-fondé de ce nouveau chemin qu'il veut tracer. Pour accomplir l'idéal du bleu, il doit se frayer de nouvelles voies, explorer des contrées où l'être humain n'a pas encore posé son pied. Mais décidément, sa basse-cour ne lui sert à rien. Certains matins, il doit même faire face à de véritables catastrophes. La soupe de salamandres a viré au brun, le bouillon de serpents arc-en-ciel au jaune pisseux. Le pâté de lézard bleu, d'abord d'un bleu éclatant, est devenu d'une belle teinte argentée veinée d'azur ; quant au caméléon de Balazinsk, il a rendu un jus saumâtre semblable au gris anthracite d'un ciel de février.

Les journées rapprochant Giobert de la date fatidique fixée par le Cavalier Bleu pouvant désormais se compter sur les doigts d'une main, celui-ci projette de ne plus dormir, se bourrant la panse de litres de café très noir et les veines de morphine. Le gros « oiseau bleu des fées » proposé par Neumann ne donne pas plus de résultat que le « perroquet bleu » que Giobert doit achever à coups de gourdin parce qu'il ne cesse de gigoter dans une purée épaisse moirée de veines bleues. Il a déjà tout essayé, finissant même par assommer certains animaux avant de les précipiter dans l'eau bouillante, ou en découper d'autres à vif sur la table au tablier de pierre avant de jeter dans les cuves des morceaux de chair encore frémissants. Mais rien n'y fait, ne monte des marmites qu'une pestilence démoniaque, ne laissant comme dépôt qu'un ragoût d'un azur éclatant finissant lentement par s'éteindre et devenir une boue glaireuse. Les uns après les autres, les papillons meurent en battant des ailes – du moins ceux qui n'ont pas réussi à s'enfuir de leur prison en grillage délicat. Giobert commence à penser que, pour la première fois de sa vie, il ne va pas avancer dans sa quête du bleu mais échouer. Quant à utiliser la poudre sibérienne offerte par Neumann, il ne peut en être question.

Il ne reste qu'une demi-cuve d'indigo et quelques lais de tissus en attente de teinture. Giobert prend délicatement le sac rempli de plusieurs protées bleus, les derniers, qu'il précipite dans la mixture fumante. Lentement, les papillons s'enfoncent au fond de la cuve, épaississant la mixture. Lentement, le bleu recherché arrive, ce qui ne veut pas dire qu'il va subsister, passer l'épreuve du temps. Et si le secret du « Bleu Eau de Mer » était là, dans l'infinitésimal du papillon ? Dans sa délicatesse ? Giobert prend entre ses doigts le dernier protée, sa dernière chance de réussite, observant la couleur bleu foncé qui est celle de l'aile arrivant près du corps, les taches plus sombres qui assombrissent les ailes antérieures, le grand bleu qui colore les ailes supérieures frangées de larges marges noires. La nuit vient de tomber. Toutes les bougies de l'atelier où Giobert travaille depuis des semaines sont allumées, éclairant cette victoire inattendue. Arrachant une à une les ailes du papillon de façon à ne laisser sur la table de découpe qu'une chenille qui gigote, il plonge les dernières ailes dans le mélange qui finit de s'épaissir, et donne une pâte d'un bleu sans pareil, d'un « Bleu Eau de Mer ». Perdu dans la constatation de la couleur, Giobert comprend pourquoi ce bleu particulier est comme la conscience des peuples, comme le miroir de la mer dans lequel il se mire. Ce « Bleu Eau de Mer » est un bleu où tout peut apparaître, à chaque instant, un horizon duquel tout peut venir. L'innocence de ce bleu n'est pas une inconscience, il est tout le contraire.

Voilà pourquoi il ne pouvait être atteint que par une voie si improbable. Ce bleu-là a constitué une véritable épreuve. Plus terrible encore que les précédentes, car aucune explication satisfaisante ne peut l'expliquer. Aucun développement. Aucune théorie. Giobert a croisé sur sa route le hasard pur, celui qui sait toujours trouver ceux qui savent s'en servir. Ce « Bleu Eau de Mer » le prouve : ce hasard n'existe pas, car tout est épreuve ou punition, récompense ou prévoyance. Voilà ce qui trouble Giobert : ce « Bleu Eau de Mer » n'est que la cause ignorée d'un effet connu.

De retour dans la maison de Chevalier Noir, Giobert essaie de savourer sa victoire. Il vient de franchir un nouveau palier. Il entend déjà le Cavalier Bleu le féliciter pour le travail accompli. Est-ce parce qu'il n'est pas chez lui, que l'excitation n'est pas encore retombée, toujours est-il qu'il n'est pas aussi heureux qu'il pensait l'être. N'est-il pas allé trop loin ? Toutes ces créatures qu'il a étranglées, égorgées, éventrées, écrasées, découpées de ses propres mains sont comme un reproche vivant. Il pense à l'essai de Théodore Lovati, et à ses lectures de la Bible, aux rituels et aux sacrifices contenus dans le livre des livres. Bien souvent, le corps penché au-dessus des cuves, les mains colorées de bleu, de sang et des déjections projetés par les viscères mis à nu des animaux éventrés, il se disait qu'il devait ressembler à l'un de ces aliénés, décrits par le savant, accomplissant des actes qui leur échappent. La nuit, des images atroces défilent devant ses yeux, mêlant aux animaux martyrisés, mourant tous en poussant des cris d'effroi, d'étranges scènes d'opéra et de carnaval. Des princesses y ont des corps d'animaux et les bêtes des visages de bourgeois. Et tous ces êtres, êtres bifides, se rient de tout le monde : les hommes-lézards, avec une méchanceté dure ; les femmes-salamandres, avec une méchanceté radieuse. On valse, on s'accouple, on soupe, on vante les mérites de ce bal masqué unique, la dissipation bruyante succède à la feinte dévotion. Certains n'hésitent pas à exhiber leurs désirs sans pudeur, ce qui brûle Giobert comme un acide. Mais ce qui l'effraie le plus, c'est ce jeune couple, assis tristement sur les banquettes du bal, qui regarde les officiers attachés à la cour de Savoie et les dames en grand habit virevolter sous leurs yeux. L'homme et la femme sont très jeunes, autour d'eux un cercle s'est formé. On les insulte. On les couvre de crachats. On commence à les bousculer, à les frapper, on les piétine, pour finir on les massacre à coups de pic et de pioche, et Giobert se demande comment le bébé de quelques jours, caché par la jeune femme sous une des chaises de la salle de bal, peut échapper à la boucherie. Tous semblent ignorer le nouveau-né, muet dans ses langes, conscient peut-être que ce silence le protège de la meute. L'attention des bourreaux est concentrée sur un point unique : les corps déchiquetés du jeune homme et de la jeune femme, laissant apparaître au milieu des filets de sang et des chairs meurtries des stries d'un bleu intense, inhabituel – un « Bleu Eau de Mer ». Dans son rêve, ou plutôt dans ses rêves récurrents – toujours les mêmes images, toujours la même intrigue, toujours la même fin sur l'enfant sauvé et les parents déchiquetés –, finit par apparaître le Cavalier Bleu, maître félicitant l'élève :

— Nul besoin de participer au concours. D'ailleurs, je vais faire en sorte qu'il n'ait pas lieu. Je vous déclare, dès aujourd'hui, grand vainqueur, mon cher Giobert.

— Maître, ce fut cette fois plus dur que jamais.

— Plus vous avancez dans votre recherche, plus vous vous rapprochez de l'énigme suprême, plus les difficultés sont décuplées.

— Ne suis-je pas arrivé au bout de mon chemin ?

Le Cavalier Bleu regarde Giobert droit dans les yeux et, d'une voix très douce, mais directe, demande :

— Pensez-vous être au terme de votre voyage ?

— Non.

— Vous voyez bien…

— J'aimerais cependant pouvoir, comment dire, savourer davantage ma victoire…

— Voilà une grande exigence ! Trop de sucrerie amollit, trop de joie affaiblit. Ne comptent que l'insatisfaction, la frustration.

— Mais, c'est comme si on me volait cette victoire, on me volait mon bien.

— Votre bien ? Cette victoire n'est pas « votre » bien ! Il n'y a ni vol, ni drame. Il y a une exigence, un savoir, une quête…

— Oui, une quête, donc…

— Donc une quête… commune… Une quête qui vient de tous et appartient à tous. Du chemin reste à parcourir.

— Une autre couleur m'attend, c'est cela ? lâche Giobert, comme pour mettre un terme à cet échange verbal dont il sait qu'il sortira, quoi qu'il arrive, vaincu.

— Une autre couleur et une autre date, répond le Cavalier Bleu avant de disparaître, tel un fantôme, dans l'obscurité du rêve.

Le lendemain matin, alors que toute trace de neige a définitivement disparu, que Giobert a oublié son cauchemar et s'étire sur son lit comme le fait tout homme qui se réveille et voit le jour nouveau poindre derrière les vitres de la pièce où il a dormi, son attention est attirée par un papier plié coincé dans les pages de la Bible reposant sur la table de chevet. Le prenant entre ses doigts, délicatement, Giobert le déplie, comme s'il craignait qu'un secret ne s'en échappe, ne s'envole tel un papillon. Une main sûre, d'une écriture rapide et ferme, légèrement penchée, a écrit quelques mots – une couleur et une date – que Giobert lit en tremblant : *« Bleu de Crépuscule » 21 avril 1860…*

Dehors, il entend des chiens aboyer. La route de Lanslebourg est fréquentée par nombre de commerçants qui empruntent le passage du Mont-Cenis. Chacun sait que le commerce des chiens de Bologne est très lucratif et qu'il n'est pas rare de croiser des convois de marchands portant dans des paniers d'osier des femelles qui japent sans s'arrêter. Mais, cette fois, ce sont des aboiements féroces, puissants, des beuglements de mastodontes. Quand Giobert se décide enfin à se mettre à la fenêtre, le convoi s'est volatilisé. Il a dû tourner à l'angle de la rue des Eperons. Les aboiements se perdent dans les venelles jusqu'à faiblir lentement et à disparaître.

Giobert, qui ne sait quel crédit accorder au papier plié trouvé sur la table de chevet, se demande s'il ne ferait pas mieux de retourner chez lui. Que son rêve soit fiction ou réalité, il a trouvé le « Bleu Eau de Mer ». Et rien n'est plus essentiel. D'une certaine façon, il ne sait plus de quelle manière noyer son ennui, sa fatigue, et ce qu'il appelle sa lâcheté. Oui, sa lâcheté ! Nul ne peut le lui reprocher plus énergiquement qu'il ne se le reproche lui-même. Sa lâcheté, c'est ce qui le lie à la morphine. Il ne peut plus s'en passer. Elle l'aide à résoudre ses problèmes, à trouver des réponses aux questions qu'il se pose. Le médecin de Moûtiers avait sans doute raison : les doses pouvaient être diminuées. Mais lui ne veut pas, ne veut plus. La petite seringue d'or est devenue une amie précieuse, une amante qui le satisfait toujours quand il a besoin d'elle, lui apportant le plaisir qu'il exige mieux que la plus habile des filles de joie. Mais comme toutes les fois où s'emparent de lui l'hésitation de vivre, les questionnements, où il sent sa solitude lui peser, il décide de se consacrer à la marche, une dernière fois avant de quitter Lanslebourg. Les alentours regorgent de chemins de muletiers. Avant le percement du tunnel et la construction de la voie ferrée, toutes les voitures devaient passer par Lanslebourg et s'y arrêter pour qu'on les démonte. Des mulets les transportaient jusqu'à Novalaise tandis que les hommes passaient à pied, à dos de mulet, en chaise à porteurs, ou en traîneaux pendant la mauvaise saison. Lanslebourg vivait de ce passage. Tous les hommes valides étaient muletiers, charrons ou guides, et les maisons servaient d'auberges. Aujourd'hui, cette agitation a bien diminué, tuée par la locomotive, mais les chemins – témoins de ces temps révolus –, encore parcourus par les contrebandiers, offrent au marcheur un terrain de loisir extraordinaire. C'est sur ces passages alpins, dont beaucoup furent construits par Bonaparte, que Giobert a décidé d'aller à la rencontre de lui-même.

21

Alors qu'il sort de la ville, sacoche de promeneur à l'épaule, Giobert est surpris par les claquements du fouet des postillons, le bruit du fer des chevaux, frappant à la fois l'air et le pavé brillant d'étincelles, perturbant le silence qui annonce la campagne, mais plus encore par une scène dont il est le spectateur fortuit. Un paysan, visiblement satisfait de sa prise, tient un aiglon par les pattes, tandis qu'une troupe impitoyable frappe sans raison le jeune roi des cimes, insultant la faiblesse de son âge et sa majesté tombée. Le père et la mère du noble orphelin ont été tués, aux dires du paysan, par plaisir pur et sans réelle nécessité. Quand l'homme propose à Giobert de lui vendre le prisonnier, celui-ci pense accepter l'offre avec le projet de relâcher l'oiseau de proie dès qu'il aura disparu aux regards du paysan et de ses acolytes. Mais l'oiseau meurt des mauvais traitements qu'on lui a fait subir avant qu'il n'ait pu le délivrer. Tout en commençant à gravir le Mont-Cenis, et en quittant la petite rivière d'Arche qui le conduit au pied de la montagne, Giobert ne peut s'empêcher de penser à la Révolution : l'aiglon, c'est le petit Louis XVII, et les aigles abattus son père et sa mère guillotinés…

A mesure qu'il s'éloigne de Lanslebourg, prenant de la hauteur, en suivant une route dont les contours se déroulent sur un sol ondulé couvert de châtaigniers, Giobert se rapproche de l'église de Montellaz. Voilà bien longtemps qu'il a envie de venir voir de près le fameux trophée qui cause tant de frayeur aux habitants des alentours : la tête du seigneur du lieu, supportée par deux os en croix, et placée dans une niche grillée, clouée au-dessus du porche de l'église. La légende raconte que ledit seigneur, épris d'une jeune fille du village, l'ayant surprise alors qu'elle se promenait seule dans un champ, tenta de la violer. Entendant les cris de la malheureuse, le curé du village venu s'interposer fut tué d'un coup de mousquet par le jeune homme qui, constatant que la jeune fille s'était évanouie, se préparait à joindre à ce premier attentat un crime d'une autre nature. Attirés par le coup de feu, les villageois mirent l'assassin en fuite, lequel, rattrapé, fut condamné au dernier supplice. Le sénat, désireux de faire un exemple, ajouta à la première décision de justice une sentence nouvelle : que la tête du criminel soit exposée aux regards de tous les habitants du village ainsi que de leurs descendants au parvis de l'église.

C'est cela que Giobert vient voir, mais la tête de mort semble avoir disparu. Lui qui veut tellement cette confrontation avec les deux yeux profonds de l'assassin, les deux orbites vides, sent qu'il ne pourra pas réaliser son désir. Il fait plusieurs fois le tour de l'église, observe attentivement les contreforts, les pilastres, les arcades, les culées, les arcs-boutants, les absidioles : rien. Alors, il décide de pénétrer dans l'église. Il y fait très sombre. Comme du fond d'un entonnoir, au-dessus de sa tête, une petite portion d'un ciel bleu et dur, sans couchant et sans aurore, apparaît. Triste séjour que celui de la nef centrale où le soleil jette à peine un regard alors que midi sonne.

Tandis qu'il avance lentement, du narthex au chœur, toujours à la recherche de la tête de mort, il sent qu'il est entré dans une autre dimension que celle de la réalité quotidienne de cette Savoie dans laquelle, pendant que les conservateurs catholiques et libéraux modérés organisent le pétitionnement contre le démembrement de leur pays, des négociations diplomatiques se poursuivent très activement entre la France, d'une part, le Piémont, la Suisse et l'Angleterre d'autre part. Dans le silence de l'église, Giobert oublie la politique du moment qui consiste pour Cavour à sacrifier la Savoie et à accélérer les pourparlers. D'ailleurs, tout le monde le reconnaît : l'affaire est dans le sac. Quelques heures avant le plébiscite des Romagnes, le 12 mars au soir, tout devra être terminé. Un certain Benedetti, diplomate de son état, est déjà parti pour Turin afin d'y mettre au point la signature de l'acte de cession. Chevalier Noir a donc bien fait de céder sa filature à Blausein, et sa vente en annonce d'autres : la Savoie étant déjà virtuellement française, l'industrie ne peut pas ignorer ces nouvelles frontières qui créent de nouveaux rapports de force, de nouvelles exigences, de nouvelles contraintes économiques, politiques, industrielles.

Pendant ce temps, pendant qu'à l'extérieur de l'église le monde savoyard devient autre, Giobert, lui, dans le silence du lieu consacré, est confronté à une autre réalité, si éloignée de la vraie qu'il finit par découvrir, dans le coin le plus sombre, la tête de mort. En partie détruite puis rebâtie vers 1843, l'église avait conservé son clocher qui s'était trouvé alors juxtaposé à la chapelle latérale de droite, de sorte que, si l'on veut aujourd'hui voir la tête de mort, il faut aller la chercher dans cet endroit sombre et délaissé. Giobert ne peut en détacher ses yeux. La tête est jaune comme un coing, la boîte crânienne cousue par un lien de cuir afin d'éviter qu'elle ne s'ouvre en deux. Il la regarde et ne trouve aucune des réponses qu'il était venu chercher. Ce tas d'os rapetassés ne lui révèle rien de nouveau sur la condition humaine. Le sens de la vie, c'est ailleurs qu'il le trouve.

Bien que l'église soit fort humide, et sombre, et pour tout dire assez inhospitalière – quel chrétien, en effet, aurait envie de venir y prier son Seigneur ? –, Giobert aperçoit très distinctement au seuil du déambulatoire une femme, debout dans l'encadrement de la porte qui doit mener aux salles réservées au prêtre, et qui l'ouvre sans bruit. Presque irréelle, dans la demi-obscurité, avec sa robe de gaze blanche, en réalité un costume de cour, richement ornée de dentelles qui lui donne l'air d'une apparition, la jeune fille, car il semble que c'en soit une, même s'il ne peut voir distinctement les traits de son visage, paraît l'attendre. L'espace de quelques secondes, il imagine qu'elle est le spectre de la bergère poursuivie par le seigneur de Montellaz, et venue retrouver, contre toute attente, un amant qu'elle ne rejetait nullement mais que la rumeur villageoise, la bienséance ont transformé en mécréant alors que le véritable violeur était le curé qui poursuivait sans cesse la jeune bergère de ses ardeurs coupables.

— Touche-moi, dit la jeune femme, montrant sa gorge, découverte, à Giobert qui s'exécute.

— Puis-je vous poser quelques questions ?

— Non. Touche-moi encore, ajoute-t-elle, prenant la main de Giobert et la posant sur son visage.

— Je ne vous vois pas.

— Peu importe. Touche mes yeux.

— Je ne peux pas.

— Touche mon nez. Touche ma bouche. Touche mon menton.

— Mais, madame...

— Sens-tu ma peau comme elle est fine ?

Dans l'obscurité de l'église, Giobert ne parvient pas à voir avec précision le visage de la jeune femme. Tout juste croit-il, par moments, reconnaître une voix. Peut-être l'a-t-il déjà entendue quelque part... Une intonation... Une inflexion... Une façon de prononcer certains mots en laissant la voix traîner sur les fins de phrase... Une silhouette. Tout cela est très vague.

— Et ma joue, ronde ?

— Oui.

— Et mon nez, petit ? ajoute l'inconnue en s'emparant des mains de Giobert qui se laisse faire, comme hypnotisé.

— Oui, je les sens.

— Maintenant, passe tes doigts sur mes lèvres, sur le dessin de mes lèvres, sur ma bouche humide, sens-tu comme ma bouche et mes lèvres sont douces ?

— Oui.

— Et maintenant touche mes cheveux, et dis-moi que je suis belle, que tu m'aimes.

— Oui, tu es belle, dit Giobert qui plonge ses doigts dans la longue chevelure brune, et constate alors la présence d'une coiffure construite formée de deux grosses bouffettes noires au-dessus des oreilles et d'un diadème couronnant un front des plus purs.

— Embrasse-moi, demande la jeune femme en se redressant subitement de façon à se mettre bien en face de Giobert, et en prenant sa tête dans ses mains.

Soudain, alors que Giobert est sur le point, sans trop comprendre d'ailleurs pourquoi, de céder aux désirs de son étrange interlocutrice qui annonce qu'en contrepartie elle lui révélera de grandes vérités, lui fera découvrir des choses qui ne peuvent se savoir par aucune voie humaine, qu'elle pénétrera des pensées secrètes, des divinations, des connaissances de son passé, des prévoyances ou des pressentiments, celle-ci tombe subitement dans une suite de frémissements. En proie à une grande agitation, elle se jette à terre ; se tourmente, se frappe. Sa tête tourne de tous côtés avec une vitesse extrême, ses yeux se renversent puis se ferment, sa langue sort au-dehors, pend sur les lèvres. Giobert ne sait que faire face à cette bête sauvage dont la respiration se contraint tout à coup, et qui suffoque, gémit, pousse des cris et des sifflements ; qui aboie comme chien, chante comme coq. Bientôt, Giobert aperçoit dans tous les membres de la jeune femme des secousses et des contorsions. La voilà à présent qui s'élance tantôt d'un côté, tantôt de l'autre ; fait des culbutes et des mouvements obscènes ; se retrouve dans des postures indécentes. Elle s'étend, se roidit, devient comme sourde, muette, aveugle, paralytique, insensible. Tout semblant se passer en elle, sans elle-même.

Alors que Giobert s'éloigne quelque peu pour revenir vers la porte de l'église où il a laissé sa sacoche de cuir contenant, outre une bouteille d'alcool, quelques morceaux de sucre et un carré de tissu, lequel, plié, pourrait servir de coussin sur lequel reposer la tête de la jeune fille, un silence soudain s'abat sur la nef. Quand il revient sur ses pas, sans trop savoir si le temps écoulé entre son départ et ce retour est de quelques minutes ou de plusieurs heures tant ce moment est nimbé d'un voile de mystère et d'incompréhension, la jeune femme est étendue face contre terre, les bras en croix, au pied des marches menant à l'autel. Elle est si calme qu'on pourrait la croire inanimée. Osant à peine la toucher, après quelques instants d'hésitation, Giobert se décide enfin à retourner délicatement le corps. Le soleil, peu clément jusqu'à cet instant, transperçant soudain de ses rayons les verrières aux centaines de petites pièces de couleur représentant des scènes du Jugement dernier, baigne la nef d'une clarté presque insoutenable et éclaire violemment le visage de la jeune femme. Le visage d'une morte.

Le sentiment d'horreur qui déforme ses traits laisse à penser qu'elle a éprouvé une peur insensée de quelque chose qui lui était inconnu. Comme si on l'avait poussée à la mort à coups de fouet. Giobert ne supporte pas ce spectacle, se détourne, a conscience, dans le même temps, de vivre un des moments les plus effrayants de sa vie. La jeune femme n'est autre que Pauline Frêterol, l'amie de Chevalier Noir. Mais, pis encore, son visage ensanglanté, les contusions, les estafilades, les plaies ouvertes présentes ici et là, ses jupons relevés jusqu'à la taille dévoilant une intimité contre laquelle semble s'être acharnée une bête du Gévaudan montrent qu'elle a été sauvagement violée et assassinée. Plus étrange encore, ses vêtements – un costume de cour fait d'une robe de taffetas gorge-de-pigeon serrée à la taille par un ruban d'or et d'argent, une coiffure à bouffettes et un diadème sur le front – ont totalement disparu pour céder la place à un de ces accoutrements ridicules que l'étiquette républicaine imposait, à l'époque de la Révolution, aux caillettes enfarinées de jacobinisme : carmagnole, bonnet rouge sur la tête, cocarde sur le sein et sabots de bois aux pieds.

22

Agenouillé sur un prie-Dieu, à quelques mètres de la jeune femme dont il se tient éloigné, comme si elle faisait partie de ces possédées de Morzine qui, croyant fermement être habitées par le diable, s'aspergeaient d'eau bénite ou pensaient trouver la guérison en se livrant au libertinage, Giobert se demande dans quel affreux cauchemar il est plongé. Est-il dans la fiction ou dans la réalité ? Son cerveau implose de cent idées contradictoires, de fausses pistes, d'hypothèses improbables. Que fait cette femme dans cette église perdue au milieu de la neige ? S'agit-il bien de Pauline Frêterol ? Et que voulait dire Chevalier Noir lorsqu'il assurait à son ami que celle-ci ne risquait plus de venir l'importuner ? Et si la morte est bien Pauline, pourquoi a-t-elle revêtu ce costume ridicule d'un autre temps ? Est-ce parce que son père, Giobert s'en souvient tout à coup très nettement, ce gros Chablaisien de François-Melchior, jeune, blond, tirant sans cesse le tabac de son cornet, poussant des gémissements de chien affamé de caresses, planté comme un roc, et fort d'une gueule avec laquelle il sonnait la charge dans les oreilles de ceux qui lui marchaient sur les pieds, était un des meneurs de l'effervescence révolutionnaire ?

Toujours prêt à dresser un échafaud, à dénoncer les traîtres à la patrie, à envoyer les réfractaires devant les tribunaux, il avait pour seul fait d'armes à son actif, du moins est-ce ainsi dans le souvenir de Giobert, le transport, jusqu'à Annecy, dans quatre chariots à bœufs chargés jusqu'à la gueule, des titres, chartes et archives de plusieurs familles nobles italiennes qu'il avait ensuite brûlés sur la grande place du marché, poussant ainsi à l'abandon et à la ruine définitive ces mêmes familles...

Tous ces mystères sont trop lourds. Giobert ne sait quelle place il occupe sur cet échiquier diabolique, quelle pièce il est censé représenter, quel rôle lui a été attribué. Décidé à quitter l'église, ne serait-ce que pour prévenir la police, pour raconter à Chevalier Noir ce qu'il a vu, voire même, pourquoi pas, afin d'évoquer le trouble qui ne fait que grandir en lui avec le fameux docteur Chiara, collègue de Théodore Lovati et directeur de la *Gazette médicale de Chambéry*, il regarde une dernière fois la jeune morte, remet sa sacoche sur son épaule, et retraverse la nef, le cœur frappant fort dans sa poitrine, triste de devoir laisser la jeune femme ainsi, seule et froide. Arrivé dans le narthex, il s'attarde quelques secondes, comme si le simple fait de pousser le lourd portail de l'église constituait une nouvelle épreuve jetée sur son chemin, puis se lance soudain dans la lumière de l'extérieur, tel un nageur décidé à plonger dans l'eau glacée du lac. C'est alors que tout commence, que tout éclate, que la peur s'installe, durablement. Les aboiements qu'il avait entendus à Lanslebourg accueillent sa sortie. Ils sont très nombreux. Une meute de molosses, sans doute. Et la course qui commence est une traque interminable. Une poursuite. Une chasse dont il est la proie.

De Lanslebourg à Rumilly, le chemin est long et difficile. Au début Giobert pense qu'il va pouvoir échapper à ses poursuivants, repasser par Lanslebourg, enfourcher un cheval, monter dans une patache. Ou alors en traversant telle forêt, en contournant telle vallée, en plongeant ses bottes dans les eaux de l'Arc. Très vite, il se rend compte que son souhait est irréalisable. La route qu'il a devant lui ne brille ni par sa largeur ni par son entretien et encore moins par ses abords riants. Elle est bien sans exagération tout ce que l'on peut voir de plus sauvage et de plus abrupt dans la nature. Les molosses ne le lâchent pas, à peine croit-il les avoir semés que l'un d'entre eux réapparaît, bave aux babines, crocs acérés. Mais toujours à distance respectueuse, comme s'ils ne voulaient pas le déchiqueter, lui sauter au visage, lacérer ses vêtements. Parfois même il pense voir le maître chien tenir ses mastiffs en laisse, les freiner quand il le faut, les laisser volontairement à distance. Heureusement que le temps s'est quelque peu réchauffé. En plein hiver Giobert serait mort depuis longtemps. Il dort à la belle étoile, vole dans les fermes pour manger, se lave dans l'eau des ruisseaux. Voilà en quelques jours le maître du bleu devenu un vagabond, un meurtrier poursuivi, car il est évident que le propriétaire des chiens – il y en a bien un, une telle phalange de molosses ne se promène pas toute seule dans la nature – a vu Giobert sortir de l'église.

Modane, Saint-Michel, Aiguebelle, Chamousset, Lescheraines, et bientôt Alby. Que vont dire, que vont croire ses amis, et d'autres encore, intimes, très intimes, qui sont le cœur de son secret, qu'il lui faudra bien un jour révéler, quand cela sera devenu nécessaire ou vital ? Voilà plus d'un mois que personne n'a plus aucune nouvelle de lui, et les chiens sont toujours là. Parfois, le matin, il les aperçoit à moins de cent mètres, qui semblent le guetter, les narines dans le sens du vent pour ne pas perdre l'odeur de celui qu'ils poursuivent. Montagnes, routes régulières, sentiers de muletiers. Il ne peut s'arrêter dans aucune auberge, aucune écurie. Une après-midi, il croise une jeune femme descendant d'un coupé derrière lequel se tiennent, sur un siège à capote, une camériste et un valet de chambre, d'autres domestiques ayant pris place dans un fourgon de suite ; devant la meute aboyante tout le monde file, laissant Giobert seul, vêtements en lambeaux et visage crasseux. Un matin, alors qu'il longe un petit lac, un vapeur prêt à aborder le long de la côte et chargé de passagers qui lui adressent des signes amicaux, vite stoppés lorsque les chiens alignés sur la rive lancent dans leur direction de terribles jappements, finit par rebrousser chemin. Non loin d'Alby, dans un des coudes du Chéran, un point difficile verrouille trois vallons, par lequel on ne peut pas ne pas passer, qu'il faut descendre puis remonter. Giobert est à bout de fatigue. « Où suis-je ? Qu'est-ce qui m'arrive ? » Il se sent comme une bête traquée qui défend le peu de chaleur qu'elle a réussi à se faire, en recroquevillant ses cuisses sous son ventre. Seul en face de lui-même. Caché dans un bois, il voit devant lui la longue file de chiens, langue pendante, tête tournée dans sa direction. On dirait les tirailleurs d'une armée attendant qu'il sorte du bois pour le viser comme un lapin. Tous progressent à pas de serpent en guettant de droite et de gauche, la queue frétillante. Epuisé, il finit par souhaiter un combat final avec les chiens : il parviendra bien à en déchirer un ou deux avec les dents !

La peur inspire, comme la cruauté. Giobert se sent loup plus que renard ; poussé par la férocité. C'est peut-être cela, la grande leçon de cette traque interminable : il voit monter en lui une sauvagerie dont il ne se sentait même pas capable. Les chiens lui auront au moins appris qu'il avait en lui une dose d'inhumanité inemployée. C'est seulement lorsqu'il arrive sur des foulées fraîches, des traces d'animaux sauvages, profondes, terribles, très grandes, qu'il se met à imaginer sérieusement qu'il peut lui aussi jouer de ses crocs, déchiqueter, arracher, balancer de grands coups de lames de rasoir. Au soir du dernier jour, quand arrive la nuit la plus noire, il parvient à semer les chiens, à pénétrer dans la cour du Château, à monter les marches qui conduisent à la grande porte d'entrée et à la refermer. Le vent qui souffle des champs vers les montagnes apporte l'odeur des feuilles fanées.

Le dos contre la porte de bois, Giobert n'a plus la force d'aller plus loin. Se laissant glisser sur le sol, il reprend lentement ses esprits, dans l'hébétude, et trouve tout de même le moyen d'allumer une torche qui projette dans la pièce un grouillement de lumière. A mesure que les battements de son cœur reprennent un rythme normal, il peut repenser à toutes ces journées, à la victoire du « Bleu Eau de Mer », à la vente par Chevalier Noir de sa filature, au cadavre de Pauline sur le dallage glacé de l'église perdue en pleine hauteur. La mémoire ayant, durant toute la traque, fait son travail souterrain, Giobert est au moins sûr d'une chose : Pauline est bien la fille d'un révolutionnaire sanguinaire. Mais il n'est plus certain d'avoir réellement parlé avec la jeune fille, de l'avoir vue morte. Cette horreur n'est peut-être que le fruit d'un rêve éveillé – et affreux.

Alors qu'il peut enfin se relever et reparcourir les pièces de sa demeure, se retrouver dans sa chère bibliothèque, là où dorment ses livres et son carnet dans lequel il va pouvoir reprendre la rédaction de son traité sur l'indigo et y insérer le récit des expériences fondamentales liées à l'introduction d'êtres vivants dans la mixture bleue, il entend un bruit bien réel, sinistre, et va même jusqu'à ouvrir une des fenêtres donnant sur la cour afin d'entendre plus distinctement le brouhaha propagé par les hauts murs d'enceinte qui fabriquent une boîte merveilleuse pour les échos désireux d'exister en tant qu'échos. Ce bruit, il le reconnaît entre mille, c'est celui de la meute de molosses qui l'a poursuivi depuis l'église de Lanslebourg, et qui hurle à la lune.

Giobert, qui ne se paie jamais de mots, sait ce que cela veut dire. La chasse à l'homme est lancée. Il se souvient des menaces de Sang-Dragon : réunir une phalange de molosses pour traquer le criminel qui sème la terreur en Haute-Savoie, en Tarentaise et en Maurienne, avec tous les risques que cela comporte, à commencer par celui qui consiste à lâcher les chiens aux basques d'un innocent. En réalité, rien n'a changé depuis qu'en août 1792 les administrateurs du Mont-Blanc avaient rapporté à la Convention que la Savoie était en train de devenir une autre Vendée, que les paysans fanatisés, les prêtres et les nobles se rassemblaient pour s'opposer, par les armes, au pouvoir révolutionnaire. En conséquence, qu'il fallait, sur-le-champ, prendre des mesures radicales : incendier tous les villages qui se révolteraient, n'épargner aucun de ces hommes « qui ne sont pas faits pour la liberté », mettre en état d'arrestation et jeter en prison ou fusiller « tous ceux qui ont fui la ci-devant Savoie à l'approche des armées françaises ». La guerre sainte pouvait commencer, et les révolutionnaires protéger de toutes leurs forces ceux qui s'étaient rangés sous l'étendard tricolore, afin de « reconstruire de leurs mains la digue dressée contre les inondations de la tyrannie ». En un mot, les massacres pouvaient reprendre au nom de la nouvelle religion.

Tandis que les chiens hurlent à la mort dans la cour, Giobert fait un rêve éveillé. Une famille traverse une région particulièrement fertile, garnie de vignobles et de vergers ; au flanc des collines, de magnifiques noyers et d'opulents châtaigniers ; sur le plateau, des produits agricoles de toutes sortes qui prospèrent, et une grande variété de plantes fourragères. C'est l'été. Puis tout s'arrête soudain. La famille est massacrée. L'enfant disparaît. Il y a beaucoup de sang. Au milieu de la campagne, une épaisse fumée noire monte dans le ciel d'un bleu pur. Le feu et les cris finissant lentement par disparaître, Giobert se rendort sur ce bleu. Quand il se réveille, c'est le matin. Il a passé la nuit adossé à la porte de sa maison. Les chiens se sont, comme par enchantement, volatilisés.

Giobert commence à prendre conscience de ce qui s'est réellement passé. Il se souvient d'être sorti d'une église mais a oublié ce qu'il était venu y trouver. C'est alors que les chiens l'ont poursuivi, non pas jusqu'à Rumilly, comme il l'a cru dans un premier temps, mais jusqu'à

Lescheraines. Oui, c'est à Lescheraines qu'il les a semés, en longeant le Chéran jusqu'à une forêt dans laquelle il a pu définitivement les perdre. Le reste n'est qu'illusion. Le reste, il a cru le voir. La peur fabrique de la présence, l'angoisse fait prendre corps à des images. Les molosses ne sont jamais venus hurler jusque sur le chemin de ronde de son château. La vie peut donc reprendre, doucement, et la vie reprend, doucement. Quand il ouvre le tiroir du petit secrétaire aux secrets pour retrouver son carnet indigo, Giobert ne peut s'empêcher d'ouvrir le mouchoir aux pentacles : une sixième pièce vient de faire son apparition aux côtés des cinq autres.

23

Sang-Dragon est intarissable. Dans le brouhaha du Café des Alpes, il évoque sa longue traque. Ecumant, cheveux couleur de feu en bataille sur la tête, et d'une diction hachée par l'excitation, il raconte comment, de Lanslebourg à Lescheraines, il a traversé des terres où l'eau est noire comme de la suie et les routes huilées de pluie. Flottant dans ses vêtements, tout maigre, faisant claquer ses doigts et tourner ses bras comme des moulinets, il dit comment parfois il devait aller au pas « parce que ça montait », ou patauger dans des champs plats « avec au-dessus de la tête le ciel gris tout pareil », ou courir parce que « ça descendait comme la pente savonnée du lavoir ». Avec son regard de mouton triste et ses lèvres luisantes de salive, il répète qu'il en est sûr, qu'il l'a vu « ce foutu fumier » au moment où il sortait de l'église, et qu'il l'a suivi, en lui « balançant au cul » sa horde de mastiffs prêts à le dévorer vivant. Malheureusement, il l'a perdu à Lescheraines. Oui, à Lescheraines, il en est sûr. La pluie avait recommencé à tomber. Au coin d'une auberge, coincée entre une petite église et quelques maisons, là où un éboulement de pierres traverse le ruisseau… « Pauvre Pauline », répète Sang-

Dragon, le pouce dans l'entournure de son gilet. « Oui, pauvre Pauline », conclut-il, tout en se retournant vers Chevalier Noir, lequel semble abattu, mais pas pour les bonnes raisons – parce qu'on peut être abattu pour de bonnes ou de mauvaises raisons –, comme si cette mort, au fond, il s'en fichait, et qu'il affectait d'être touché par un malheur qui était loin d'être le sien.

— Comment as-tu pu laisser faire une chose pareille ! demande Sang-Dragon, presque agressif.

— Je n'étais pas son ange gardien, que veux-tu !

— Cette mort t'affecte peu, on dirait, fait remarquer Chevalier Blanc.

Giobert, qui ne dit rien, regarde Chevalier Noir et se souvient de l'agacement, proche de la colère, qu'il avait manifesté alors qu'il lui demandait si Pauline ne risquait pas de venir frapper à sa porte durant son absence.

— Elle m'affecte, parce qu'elle est horrible, mais... enfin... comment vous dire... Pauline était une femme parmi d'autres femmes...

— Tout de même, tout de même, objecte Chevalier Blanc qui avait clairement dit une nuit de grande beuverie que, le jour ou Chevalier Noir ne voudrait plus de sa belle, il la consolerait bien volontiers cette grosse potelée, qui devait être douillette comme un manteau de fourrure, tendre comme du beurre à la motte...

— Tu ne l'as pas tuée, tout de même ? lance, perfide, Sang-Dragon.

— Je n'étais pas à Lanslebourg quand c'est arrivé. N'est-ce pas, Giobert, tu peux leur dire, toi.

Giobert, gêné, ne peut pas se défiler. Oui, en effet, il était là-bas, seul, dans la maison de Chevalier Noir, travaillant dans son usine.

— A la recherche d'un bleu introuvable, je suppose, lance Chevalier Rouge, vaguement soupçonneux.

— Oui, à la recherche d'un bleu introuvable, que j'ai fini par trouver, d'ailleurs.

— Alors, c'est peut-être toi qui l'as tuée, dit Sang-Dragon, jetant immédiatement sur l'assemblée un ciel de plomb.

Après quelques minutes de silence où chacun se regarde, s'épie, laisse tourner dans son crâne des tempêtes et des hypothèses, Giobert se lève, menaçant, en direction de Sang-Dragon, lequel, pour la première fois peut-être, éprouve une réelle frayeur et recule de plusieurs mètres.

— Tu n'as pas fini de m'emmerder avec cette histoire de meurtre ! Est-ce que tu crois vraiment que je suis un tueur, hein ? Réponds, ou je te fends la tête, ajoute Giobert en prenant Sang-Dragon par le col de la veste, le soulevant presque de terre.

Blausein, craignant que la situation ne dégénère et désireux de rétablir le calme, car il sait que les deux hommes ont le sang chaud, intervient :

— Allons, messieurs, nous savons très bien que ni Chevalier Noir ni Giobert ne sont des meurtriers ! Sang-Dragon, tes plaisanteries sont de mauvais goût. N'oublie pas que tu es le seul parmi nous à avoir été interné à l'asile départemental, et après tout, tu pourrais faire aussi un suspect parfaitement crédible. On ne t'aime pas beaucoup dans la région... Les gens parlent...

— Pour ne rien dire ! ironise Sang-Dragon.

— Encore faut-il des preuves, Blausein, dit Chevalier Rouge, toujours prêt à venir en aide à son lieutenant des basses œuvres.

— Messieurs, messieurs, ne pensez-vous pas qu'il y a en ce moment même ici, en Savoie, des choses plus importantes que de se quereller pour chercher lequel d'entre nous est un « meurtrier » ?

— Tu as raison, Blausein, corrobore Chevalier Vert.

— Mille fois raison, Blausein, reconnaît Chevalier Blanc, regardant l'assemblée de ses grands yeux bleus immobiles comme l'eau de l'étang ; on t'écoute.

Blausein, qui a fait partie de la délégation des quarante et un Savoisiens montés à Paris afin de discuter avec les représentants du gouvernement impérial du statut de la nouvelle Savoie, a des choses importantes à communiquer à l'assistance. En effet, il ne va pas leur parler de son arrivée à Paris par le fétide et fangeux faubourg Saint-Marceau ni des banquets donnés en l'honneur des « Frères Provençaux », non, ce qui compte, n'est-ce pas, ce sont les décisions prises, et ce qu'elles entraînent. Bien que devenant française, la Savoie n'en sera pas pour autant démembrée ; elle conservera son nom, une cour d'appel, les quatre évêchés de Chambéry, Annecy, Moûtiers et Saint-Jean-de-Maurienne, ainsi que le maintien des situations acquises. Mais cela n'est que la partie émergée de l'iceberg, en réalité, de très profonds changements vont affecter la vie en Savoie. La puissance du nouvel empire, ce sera certes l'élargissement de la route du Mont-Cenis, mais aussi la construction de quantité de maisons de postes, de casernes d'étape, de refuges et d'hospices qui vont venir défigurer la région. Des alliances, des allégeances vont naître, et nombre d'entreprises risquent d'être emportées par les nouvelles exigences économiques. Des fabriques nouvelles vont s'implanter – filatures, faïenceries, acieries ; des pans entiers des montagnes vont être consacrés à la recherche des ressources minières, la vie agricole sera bouleversée, des races de bétail favorisées au détriment d'autres, le déboisement battra son plein. En réalité, la révolution industrielle, entraînée par l'Annexion, s'accompagnera d'un clivage de plus en plus spectaculaire de la richesse et de l'indigence.

Tout en dégustant ses huîtres d'Ostende avec un petit ragoût d'échalotes découpées dans du vinaigre et poivrées, Blausein dresse un bilan très mitigé de cette annexion future. D'ailleurs, de tout le groupe, seuls Chevalier Rouge et Sang-Dragon sont des inconditionnels du rattachement à la France.

— A moins de regroupements industriels, voire de changements d'orientation, notre économie périclitera, annonce Chevalier Vert – le nez dans son potage.

Giobert a compris. Cette remarque du maître teinturier le confirme dans ses soupçons. Chevalier Vert va le lâcher, à moins que ce ne soit déjà fait. Blausein, sans le savoir, ne laisse pas à Giobert le temps de l'hésitation. Il donne lui-même la clef de l'énigme. Ce que n'aurait jamais fait Chevalier Vert, du moins aussi crûment, aussi rapidement. La décision est sans appel :

— En vendant son entreprise, Chevalier Vert, oui, messieurs, en vendant son entreprise, répète Blausein, voyant que cette révélation déclenche un étonnement général, notre ami s'est montré à la pointe du progrès. Le développement rapide de la syphilis exige de nouveaux moyens de lutte. A nous deux, nous avons créé un laboratoire qui vient de mettre au point un moyen préventif et curatif de la terrible maladie. La syphilisation, chère aux professeurs Sperino de Turin et Boeck de Christiana, sera mise en vente dans moins d'un mois dans toute la Savoie, et bien entendu en France, grâce au laboratoire Sollier-Blausein.

Alors que la discussion prend de l'ampleur, Blausein et Chevalier Vert vantant notamment les mérites de ce nouveau produit bien plus efficace, d'après les deux financiers pharmaciens, que l'ancienne préparation d'oxyde de sodium étendue dans vingt-six parties d'eau, et que « les maîtresses ont encore pour habitude d'avoir constamment à la disposition des filles et des visiteurs », Giobert comprend qu'un deuxième associé est en train de lui faire faux bond. Qui sera le troisième ? Finira-t-il lui aussi seul, et abandonné de tous, comme Fra Diavolo caché dans les montagnes napolitaines et voyant les navires de la flotte anglaise, venus prétendument le sauver, mettre le cap vers la Sicile… Replié sur la recherche de l'indigo, coincé par Blausein qui le contraint à transporter des armes sur des sentiers de douaniers en échange d'un soutien financier qui lui permet de poursuivre ses expériences, Giobert se sent prisonnier. Comme ces ouvriers des filatures de coton rendus sourds par le bruit des métiers à toile, attachés à leur labeur telle la chèvre à son poteau, il sait qu'il ne peut pas fuir vers d'autres horizons, que son ciel est d'un bleu si sombre qu'il ressemble à celui des fonds marins.

Dans les jours qui suivent, la peur, décuplée par le récit de Sang-Dragon, a gagné tous les foyers qui ignoraient encore l'existence de ces meurtres qui ensanglantent la

Savoie. La police, partout sur le qui-vive, envisage désormais de demander le concours de l'armée. Les Savoyards, engagés dans la célèbre Brigade de Savoie, ont souvent combattu pour des causes qui ne les touchaient que de très loin. Cette fois-ci, il ne s'agit pas d'aller se faire éventrer pour les beaux yeux de Victor-Emmanuel II mais d'arpenter le maquis pour défendre sa femme, ses enfants, sa famille. En réalité, la bête qui rôde dans les montagnes les effraye davantage que les canons autrichiens. Viennent en renfort de la police et de l'armée des brigades de citoyens équipées de fusils de chasse, de pistolets et d'armes blanches. Au-delà, des quartiers, des pâtés de maisons, c'est une région entière qu'il faut quadriller.

Traditionnellement, c'est au printemps que la pomme de terre, richesse de cette partie de la Savoie, est plantée, pour ensuite être récoltée en septembre. Les jours de forte gelée, comme c'est le cas en ce moment, les paysans allument de grands feux auprès des pommes de terre afin qu'une lourde couche de fumée s'établisse sur la région moyenne des montagnes, ainsi interceptent-ils l'air des régions supérieures et préservent-ils de son atteinte le fond des gorges. Pour annoncer la gelée, on sonne le tambour. La traque au meurtrier, il faut donc l'imaginer au son du tambour et dans la fumée montant des feux. Traversant les paquets de fumée, hommes et soldats, en armes, cherchent la bête ; et les feux, établis comme des signaux tout le long des ravins, offrent au milieu de la nuit un spectacle grandiose et inquiétant. Perçant de taches rouges et de colonnes de fumée noire le rideau de vapeur d'argent où la vallée est entièrement plongée et perdue, les feux accompagnent les éclaireurs qui cherchent en vain, coupant la fumée épaisse, la clarté des flammes, le tout sur fond de roulements de tambour, comme pour un étonnant champ de bataille.

C'est toute la région qui est aux abois. Tout le monde est sorti. Tout le monde est sur les routes. Quand il pleut, la pluie tambourine sur les capotes de cuir des bogheis. Quand le soleil explose, on se cache sous d'immenses ombrelles qui confèrent aux cortèges un air désuet – un air désuet pour une histoire bien sérieuse, une troupe jouant un opéra-comique qui pue le sang et la mort. Quand il fait nuit, ou que le matin commence à peine à poindre, les longues torches dégagent une fumée âcre et malodorante.

La nuit dernière, Giobert a participé à une de ces battues. Il a débouché, tenant les rênes du boghei, sur une route forestière non loin de Faverges, en direction d'Albertville. Puis tout le monde l'a perdu de vue. On pense, sans trop savoir pourquoi, qu'il a voulu éviter Ugine. De ce côté-là on sait que ça monte dru et que, s'il se met à pleuvoir une petite pluie fine, bien serrée, bien pénétrante, on revient glacé ; en contrepartie, on traverse une zone d'odeurs fraîches et de silence. En somme, en d'autres circonstances, on pourrait dire que tout cela est exquis. L'homme à la tête bleue pense qu'il a eu bien raison de fausser compagnie au groupe pour aller, peut-être, au-devant du tigre. On se dit aussi que, avec la petite heure d'avance qu'il a sur tout le monde, Giobert a pu passer de l'autre côté du col et se retrouver seul en face de la nuit en train de dialoguer avec elle. Il ne pleut plus. Les nuages sont de paille hachée. Il n'y a plus d'air. Il n'y a plus de place pour les mots.

Deux jours plus tard, Giobert n'était toujours pas revenu, et certains ont même pensé qu'il s'était perdu, qu'il avait versé avec son boghei dans un précipice. Mais c'est ne pas le connaître. Giobert revient toujours, parfois le visage et les mains en sang, déchirés par les ronces, tailladés par la nuit ; mais toujours il rejoint le Château et franchit quatre à quatre les hautes marches conduisant à la porte de sa demeure.

24

Alors que tous cherchent désormais à faire les bons placements, à ne pas oublier de prendre le train de l'industrialisation galopante, Giobert s'enfonce chaque jour davantage dans la pâte bleue. Comme les moutons de pré-salé du Mont-Saint-Michel régulièrement emportés par les sables mouvants de la baie, Giobert ne se débat plus. Il tire son miel de cet engloutissement progressif. Ce n'est pas pour rien qu'il est né avec ce visage bleu qu'il trimballe depuis tant d'années. Ce visage, c'est sa croix et son salut, qui lui crée des devoirs et des obligations, qui lui a tracé une voie de laquelle il ne peut s'éloigner, une règle à laquelle il ne peut déroger. Cette fois, la couleur exigée par le Maître est coriace. Après le « Bleu de Soir », le « Bleu de Lune », le « Bleu de Ciel », le « Bleu de Nuit », le « Bleu Eau de Mer », voici venir le « Bleu de Crépuscule », qui nécessite un investissement total, exige une ascèse ; et Giobert n'est pas un saint. Il a donc ressorti les cornues et les bassines, dose et redose les quantités adéquates d'eau de chaux et de potasse caustique, d'acide sulfurique et d'alun, d'huiles et de quelques matières muqueuses. Un jour, il s'obstine à vouloir trouver un précipitant qui remplace l'eau de chaux, un autre, il observe à la loupe les effets produits par les alcalis caustiques, un troisième, il cherche tous les moyens possibles pour affiner les fécules indigofères, persuadé que la solution à tous ses problèmes est dans le passage du bleu au vert. Il ne rejette aucune recherche, aucune hypothèse. Dans le droit fil des expériences tentées par Lasteyrie et Cossigny, il jette dans ses bassines bouillantes, dans ses bouteilles, ses cuves, toute sa tuyauterie, des décoctions de feuilles d'orpin, de tronc de bananier, de branches de savonnier, de feuilles de saponaire, de graines de lin, et va même jusqu'à tenter certaines falsifications ayant cours dans les ateliers de Portsmouth ou de Londres. La dernière mission sur les sentiers de contrebande, celle durant laquelle il a réussi à faire passer de France en Italie, par les sentiers de Savoie et du Piémont, plusieurs mulets chargés d'armes et de munitions, lui a permis de gagner une belle somme d'argent qu'il a immédiatement investie dans l'achat d'indigo de Manille. La preuve qu'il cherchait, il l'a enfin trouvée : contenant neuf, dix, voire onze parties d'alumine, sur cinq, six ou sept de fécule colorante, cet indigo ne conserve plus le bleu éclatant qu'on lui reconnaît, altéré qu'il est par l'alumine. Il ne risque donc pas de concurrencer son indigo mais aussi ne peut nullement l'aider dans sa montée vers le « Bleu de Crépuscule ».

Lentement, il avance dans sa recherche. Travaille nuit et jour, omettant de participer aux battues destinées à rechercher le monstre. Ce qui fait jaser. Mais que répondre, que dire face à ses détracteurs ? L'indigo est un ogre jamais rassasié, jamais satisfait. Giobert observe les animaux bleus en liberté, scrute les *Boccablus* à la longue-vue, les élytres de *Blueturn* sur les branches du mûrier, les chenilles couleur d'azur à la loupe, va sur les bords des fleuves pour tenter de capter les reflets des écailles des poissons, et dans les champs pour observer la croissance du *Cornflower* qu'il a commandé à des pépiniéristes de Wakefield. Il essaie le cyan des imprimeurs, ce bleu-vert complémentaire du rouge ; les bris de faïence de Delft ; la pierre bleue de làzward ; et même la poudre d'azurite offerte par Neumann. En vain.

N'ayant plus que quelques jours avant la date fixée par le Cavalier Bleu, le 21 avril 1860, Giobert décide de jouer le tout pour le tout, comme l'exige un certain jeu de cartes récemment arrivé des Amériques, qu'on appelle le « poker » et dans lequel un joueur gagne s'il possède la combinaison de cartes la plus forte ou s'il parvient à le faire croire à ses adversaires. Un mot nouveau désigne ce tour de passe-passe, très en vogue dans les cercles mondains : le « bluff ». Giobert va donc essayer de « bluffer » le Cavalier Bleu...

Il part pour le Piémont, plus précisément pour la Rocciamelone, cette montagne de près de 4 000 mètres de hauteur qui s'élève au nord de Suse. On y monte depuis l'ancienne capitale des Séguliens, en passant par le village de Montepantero et par les chalets de Trucco. Du côté du versant sud, celui qu'il doit emprunter, les pentes sont excessivement roides et forment un grand talus d'éboulement. Giobert passe par des sentiers escarpés, des raidillons qui se multiplient à mesure qu'on s'approche du sommet, sans cependant offrir de difficulté ni à un mulet ni à pied. Petit à petit, l'air devient plus vif, la forêt s'éclaircit, les arbres s'espacent jusqu'à disparaître du paysage. Puis vient un plateau arrondi, recouvert d'une herbe assez dure, émaillée de fleurs alpestres ; enfin apparaît le sommet désolé, dénudé, avec, en sa cime ultime, la chapelle de Notre-Dame-des-Neiges où se rendent, le 15 août, de nombreux pèlerins.

Giobert n'est ni un pèlerin ni un alpiniste. Il n'est pas monté au sommet de la Rocciamelone pour fêter la Vierge, ni faire concurrence à monsieur de Saussure qui y grimpa en 1787. Pourquoi une telle ascension ? Parce qu'elle précède sa visite à la cathédrale Saint-Just de Suse. Aux côtés de l'énorme cuve baptismale en marbre vert où avaient lieu des baptêmes par immersion, d'une curieuse statue en bois datant du XIIe siècle, d'anciennes stalles sculptées dont une Sainte Famille de l'école de Raphaël, se cache un triptyque en bois polychrome du XIVe siècle connu sous le nom de *Madonna del Rocciamelone*, dont il est dit qu'il fut commandé par le chevalier Roero qui voulait ainsi remercier la Vierge de lui avoir permis de revenir sain et sauf de « la Sainte Croisade contre les Musulmans ». Ce qui intéresse par-dessus tout Giobert, et relève du « poker », c'est de pouvoir enfin observer le bleu qu'on dit unique recouvrant le manteau de la Madone. Jusqu'à cette Vierge de Suse, Marie pouvait être vêtue de n'importe quelle couleur, noir, gris, brun, violet, vert foncé, car l'idée qui dominait était celle d'une couleur d'affliction, d'une couleur de deuil. Le bleu de cette *Madonna del Rocciamelone* est une innovation sans précédent. Le chevalier Roero, dans son livre d'heures, *A Buon Render*, rappelle qu'il a rapporté de Jérusalem un bleu particulier « venu des cieux, d'éclats de cette terre baignée de batailles, de poudre de pierre d'azur apportée par les vents du désert », et que, au moment d'en recouvrir la statuette de bois, il a exigé de l'artisan qu'il le mélange, afin d'obtenir un liant inaltérable, avec « une part de résine, une part d'huile, une part d'œuf, une part de sang infidèle ».

Une fois devant le triptyque, Giobert ne peut cacher sa déception. Ce bleu dit « au-dessus de tous les autres », bleu radieux, bleu de lumière, s'est altéré à un point tel que plus rien ne semble avoir été conservé de sa magnificence originelle. La lumière, les variations de température, l'humidité ont tout détruit. Les nuances de cuivre vert ont bruni, les reflets de laque rouge sont devenus évanescents, le pigment bleu de l'azurite a carrément tourné au charbon. Le manteau de la Vierge, jadis enluminé de ce matériau d'azur riche et précieux, enduit d'un pigment élevé au rang de symbole, n'est plus qu'un haillon de pouilleux, la cape sombre d'une pestiférée. En réalité, les tonalités diverses qui semblent faire du manteau sacré une sorte de salamandre de bois doivent tout autant au passage du temps qu'à l'histoire de la statuaire religieuse. Peinte en bleu par la volonté d'un marquis piémontais, elle fut badigeonnée de noir quand les canons de l'iconographie changèrent, recouverte de doré à l'époque baroque, puis blanchie quand s'imposa le dogme de l'Immaculée Conception, avant d'offrir aujourd'hui cet étonnant mélange de couleurs qui la fait ressembler à un caméléon. Giobert pense : « Le diable est passé par là. » Mais aussi : « J'ai perdu ma partie de poker. »

Le voyage de retour n'est plus habité par l'euphorie qui était celle de l'aller. Giobert refait le même chemin, cette fois en sens inverse. Il s'octroie une première pause dans un des cabarets de La Grande-Croix, fréquenté par les charretiers et les muletiers, après avoir monté lentement la route en lacet et regardé une ultime fois la haute pyramide que les Savoyards appellent la Roche-Melon. Puis, il passe devant l'hospice du Mont-Cenis, longe le lac qui mène au village des Tavernettes, et rejoint l'auberge de la Ramasse après être passé devant plusieurs des vingt-cinq maisons de refuge numérotées qui s'échelonnent de Suse à Lanslebourg. Il passera l'Arc demain matin, après une nuit de repos.

A bien y réfléchir, la monotonie de ces montagnes couvertes de grands bois n'est pas faite pour lui déplaire. Le trajet, d'abord en voiture, puis sur un cheval visiblement habitué à parcourir des sentiers tracés souvent au bord des précipices et à gravir contre le roc nu et incliné, l'a apaisé. A cette hauteur, environ 2 000 mètres d'altitude, l'atmosphère est froide et piquante, les torrents charrient des eaux blanchâtres pourvues d'une fureur joyeuse ; les arbres sont d'une fraîcheur verdoyante ; et les rayons du soleil vibrent dans l'air pur. Lorsqu'il pénètre dans l'auberge, il pense qu'il va faire un repas simple mais copieux et qu'il s'endormira sous un fort édredon garni de plumes d'oie.

La première surprise lui vient de la boutique de souvenirs alpestres contre laquelle bute tout voyageur lorsqu'il s'arrête ici, et où il trouve en abondance : cornes de chamois, pierres renfermant des cristaux, bâtons de montagne armés d'une pointe, boîtes de sapin pourvues de peintures représentant le Mont-Cenis, la Rocciamelone ou le pont du Diable. Mais la seconde surprise est la plus forte, la plus inattendue. Dans un premier temps, son attention est attirée par trois hommes qui discutent à voix haute, dans la grande salle de l'auberge, une salle basse, au plafond de laquelle pendent des jambons, et où sont alignées plusieurs rangées de longues tables.

Le premier, le plus âgé, le frappe désagréablement par la dureté de sa physionomie – regard louche et tic singulier dont le mouvement convulsif rapproche, par intervalles, ses lèvres de son oreille. Giobert jouit de l'observation des autres. L'homme est une encyclopédie et la physiognomonie un art de la connaissance. Le deuxième convive, grand, maigre, le front sillonné de rides profondes, porte dans toute sa personnalité l'empreinte d'une existence flétrie avant que d'être achevée. Quant au troisième, il y a dans la douleur où il paraît plongé quelque chose de grotesque qui résulte aux yeux de Giobert de la haute idée qu'il semble avoir de lui-même et du peu de soin qu'a pris la nature de justifier, du moins extérieurement, cette orgueilleuse prétention.

Les trois lascars expriment à haute voix des pensées définitives :

— Le paysan savoyard n'est pas cauteleux comme un Piémontais, mais prudent comme un honnête homme qui a peur, dit le plus vieux.

— Le fond de son cœur est occupé par la religion, mais une religion non méchante, car son curé aussi est savoyard, c'est-à-dire bon homme au fond, poursuit le maigre.

— Mais oui, parfaitement, il n'est pas comme Tartuffe ; il n'enseigne pas « à n'avoir affection pour rien », lui ! acquiesce le troisième.

— D'un autre côté, le paysan savoyard n'agit jamais à l'étourdie comme l'heureux laboureur des environs de

Turin, renchérit le vieux, il n'étend le bras que là où il voit clair, et ne se mêle d'une affaire que lorsqu'il n'y aperçoit au-travers ni noise avec l'autorité, ni brouille avec ses voisins, ni rapprochement quelconque avec les carabiniers royaux, beugle le maigre en levant son verre de vin à on ne sait quelle victoire.

— Alors, tout va bien, messieurs, lance un homme assis à une autre table, le paysan savoyard est excellent. Si elle eût duré pour lui, la Révolution française lui eût donné le courage d'oser…

— La Savoie a fourni à la France plusieurs très braves généraux, et le grand chimiste Berthollet, objecte le vieux.

— C'est bien ce que je dis, tout va bien, ricane l'homme isolé. Vous irez tous voter pour le rattachement à la France. D'ailleurs, Napoléon l'a dit en juillet 59…

— Qu'est-ce qu'il a dit en juillet 59, Napoléon ? demande le vieux.

— Eh bien, que la Savoie était une terre « à moitié française » !

— Ce n'est pas pour ça qu'on va voter *oui*, lancent les trois compères à l'unisson, ce qui clôt immédiatement les débats dans un immense éclat de rire.

Giobert observe l'homme qui est intervenu. Assis derrière une pile de journaux, de *La Gazette de Lyon* au *Courrier des Alpes* en passant par *L'Independente* de Turin et *La Gazette de la Savoie*, *L'Univers*, *La Gazette de France*, *Le Salut public* et *Le Journal des débats*, l'homme semble contenir à lui seul toutes les factions qui débattent aujourd'hui pour ou contre l'annexion. L'extrême embonpoint de ce curieux lecteur se manifeste par une proéminence abdominale qui, ne trouvant d'appui que sur ses genoux, doit embarrasser singulièrement sa marche. Quand leurs regards se croisent, Giobert comprend. Il connaît cet homme. Il est sûr de l'avoir vu déjà quelque part, mais avec un autre visage, sous un autre masque. Giobert cherche, croit avoir trouvé puis bat en retraite, réfléchit de nouveau, tourne autour de la réponse. Il a connu cet homme ailleurs, à une autre époque, l'homme était alors plus maigre, moins enrobé, plus joyeux, plus fringant.

L'homme, qui se sent observé, adresse à son observateur une sorte de salut avec un journal plié qu'il tient au bout de la main, et lui dit :

— La conférence sur le somnambulisme… Chambéry… Vous vous rappelez ?

— Lovati ! Théodore Lovati ! dit Giobert, lui donnant une franche poignée de main. La vie fabrique de ces hasards…

— Je ne crois absolument pas au hasard, cher monsieur. Mais asseyez-vous et devisons.

— Mais bien volontiers, bien volontiers… répond Giobert, tout en s'installant et en commandant un thé d'Assam – puisque l'aubergiste se vante de pouvoir en offrir à sa clientèle cosmopolite constituée, entre autres, de marchands, d'artistes et de voyageurs alpinistes.

25

Dans la grande cheminée de la salle à manger, de grosses bûches craquent. Cette auberge des sommets abrite, depuis des lustres, une tradition de convivialité. Ici, on se serre les coudes. L'hiver, les traîneaux légers, justement appelés « ramasses », conduits par des montagnards, permettent de rejoindre Lanslebourg en vingt minutes quand les pentes sont recouvertes d'une neige épaisse ; et de gros saint-bernard aux poils longs comme des tapis sauvent souvent la vie des voyageurs égarés. Le printemps venu, l'été installé, les peurs de l'hiver ont disparu, la montagne est moins hostile mais les bonnes habitudes d'entraide et de courage sont conservées, voilà pourquoi les trois Savoyards et le lecteur de gazettes n'en sont pas venus aux mains.

— Que faites-vous dans…

— Dans ce bout du monde, vous voulez dire ?

— Non, ce n'est pas cela.

— Et avec trente kilos de trop !

— Non, non, n'allez pas croire…

— Vous avez un peu de temps ?

— Toute la soirée et toute la nuit. Je repars demain matin pour Lanslebourg et Rumilly.

— Alors, allons-y... Premièrement, ayant participé à ce que le Saint-Siège a considéré comme un attentat contre lui, à savoir l'usurpation des Romagnes en mars dernier, j'ai été frappé d'« Excommunication majeure » par le souverain pontife.

— Ce qui signifie une mise au ban de la bonne société italienne...

— On ne vous reçoit plus dans les dîners. Les fêtes vous sont interdites. On ne souhaite plus vous inviter à prononcer ces discours pour lesquels hier encore on se battait pour vous entendre... Et puis, il y a eu cette méchante maladie.

— Grave ?

— Et comment ! répond Lovati, lequel, en médecin connaissant son affaire, énumère les aspects de son mal : fièvre intermittente à grandes oscillations, douleurs abdominales, vomissements biliaires, agitation avec délire, algidité des membres, tous les symptômes du paludisme pernicieux...

— Vous aviez contracté le germe ?

— Oui, sans doute lors d'un voyage dans les rizières de Léri. Vous savez, mon vigoureux organisme a toujours facilement triomphé de toutes les maladies, mais avec l'âge, ma résistance physiologique est épuisée. Trop de travail, trop d'énergie utilisée dans la pratique de mon art.

Attendant que Lovati ait fini de s'épancher, Giobert pose la question qui lui brûle les lèvres :

— Et votre enseignement ? Votre pratique ? Vos conférences ? Vos livres ?

— Vous voulez parler du somnambulisme ?

— Oui.

Lovati se penche vers Giobert, de façon à se rapprocher de lui, et parle à voix basse, comme pour lui confier un secret :

— Un art difficile, monsieur, mal aimé, suspect. Notre siècle industriel, ce que nos amis brésiliens appellent « l'ordre et le progrès », ne l'apprécie guère. « Charlatans, faiseurs d'horoscope,/ Quittez les cours des princes d'Europe… », a déjà dit votre La Fontaine… On me prend facilement pour une sorte de vendeur d'orviétan, de Mithridate. On confond tout. En cette époque où chacun triche, c'est l'homme vrai qui fait figure de charlatan.

— Ce que vous n'êtes pas.

— Tout le monde n'est pas de votre avis. Je venais de mettre la dernière main à un nouveau traité, appelé de façon un peu provocatrice *Sorcellerie, magnétisme, morphinisme, somnambulisme*, quand sont survenus tous mes déboires…

— Vous n'avez pas pu le publier ?

— Je l'ai détruit.

— Ce n'est pas possible !

— Les maladies épidémiques de l'esprit font peur. L'homme ne veut pas voir de quoi il est fait. Il faudrait une science nouvelle, terrible, qui ouvre le cerveau, erre dans les pensées conscientes et inconscientes ; qui se plonge enfin dans tous les méandres de l'âme humaine… Ce que j'ai découvert ne peut être appréhendé par l'entendement humain… Dans plusieurs générations peut-être… Je ne tiens pas à finir brûlé sur la place publique.

— Nous n'en sommes plus là.

— Oh, que si ! Les bûchers, les holocaustes ne sont pas près de s'arrêter, le pire reste à vivre.

— Mais la science a besoin d'hommes comme vous, la connaissance...

— Pas de grands mots, voulez-vous. D'ailleurs, je vais vous confier un secret. Je suis assez d'accord avec Pascal : certains êtres savent et d'autres non. Et ceux qui savent n'ont pas besoin de livres, de traités, de manuels, d'ouvrages érudits illustrés de gravures explicatives... Nous nous comprenons, n'est-ce pas ?

— Je n'en suis pas si sûr...

— Enfin, monsieur Giovanni Antonio Di Giobertì...

— Comment savez-vous que... ? Comment connaissez-vous mon... ?

— Je sais. Je connais. C'est tout. Donc, monsieur Giovanni Antonio Di Giobertì, fils de Piémontais tués en 1794 par les révolutionnaires...

— Mais comment...

— Et père d'un...

— Taisez-vous ! marmonne Giobert, mains crispées, mâchoires serrées.

— Père d'un Bleu qui...

— Oui ?

— Allez, vous savez bien, vous faites partie de ceux qui savent et qui n'ont pas besoin de livres : vous êtes, pour quelqu'un comme moi, un sujet d'observation étonnant et... mon meilleur élève...

— Je ne comprends pas, dit Giobert, manifestant une sorte d'excitation mêlée de frayeur. Une exaspération.

— Vous avez, comme moi, la faculté de voyager dans votre passé, de revivre certaines scènes fondatrices. Votre mémoire est aussi inconnue à un savant d'aujourd'hui que telle ou telle étoile qui scintille dans le ciel.

— Les mémoires sont plus ou moins bonnes mais possèdent toutes le même mécanisme...

— Pas du tout. Un jour, sans doute, vous comprendrez tout cela. Tous les fils se réuniront. Le mystère du labyrinthe vous sera révélé. Il faudra un grand choc, sans doute, qui vous en rappelle un autre, plus ancien, très ancien.

— Je n'en suis pas si sûr...

— Peu importe, moi si. Et puis ce n'est pas tout...

— Quoi encore ? demande, incrédule, Giobert.

— Vous vous souvenez de ce fameux moine qui se lève en pleine nuit pour aller poignarder son supérieur et qui, le lendemain matin, ne se souvient de rien ?

— Parfaitement. Et aussi de cette femme qui se lève la nuit, cherche à se précipiter par les fenêtres, et qui au réveil a tout oublié. Votre livre *Pour faire cesser l'état cataleptique et ramener la somniation* est plein de ces exemples...

— Donc, si vous avez lu mon livre, vous avez très bien compris qu'on peut être soi-même « victime » de ce phénomène, mais aussi provoquer chez d'autres ce « somnambulisme naturel ».

— Et vous pensez que je peux moi-même provoquer cet état chez quelqu'un ?

— Sans aucun doute...

— Comment pouvez-vous affirmer une chose pareille !

— Sans aucun doute possible avez-vous même déjà, à votre insu, provoqué un tel état...

Cette révélation frappe Giobert de plein fouet. Il sent ses jambes trembler et une chaleur intense lui brûler les tempes. Bientôt, c'est la salle à manger de l'auberge qui disparaît et le brouhaha qui s'éteint. Giobert n'est plus que dans la parole de Lovati, une musique étrange, envoûtante. Il retrouve les sensations éprouvées lors de la conférence de l'aliéniste à Chambéry. Sa voix est celle d'un ami de longue date, étrangement, il lui semble l'avoir déjà entendue de nombreuses fois et avoir dialogué avec cet homme mystérieux qui est en train de le révéler à lui-même. La voix énonce, de façon monocorde, le processus de l'hypnotisme, qui procède toujours de la même manière : fixation d'un point, strabisme interne, fixation de l'ouïe par un bruit, toujours le même. Lovati cite Braid, Du Potet, Puységur, les précurseurs, les aliénistes dont on pense qu'ils sont fous. L'expérience magnétique volontariste est simple. Contrairement à ce qu'affirment ses détracteurs, celle-ci ne relève pas du charlatanisme, elle est explicable, bien concrète, réelle, ne demande aucun fluide mystérieux, aucune humeur diabolique, il s'agit d'un magnétisme scientifique : il requiert la fixité prolongée du regard et de l'attention, parfois des attouchements qu'on appelle « passes ». Le fluide magnétique universel n'a pas besoin du baquet de Mesmer, des incantations, des prières, le magnétisme par communication s'adresse aux centres nerveux, à l'intellect. Le magnétisme peut guérir l'ulcère cancéreux, s'appliquer à l'horticulture, aux animaux. Le fluide vital universel passe par une méthode ordinaire.

— Je peux, rien qu'en croisant son regard, faire que cette servante m'apporte, sans que je le lui demande, à haute et intelligible voix ou en marmottant dans son menton, du vin, assure Lovati qui voit, quelques minutes plus tard, la même servante déposer sur la table un pichet de vin et deux verres. Ajoutant : Vous pouvez, cher monsieur, reproduire la même expérience, mais aussi une plus étonnante encore, parce que vous avez ce que j'appelle le don magnétique.

— Quelle expérience ? demande Giobert qui trouve à peine la force de parler.

— La suggestion… « Suggérez », maintenant, à quatre heures et demie de l'après-midi, ce 19 avril 1860, à cette même charmante servante, de venir vous réveiller demain matin…

— Que je « suggère » ?

— Voyons, à quelle heure voulez-vous être levé ?

— Six heures du matin…

— Bien. Il suffit que vous respectiez scrupuleusement mes consignes et elle viendra. La suggestion mentale ne s'adresse plus à l'automate physiologique, elle permet d'agir sur l'hypnotisé par la communication des idées, exprimées ou non.

— Puis-je vous poser une question ?

— Allez-y.

— Ai-je pu, déjà, sans m'en rendre vraiment compte, suggérer à une personne de faire telle ou telle action ?

Après avoir esquissé un sourire, Lovati répond sans hésiter :

— Vous m'avez déjà posé cette question, à laquelle j'ai déjà répondu… Mais vous n'avez pas voulu entendre… Je le répète donc : sans aucun doute. Vous avez très bien pu ordonner à un individu sous le coup de l'état hypnotique de sortir et d'aller se jeter dans le Fier.

Le soir, Giobert ne trouve pas le sommeil. Il sait que demain Lovati aura pris une route opposée à la sienne, vers Ferrera et Novalesca, route en lacet le conduisant à Giaglione, tandis que lui, Giobert, aura repris la direction de Modane. Dans la salle à manger, la jeune servante finit de nettoyer les tables en bois à grande eau. Quand elle voit Giobert descendre l'escalier et s'avancer vers elle, elle ne dit rien et se laisse regarder par cet homme aux yeux étranges, puis elle reprend son travail. La nuit passe. A l'aube, alors qu'aucun bruit ne résonne dans l'auberge, Giobert entend gratter à sa porte. Irrité, il se lève, passe sa robe de chambre et tire le loquet. La servante est là, muette.

— Que voulez-vous ?

— Il est six heures, monsieur.

— Oui, et alors ?

— Vous m'avez demandé hier de ne pas oublier de vous réveiller à six heures. Vous m'aviez dit que c'était très important. Que je ne devais surtout pas oublier !

26

Depuis que Giobert parcourt la distance qui sépare Lanslebourg de Rumilly, il estime qu'il n'a jamais mis aussi peu de temps, comme si une troupe d'Erinyes avait été lancée à sa poursuite. De retour chez lui, il se retrouve enfin dans l'univers qui est le sien, protégé du monde. Ici, il sait qu'il peut faire face à toutes les attaques, à toutes les chiennes lâchées à ses trousses depuis l'obscurité des Enfers, à tous les génies malfaisants de l'Erèbe, même si, comme aujourd'hui, un désespoir profond a cédé la place à la peur fabriquée par tout ce que lui a confié Théodore Lovati – réalité qu'il ne peut se résoudre à regarder en face.

Cependant, il est une autre réalité qu'il ne peut, par sa simple volonté, tenter d'oublier ou simplement différer. Quand il revient d'un voyage, long ou court, son premier souci consiste toujours à aller voir où en sont ses plants d'isatis. Si leur port est assez haut, s'ils jettent assez de feuilles, si celles-ci sont larges, moins lancéolées, plus charnues, plus grasses. Si la plante est glabre, si une belle couleur verte la couvre toute, tellement glauque qu'elle se rapproche alors de celle du chou brocoli. Durant le temps qu'il a passé à Suse, le Genevois et la Haute-

Savoie ont dû faire face à de fortes chaleurs et à une très grande sécheresse. Sur plusieurs hectares, ce n'est que désolation. Les plantes sont comme alanguies, paraissent desséchées. Celui qui n'en connaît pas parfaitement le développement peut commettre une grave erreur : en effet, elles ont presque les caractères de la maturité parfaite, quoiqu'elles n'aient qu'un quart ou un tiers de leur volume. La catastrophe est de taille : si on récolte dans cet état, la plante ne pourra pas repousser. Le seul remède consiste en des arrosages si précis, si méticuleux, qu'il vaut mieux ne pas les effectuer car, mal répartis et en mauvaise proportion, ils sont plus dangereux encore que le mal qu'ils sont censés guérir. Le seul véritable espoir reste donc une pluie vraiment abondante qui rétablisse un taux d'humidité phénoménal, et dans ce cas il faut immédiatement entreprendre une récolte rapide, totale, pour pouvoir bien jouir de la récoltante suivante. Mais il ne faut pas trop compter sur Dieu pour aider les humains. Giobert, qui dîne ce soir en compagnie des saisonniers qui ont parcouru ses champs avec lui, d'une tête de bœuf cuite dans l'eau, donnant une soupe grasse et un bouilli mangé à part, le tout accompagné d'une salade et de canons de vin dans lesquels certains trempent leur morceau de pain, ne le sait que trop. Si sa récolte est perdue, il devra redoubler de témérité pour transporter encore plus d'armes sur les chemins de traverse des montagnes.

C'est bien la première fois que l'orage terrible qui tonne sur Rumilly n'est pas synonyme de malheur, tout du moins pour Giobert. Le voilà presque nu, sous la pluie diluvienne, en train de danser au milieu des rangées d'isatis. La tempête a commencé par un éboulement du côté de la ferme des Echelles, puis s'est poursuivie par un effroyable évasement dans le coin de la haute prairie de Beauvoisin. D'un côté les ravines ont charrié de longs cadavres de sapins, de l'autre la terre s'est ouverte comme une bouche noire. On parle de plusieurs morts, de paquets de foudre tombés sur des animaux et de paysans occupés à retenir leurs tuiles sur les toits. Mais Giobert, l'homme bleu, presque nu, dans le bruit des troncs éclatés, des vomissements de torrents qui débordent, de toute cette montagne qui braille comme une chair en charpie, parmi les relents de la brume verte qui s'accroche aux quatre coins du pays pour la couvrir d'une humidité si chère à l'isatis, est là en transe, comme en pleine fête votive, pieds nus, dressé au milieu de la nuit, si heureux qu'il pourrait presque chanter : il est devenu dieu Pan. Peu importent la mort, les dégâts, toute cette peur qui s'élève : sa récolte est sauvée. Si Dieu, à cet instant, lui avait offert la présence d'une femme, il lui aurait fait l'amour sous la pluie, en pleine terre, et alors toute la montagne aurait gémi comme en mal d'enfant.

Au Café des Alpes, la discussion est à l'échauffement. Il y a eu cette nuit affreuse, et demain aura lieu cette foutue élection. Le jour du vote pour l'annexion est enfin arrivé. Ce 22 avril 1860, on saura si la Savoie veut être réunie à la France. Le vote aura lieu par *oui* ou par *non*, au scrutin secret, au moyen d'un bulletin manuscrit ou imprimé. Rien de plus simple, en somme. Chevalier Vert lit l'article informatif publié dans *La Gazette de Rumilly* :

— « Tout bulletin qui ne contiendrait pas une réponse directe à la question posée sera considéré comme nul. Le scrutin sera ouvert dans chaque commune ce dimanche, de huit heures du matin à sept heures du soir… »

— Lis la suite, dit Chevalier Noir, ironique, après s'être reversé un verre de vin.

— « Sont admis à voter tous les citoyens âgés de vingt et un ans au moins, nés en Savoie, de parents savoisiens habitant la commune depuis six mois au moins, et n'ayant pas subi de condamnation à une peine criminelle… »

— Alors, messieurs, personne d'entre vous n'a subi une condamnation à une peine criminelle, même pas vous, Blausein ? lance Sang-Dragon.

Mais son trait d'esprit tombe à l'eau. Personne ne souhaite répondre à sa provocation. Cela fait des semaines que le sénateur Laity et sa brillante suite d'ingénieurs et de journalistes beaux parleurs sillonnent la Savoie en faisant miroiter aux yeux des populations les avantages réels de leur réunion à la France, de telle sorte que cette façon de forcer la main aux gens commence à agacer. Le moins qu'on puisse dire est que les esprits sont énervés, et cela d'autant plus qu'il semble bien que les jeux soient faits. Comme d'habitude, la plus grande masse s'est laissé berner par les beaux discours et les promesses ; c'est du moins l'analyse de Chevalier Blanc, farouche défenseur de l'indépendance de la Savoie :

— Ni l'Italie, ni la Suisse, et encore moins la France : l'indépendance, voilà la solution !

— Mais enfin, que reproches-tu à la France ? demande Sang-Dragon qui votera l'annexion parce que Chevalier Rouge, son mentor, la votera.

— L'arrogance et le despotisme des soldats français qui ont occupé Asti avant de s'en faire chasser, et la bouche tout empâtée de rouge que se plaisent à exhiber les Françaises, répond Chevalier Blanc, conscient tout de même de la futilité de son argumentation, ce qui déclenche un bel éclat de rire.

— Je me demande ce que Chevalier Rouge pensera de ta démonstration, dit Chevalier Noir. Ça promet une belle empoignade !

— Tiens, quand on parle du loup, lance Chevalier Vert qui aperçoit le policier franchir le seuil du café.

A sa démarche, sa façon de prendre la balustrade à pleine main, son visage fermé, son air glacial, on comprend qu'il est porteur d'une mauvaise nouvelle. L'air sombre, la voix brisée par l'émotion, il jette sur la table ce qu'il a à dire, comme un chasseur rapportant une bête morte, sanguinolente, le ventre éclaté par une cartouche explosive tirée à bout portant :

— Encore un... Encore un meurtre... En pleine ville, cette fois... Dans une chambre d'hôtel... A Albertville...

— Dans une chambre d'hôtel ! dit Chevalier Blanc.

— L'Etoile du Nord, ça vous dit quelque chose ? Non, évidemment, à moi non plus, je ne savais même pas qu'il y avait un hôtel à Albertville qui s'appelait L'Etoile du Nord ! grommelle Chevalier Rouge.

— Et que disent les premiers éléments de l'enquête ? demande Blausein.

— Une mort étrange. Il semblerait que l'homme ait été retrouvé habillé en vieille femme, comme le carmitran du carnaval.

— Le mannequin qu'on fait danser puis qu'on brûle ? demande Chevalier Vert.

— Oui. D'ailleurs le bonhomme était en partie brûlé comme un cep touché par la foudre... Et ce n'est pas tout : on a retrouvé à côté de lui un sac rempli de vipères vivantes, les dents par lesquelles coule le venin à l'instant de la morsure arrachées...

— Un chasseur de vipères qui vend le produit de sa chasse aux pharmaciens de Turin ou de Gênes, sans doute, dit Giobert, péremptoire.

— Pas du tout, rétorque Chevalier Rouge, très sûr de lui, presque agressif.

— Tu connais l'identité du bonhomme et son métier ? demande Giobert.

— Oui.

— Nous t'écoutons, à moins que ce ne soit un secret d'Etat...

— Ce n'est pas un secret, répond Chevalier Rouge, du tac au tac. L'homme est un certain Jean-Baptiste Bouffay. Un vieillard qui a eu une carrière agitée de conventionnel et d'administrateur jacobin, il y a bien longtemps, qui se flattait alors « de faire danser rondement la carmagnole partout où il était », et qui avait l'habitude de hurler à qui voulait l'entendre : « Tous les riches, tous les marchands, tous les nobles sont des contre-révolutionnaires ; dénoncez-les-moi, je ferai rouler leurs têtes sous le rasoir national ! »

— Charmante personne, ne peut s'empêcher de lâcher Giobert, la bouche pleine de dégoût et le cœur se mettant soudain à battre plus vite, comme s'il sentait la présence du jacobin derrière lui, le touchant presque...

— On lui doit notamment d'avoir, pour activer les massacres, inventé les épouvantables noyades de centaines de personnes, sacrifiées au hasard de la dénonciation.

Il ressemblait paraît-il comme deux gouttes d'eau à son père boulanger : très grand, très maigre, et le visage couvert de grains de beauté.

— Il devait être très vieux pour avoir participé aux massacres de 1792, fait remarquer Chevalier Blanc.

— Pas tant que ça, dit Giobert. Imaginons qu'il ait eu dix-huit ans en 1792, ça ne lui fait aujourd'hui que soixante-dix-huit ans...

— C'est exactement son âge, dit Chevalier Rouge sur le ton soupçonneux du représentant de la loi. Tu le connais donc ?

Giobert lève les yeux au ciel puis regarde Chevalier Rouge droit dans les yeux, qui les baisse immédiatement comme s'il venait de ressentir une vive douleur, une brûlure :

— Evidemment non. Mais maintenant qu'il ne bouge plus, qu'il est mou, il est entré dans son pays.

Cette remarque étrange crée une sorte de malaise dans lequel tout le monde pénètre, chacun à sa manière, et semble ne pas pouvoir en sortir. De son côté, pour la première fois, Giobert se sent très seul. Il sait que les battues vont reprendre de plus belle, que l'armée et la police vont sillonner les villes et les campagnes pour tenter de retrouver la bête sanguinaire, l'ours tueur d'hommes, le déséquilibré qui bat la campagne à la recherche de vies à prendre. Pour la première fois, Giobert est gagné par un étrange malaise, il voit le mort, il voit Jean-Baptiste Bouffay dans son déguisement de femme. La police n'a décidément rien compris. C'est un meurtre rituel, comme ceux commis par les Apaches, ces Indiens des Amériques vivant à la frontière du Mexique et des Etats-Unis. Giobert en est sûr, il a vu, dans le gros livre d'un certain Gerald Fort-Sill consacré aux Indiens Chiricahuas, la description de cette mort exemplaire, notamment celle de John Caldwell, un Blanc, ingénieur à la Butterfly Company. L'homme, sur le dos, les quatre membres solidement fixés au sol, habillé en femme, est, au sens propre, brûlé à petit feu par des Apaches dont il a assassiné les femmes et les enfants, et qui se vengent comme ils peuvent du massacre atroce perpétré par l'ingénieur. Puis ils le découpent en morceaux, au milieu des odeurs de cochon brûlé, et lui fracassent la tête à coups de hache. Et là, le récit rejoint le témoignage de Chevalier Rouge, quand les Indiens aspergent le corps d'essence et y mettent le feu, laissant bien en vue le sac rempli de vipères de ce chasseur occasionnel – car Serpent est un dieu vénéré par les Chiricahuas. Seul, en plein désert, l'ingénieur de la Butterfly Company n'est plus qu'un corps à demi calciné. Détail des plus curieux : de son visage brûlé, réduit en bouillie, émerge une minuscule surface encore intacte et recouverte d'un nombre incalculable de grains de beauté… Giobert doit faire un effort considérable pour s'extirper de cette vision cauchemardesque et trouver la force de retourner au Château où l'attend le Cavalier Bleu pour l'épreuve du « Bleu de Crépuscule » à laquelle il travaille depuis des semaines, et pour laquelle il pense avoir trouvé comment la réussir. Mais une dernière étape doit être franchie, qui ne peut l'être qu'en présence du Maître : un certain précipité, une certaine transformation réalisable en un certain temps et une certaine durée…

Une pluie lugubre commence à tomber sur Rumilly quand Giobert pénètre dans la cour du Château. Le

Cavalier Bleu est déjà là, sous le porche, enveloppé de son grand manteau indigo et tenant par les rênes son cheval qui se cabre à chaque coup de tonnerre, si violent que Giobert se dit qu'il voudrait dans de tels moments ne rien savoir ni de l'électricité ni de monsieur Benjamin Franklin !

— Je reviens d'Albertville, le ciel y est plein d'étoiles et il y fait un froid perçant. Mais vous y étiez aussi, ce me semble ?

— A Albertville ? dit Giobert tout en allumant les chandeliers de la bibliothèque pendant que le Cavalier Bleu s'installe.

— Oui, à Albertville.

— Pas du tout !

— Non, vraiment ? Vous n'étiez pas à la soirée donnée en l'honneur du professeur Bonfico, démonstrateur à l'école de chimie de Pavie et auteur de deux procédés pour l'extraction de l'indigo ?

— Non, vous dis-je.

— J'aurais juré vous avoir aperçu en grande conversation avec le professeur Michelotti dans les salons de L'Etoile du Nord.

— L'Etoile du Nord ?

— Oui, L'Etoile du Nord, l'hôtel... D'ailleurs tout ça a très mal fini. On a retrouvé un pauvre bougre dans sa chambre, grillé comme une saucisse, déguisé en maquerelle, la peau découpée façon tranche de lard !

Tétanisé dans son fauteuil, Giobert ne dit rien, assailli qu'il est par des centaines de questions auxquelles il ne trouve aucune réponse.

— Vous vous sentez mal ?

— Non, non, tout va bien...

— Venons-en au fait, au fait ! C'est cela au fond que vous êtes en train de vous dire, et moi qui vous parle de tout autre chose que du « Bleu de Crépuscule »...

Cette fois Giobert ne montre pas de grands pans de tissus, des pâtes étalées au couteau, des pains de couleur, mais une bassine en verre, soigneusement dissimulée sous un linge, remplie d'une liqueur d'un bleu intense qui vibre lorsqu'on passe devant le récipient la lumière vacillante de la bougie ou qu'on la déplace à hauteur de front dans le contre-jour d'une fenêtre ouverte.

— Essayons-la avant de juger de son état, dit le Maître.

— Oui, se contente de répondre Giobert.

La surface de la bassine étant nuancée de bleu foncé tirant sur le vert, il faut « faire sortir » la nuance spécifique du « Bleu de Crépuscule ». L'affaire est loin d'être jouée. Giobert met donc la liqueur dans un verre, qui paraît verte au bord du verre tandis que le surplus est limpide et saturé de jaune. Après l'avoir mêlée avec de l'eau de chaux bien claire, il agite le mélange pendant dix à quinze minutes puis le laisse reposer. A mesure que les minutes passent, le précipité en train de se former passe successivement du bleu foncé au bleu ardoise, revient quelques instants au bleu verdâtre avant de rejoindre les terres encore vierges du « Bleu de Crépuscule ». En un certain sens, le Cavalier Bleu est aussi inquiet que Giobert, aussi tendu. L'indigo, trop chargé de matières vertes, ou savonneuses, ou calcaires, peut se gercer, se racornir, perdre beaucoup de son volume, changer de teinte en cours de chemin. Une nouvelle fois, la beauté et la quantité sont au rendez-vous. Giobert et le Cavalier Bleu sentent qu'ils sont tous deux tendus vers la résolution de la même énigme, vers la même connaissance, le même savoir. Le Cavalier Bleu constate que Giobert a cherché du côté du cyan, de la faïence de Delft, de la pierre de làzward, de la poudre d'azurite, et même du manteau de la *Madonna del Rocciamelone...*

— Vous vous êtes rendu à Suse, dans le fief des Roero ?

— Oui, Maître.

Si le Cavalier Bleu en avait le droit, il embrasserait presque Giobert, mais ce serait faire preuve d'une trop grande familiarité. Les barrières entre le maître et l'élève sont nécessaires. Il se souvient d'un certain Borges, lequel, pour n'avoir pas respecté les règles en vigueur, ne put jamais obtenir de son élève qu'il fasse renaître de ses cendres la rose éternelle de Paracelse.

— Et le vieux triptyque a refusé de vous livrer ses secrets.

— Je crois surtout que le temps les avait anéantis. Certains bleus persans, présents sur les tapis, semblent mieux résister que les robes de la Vierge !

— Ne blasphémez pas, Giobert. L'important est que vous ayez entrepris cette démarche et non que vous l'ayez réussie... Cet indigo « Bleu de Crépuscule » est le plus pur que j'aie vu. Techniquement, chimiquement, philosophiquement, il est parfait. Je suis comblé.

Un moment de silence s'installa. Pour la première fois, ni le maître ni l'élève n'osait prendre la parole le premier. Giobert finit, en tremblant, par demander au Maître s'il y aurait une prochaine étape et quelle en serait la nature.

— Un prochain bleu, en somme...

— Oui... Quelle nouvelle couleur devrai-je trouver ?

— Une dernière couleur, sans doute, plus effrayante que magnifique, qui exigerait un terrible sacrifice...

— Laquelle ?

— Je ne peux vous le dire. La réponse est en vous, dans les livres, sur le chemin qui vous conduit à l'indigo, sur les berges du fleuve de votre vie, aux rivages de votre âme.

— Vous me demandez de trouver moi-même la couleur que vous attendez de moi. C'est cela, n'est-ce pas ?

— Exactement. C'est à vous – car vous êtes le seul à le pouvoir – à définir la couleur que vous devez maintenant trouver, conclut le Cavalier Bleu, tout en prenant poliment congé de Giobert. Le laissant seul avec son épouvante et ce sentiment étrange de ne pas pouvoir la fuir, de finir même par aimer sa propre peur.

Chaque départ du Cavalier Bleu relève d'une sorte de conte de fées ou de récit mythologique. Cette fois, c'est comme s'il traversait le torrent de l'Eau Noire, laquelle, malgré son nom, est la plus pure, la plus transparente, la plus incolore de la Montagne, et dont certains affirment que les cimes se sont écartées pour la laisser passer. Giobert cherche à le suivre. Dans la nuit, le chemin se frotte contre lui. Il sent l'herbe mouillée sur ses chevilles, des ronces nues retiennent ses vêtements. Il avance dans une espèce de matière épaisse, une pâte liquide qu'il pousse avec ses bras tendus. Puis le Cavalier Bleu enfourche sa monture, de telle manière que l'homme et la bête n'existent plus séparément mais composent une sorte de monstre : l'homme pense comme le cheval et le cheval a les pensées de l'homme. Cet état, se dit Giobert, doit bien donner des dimensions divines qu'il côtoie subrepticement lors de ses courts dialogues avec le Cavalier Bleu.

Maintenant le rêve et la réalité se mélangent. Comme si tout le pays de Rumilly était truqué. Le Château n'est plus le Château. Les bois ne sont plus les bois. Les routes ne sont plus les routes. Les femmes ne sont plus les femmes. Les enfants ne sont plus les enfants. Giobert a l'impression d'avancer au cœur d'une forêt profonde au milieu de rochers nus et d'immenses sapins de quatre-vingts mètres de haut que l'orage essaie de briser. Les chemins sont à présent de petits ravins remplis d'un demi-pied d'eau dans lesquels les chevaux refusent d'avancer. Quand il décide de faire marche arrière, parce qu'il a perdu le Cavalier Bleu de vue, il retrouve sans peine son château, descend de son cheval trempé comme sauce, qu'il donne à son palefrenier, lequel lui demande le plus simplement du monde si son voyage à Albertville s'est bien passé.

— A Albertville ?

— Oui, monsieur, vous deviez bien vous rendre à Albertville, n'est-ce pas ?

Giobert ne répond pas, et au contraire pose au palefrenier une nouvelle question :

— Quel jour sommes-nous ?

— Le 21, monsieur. Demain c'est le grand jour, la Savoie va devenir française...

Revenu chez lui, il se remémore les ultimes paroles du Cavalier Bleu alors que ce dernier allait monter sur son cheval :

— J'ai laissé un paquet pour vous sur la table près de la cheminée. J'allais complètement oublier de vous le dire. Un certain docteur Henry, personnage étrange, un transformiste sans doute, un charlatan, un gros bonhomme très fin, très pervers aussi, à qui l'empereur d'Autriche a accordé une récompense de cinquante mille florins d'Allemagne pour avoir soigné sa fille somnambule, me l'a remis pour vous…

Le paquet est là, immobile. Un petit sachet de velours noir, une sorte de bourse. Après en avoir délié les cordons, Giobert y plonge la main et en ramène une étoile à cinq branches – la septième, qui va immédiatement retrouver les six autres dans le tiroir du petit secrétaire.

27

« La Savoie est française ! » « La Savoie est française ! » Par 130 553 *oui*, contre 235 *non* et 75 nuls, tel que vient de le proclamer sur les marches du palais de justice le représentant de la cour d'appel de Chambéry, le destin de la Savoie est donc fixé. Toute la journée, sous la protection de deux grands mâts ornés de banderoles tricolores au sommet desquels un aigle colossal, ailes déployées, tient dans ses serres une banderole portant les mots : SUFFRAGE UNIVERSEL, les électeurs ont « marché au scrutin », en masse compacte, par corps de métiers et par confréries, précédés de drapeaux, au son des tambours, au bruit des bombardes, au rythme des cloches et des boîtes, et aux cris de : « Vive la France ! Vive l'empereur ! » Tous sont venus, débouchant sur la place d'Armes en provenance de la rue principale : les gardes nationaux, les vieillards de l'hospice, les employés de la douane, les médecins et les pharmaciens, l'archevêque et son chapitre, les agriculteurs, les maraîchers, les ouvriers et les artisans travaillant dans les fabriques de Giobert, les gens du faubourg, les vétérans de l'Empire, les membres de la Congrégation de Saint-François-de-Sales et ceux des Sociétés de secours mutuel, le curé, le marquis, le syndic, affublé de madame, la poitrine couverte d'un drapeau tricolore brodé, et, pour finir, le gros des paroissiens, tous portant à leurs chapeaux un bulletin avec un *oui* en lettres capitales et finissant par beugler en gesticulant l'air de La Reine Hortense, *Partant pour la Syrie.*

Cela ne fait aucun doute, le vote est une manifestation grandiose et unanime en faveur de la France. Plus qu'un mouvement spontané et irrésistible, c'est un véritable plébiscite. D'ailleurs, les vieilles distinctions entre cléricaux et libéraux, conservateurs et démocrates, réactionnaires et constitutionnels ont disparu. Toutes les objections émises par des esprits chagrins ont été levées. On avait dit que le manque d'intérêt pour la question posée empêcherait les électeurs de venir aux urnes, que le suffrage universel qui n'avait jamais été utilisé en Savoie conduirait à un désastre, que les listes ne seraient jamais complètes, que les illettrés ne sauraient y figurer, qu'il faudrait en revanche ouvrir des bureaux de vote à Paris, à Lyon et à Marseille pour les Savoisiens éloignés de leur commune d'origine, bref que le temps manquait pour qu'une bonne organisation rende ce scrutin possible. On avait même avancé que le temps, exécrable pendant toute la semaine précédant le vote, qui fut cependant beau mais froid le jour fatidique, avec, sur le sol, un demi-pied de neige, empêcherait le bon déroulement de la consultation. Peine perdue, les rues furent noires d'une foule reprenant en chœur « Nous étions faits pour toi, Nation Immortelle ;/ Notre histoire se lie à tes fastes géants » et « De joie et de bonheur le front épanoui,/ Chacun, dans l'urne sacrée, a mis son bull'tin OUI ». Quant aux rares sceptiques, les arguments du

Courrier des Alpes et du *Bon Sens* les avaient définitivement fait basculer dans le camp du *oui* : « L'annexion à la France, c'est l'assurance de la souplesse de la loi militaire, de la suppression des passeports si coûteux, d'une augmentation raisonnable du prix du sel, de l'emploi des impôts dans le pays, de l'impulsion à attendre en faveur de l'activité économique, enfin, de la liquidation de la Brigade de Savoie qui avait laissé tant de ses enfants sur des champs de bataille dont les Savoisiens n'avaient que faire comme ceux de la toute récente guerre de Crimée ! »

En ces temps de jouissance collective, on oublie tout, ou on affecte de tout vouloir oublier. Comme si l'expédition des « Mille », préparée par Garibaldi, à bord du *Piemonte* et du *Lombardo*, ne revêtait aucune importance. Comme si on passait sous silence les trois millions de toises cubes de rochers et de débris que l'éboulement de la montagne vient de projeter sur les paysans terrifiés du Genevois... On finit même par n'accorder aucune importance au geste de Sang-Dragon qui en est venu à tirer deux coups de pistolet dans le ventre d'un individu, à la diable, sous prétexte qu'il pensait détenir le meurtrier derrière lequel court toute la Savoie, et qui avait dégainé le premier. Cette mort, tout le monde s'en fout ! On a retrouvé l'homme, étendu dans un bosquet de genêts, défiguré par le coup de feu, et qui avait traîné son agresseur sur plusieurs mètres avant de mourir, comme un sanglier traîne les chiens qui ont mordu dans son cuir ! Le plébiscite a tourné la tête des gens. Dans l'euphorie, Sang-Dragon a été acquitté, lui qui est capable d'embrasser les hommes comme des arbres ou au contraire de les tuer, et peut-être même de faire du boudin avec leur sang !

En réalité, derrière toute cette joie exhibée, ces tambours et ces trompettes, montent une peur grandissante et de la violence. Depuis les journées du vote, le ciel n'a jamais été aussi bleu, le soleil y gicle de tous côtés, le vent emporte les mots sur les lèvres et abandonne la raison à la « foire ambiante ». Ce moment est un temps de perdition. C'est tout un pays qui est ivre, sous morphine, et qui, lorsqu'il se réveillera, comprendra qu'est venu pour lui le temps des aigreurs, des fureurs et des feux, de la déception aussi. Giobert, lui-même, n'échappe pas à ce déluge. Chaque nuit, la Révolution lui revient en rêve. Il entend les tueurs crier : « A bas les têtes ! » Il voit un convoi s'arrêter au carrefour dit des Quatre-Bornes, composé de quatre charrettes. Il est trois heures de l'après-midi. Dans la première et la dernière, des enfants sont entassés, nus, égorgés ; leur crime : être filles et fils de nobles savoyards... Dans les deux autres charrettes, les parents de ces enfants, la corde au cou. La guillotine, en panne, ne peut provisoirement plus perpétrer sa sale besogne. La pendaison est une bonne solution. Finalement, les gardes nationaux en trouvent une autre : les attacher avec les cordes et les jeter dans le Fier.

De cauchemar en cauchemar, Giobert constate que tous ces événements récurrents forment un puzzle dont les contours lentement se précisent. Au fil des années, une vérité enfouie se fait jour. Il finira bien par comprendre ce que toute cette sauvagerie signifie. Les faits remontent à l'année 1794. Montesquiou a cédé le commandement de l'armée française des Alpes à un certain général de division, Thomas-Alexandre Davy de la Pailleterie, dit Dumas, et père du fameux écrivain dont Giobert n'a lu qu'un étrange petit livre paru en 1851, *Le Corricolo*, dans lequel le romancier évoque un voyage en Italie. Le général fait régner la terreur – arrestations, confiscations, déportations – et combat sauvagement l'armée régulière de Savoie repliée sur les cols. La « liberté » qu'il importe ici est étrange : c'est une liberté qui crochète les coffres, qui pille les églises, qui jette en prison quiconque ne porte pas la carmagnole et le bonnet phrygien. Toutes les lois révolutionnaires dont la France s'est dotée depuis cinq ans sont appliquées avec zèle à ce pays nouveau. Fêtes patriotiques, décrets révolutionnaires se succèdent sans interruption, et nombre d'assassinats politiques sont perpétrés à l'image de ces saints des églises précipités dans les coffres de la République « ayant la tête, les bras, les jambes séparés du corps au nom d'une mutilation qui représente l'anéantissement de la superstition ». Certains – notables ou non – se courbent jusqu'à terre devant le bonnet phrygien, oublieux de leurs serments, et font penser à ces Egyptiens qui remerciaient à genoux le crocodile sacré qui avait bien voulu dévorer leurs enfants. D'autres résistent à l'abjection, et, dans les rêves de Giobert, l'homme et la femme qui fuient en carrosse en direction de la Suisse, il l'a compris maintenant, font partie de ceux-là. Ils ne veulent pas, comme beaucoup, se réfugier à Lausanne pour fuir la « giboulée » – c'est ainsi qu'on appelait à cette époque la Révolution – et y soigner leur mal-être en affectant de trouver plaisant d'être pauvre. Ils ne veulent pas non plus se consoler de tout avec une épigramme, mais agir et résister. C'est pour cela que le général Dumas les a pris en chasse. Voilà plus de soixante ans que Giobert est poursuivi par ce rêve de mort et de sang, ces scènes de pillages et d'incendies. Mais cette fois, contrairement aux autres matins, il se réveille épuisé.

Il regarde par la fenêtre de sa chambre. Comme d'ordinaire en cette saison, quand la pluie cesse elle est immédiatement remplacée par un vent glacial qui se lève et qui éteint beaucoup de réverbères. S'il le pouvait, Giobert reporterait le rendez-vous avec Chevalier Blanc. Mais celui-ci a tellement insisté qu'il voit mal comment exiger de son ami qu'ils se retrouvent un autre matin du mois d'avril. Dans moins de deux heures il sera là. Donc, il se prépare et il l'attend.

— Alors, l'Américain, tu as l'air aussi déprimé que moi, c'est le résultat du vote ? Tu n'es pas content d'être français ? Tu n'es pas comme cette madame Serpollet qui a appelé sa fille, née ce 22 avril, Eugénie, « en hommage à l'Impératrice bien-aimée de la Savoie » ?

— Non, tout va bien, répond Chevalier Blanc, empêtré dans de grands gestes gauches.

— Alors de quoi s'agit-il ? demande Giobert tout en proposant à Chevalier Blanc une tasse de café avant de s'en verser une.

Pour toute réponse, Chevalier Blanc se lève, arpente la pièce de long en large, prend ici ou là un objet, un livre qu'il remet immédiatement en place, jette des regards furtifs en direction de son hôte. Il a quelque chose à lui dire, visiblement, à lui avouer, à lui confier, et qui a du mal à franchir le seuil de ses lèvres. Il semble mal à l'aise...

— Tu as une mauvaise nouvelle à m'annoncer ?

— Oui, en quelque sorte.

— Alors arrête de gigoter, viens t'asseoir en face de moi et bois une tasse de café.

— Je crois que je préférerais un verre de vin...

— J'ai une perle rare, un johannisberg qui aurait fait trembler de jalousie monsieur de Metternich ! Ça te convient ?

— Oui.

— Pour les grandes occasions ! C'en est une ?

— Oui, en quelque sorte.

— Je t'écoute, dit Giobert alors que claque le bruit du bouchon expulsé vivement du goulot, suivi du bruit cristallin du vin qui vient s'épandre dans la rondeur du verre.

— Tu ne m'arrêteras pas ?

— C'est promis, dit Giobert, posant amicalement la main sur le bras de son ami.

Après avoir pris sa respiration, Chevalier Blanc se lance dans sa révélation comme on plonge dans l'eau, la tête la première. En réalité, il a voulu voir Giobert pour lui parler de vive voix et être le premier à lui dire qu'il était en train de vendre ses boutiques de draps et de tissus, toutes sans exception, à Blausein. Giobert, effondré, ne dit rien, ou plutôt somme Chevalier Blanc de poursuivre, lui demandant s'il a d'autres révélations à lui faire. Oui, il en a d'autres... Cette vente ne signifie pas qu'il abandonne le monde des affaires. Toujours avec Blausein, il va désormais investir dans une mine de houille, « une couche de deux à quatre mètres de puissance », dans l'arrondissement de Flumet. Chevalier Blanc s'exalte :

— Elle fournira trois qualités de houille, pour la forge, pour les fourneaux de verrerie, pour la calcination de la pierre à chaux. Plusieurs indienneries, des fabriques de sulfate de cuivre, des manufactures commencent à utiliser cette énergie...

Et ce n'est pas tout, Chevalier Blanc va aussi investir dans une mine de fer dans le canton d'Aiguebelle ; dans la montagne de Saint-Georges-des-Hurtières, pour être très précis :

— Le filon principal s'incline dans le sens de la pente extérieure de la montagne...

Giobert ne dit rien. Un observateur étranger pourrait penser qu'il est devenu muet, lui le fort en gueule, le géant à face bleue. Chevalier Blanc essaie d'entraîner son ami dans sa joie, son exaltation. Il est sûr de réussir, de gagner. L'Europe est en train d'avancer à grands pas vers son futur. Et ce futur, cet avenir, Blausein, le diable Blausein, en est convaincu, réside dans la métallurgie savoyarde, qui va avoir de plus en plus besoin de houille et de fer. Rien que dans le canton du Mont-Blanc, on compte une vingtaine de hauts-fourneaux anciens ou nouveaux à fonte de fer, et une cinquantaine de martinets ou de forges. Bientôt, plus de mille ouvriers travailleront dans les fabriques métallurgiques...

— Tu ne veux pas venir avec moi ? demande Chevalier Blanc.

— Où ça ?

— A Flumet.

— Pour quoi faire ?

— Pour voir ma mine de houille.

Giobert, d'abord réfractaire à cette idée de voyage, commence par hésiter puis accepte. Chevalier Blanc lui vante les mérites de ce voyage. Le printemps est là. Ils s'arrêteront dans de petites auberges, boiront du vin de muscat ou du grenache ; le soir, ils se gaveront de gros pain frais et de potage épais ; mais surtout longeront les précipices de montagne, traverseront à cheval de vastes prairies ombragées parfumées de fleurs, respireront l'air vif et pur des hauteurs, et croiseront sur les chemins des jeunes filles coiffées de larges chapeaux de paille, pieds nus et bras nus, alertes, joyeuses, et pour certaines « faciles »…

Dans un premier temps, les heures de bonheur prévues sont bien là, et les chevaux piaffent d'Albertville à Saint-Nicolas-la-Chapelle, tout au long des gorges d'Ugine. La fraîcheur des matins est toujours délicieuse ; le soir, les reflets du soleil à son déclin arrosent d'or le flanc des montagnes et de grandes ombres bleuâtres envahissent peu à peu le paysage. Puis, au matin du deuxième jour, alors que la mine est en vue, bien après une série de pâturages qui montent presque à pic jusqu'aux premières assises de la crête de la montagne parcourues par d'innombrables petits cours d'eau très rapides, inexplicablement, l'angoisse s'installe. Alors que Giobert observe Chevalier Blanc, à quelques pas devant lui, dressé sur son cheval, il se rend compte que son ami l'a trahi, qu'il l'a laissé – comme Chevalier Noir, comme Chevalier Vert. Devant lui s'élève l'effrayante barrière de la montagne où ne doivent plus pouvoir passer que les chamois et les aigles. Giobert n'a en réalité jamais vraiment vu de près cette montagne qu'on dit si hostile. Il est attiré, et il en a peur. D'énormes fragments de granit bloquent le passage, et tout le long du sentier les avalanches ont rendu la montée âpre et tortueuse.

Maintenant c'est le déclin du jour qui est arrivé subitement. Du haut du col tombe un vent glacé qui peut d'un moment à l'autre souffler le grésil au visage. Courbés sur leurs chevaux, le nez caché dans leurs manteaux, les deux cavaliers se rapprochent l'un de l'autre, jusqu'à ce que Chevalier Blanc comprenne que le cavalier qu'il a vu galoper vers lui est une ombre, un grand arbre dont la ramure oscille dans le jour qui décline et qu'il a pris pour Giobert. L'indigotier a bel et bien disparu, laissant même tomber dans sa course un petit sac en cuir frappé de ses initiales et contenant une étrange cargaison – des jouets d'enfants, des friandises, etc. – qui ne laisse pas d'étonner Chevalier Blanc. Ce dernier, qui pense pouvoir retrouver Giobert sur la route qui mène à la mine, éperonne son cheval. Par endroits la route est belle, bien boisée, tracée au milieu des prairies d'altitude parées de fleurs. Puis tout devient sombre, presque noir. On ne voit plus rien. On n'entend plus rien. Une nouvelle fois, Giobert a faussé compagnie à un de ses compagnons de route. Quand la nuit noire s'installe sur Flumet, Chevalier Blanc est seul, comme doit être seul, il ne sait où, Giobert. La rumeur dit que Giobert parfois disparaît, s'évanouit à la vie, s'évapore comme brume en montagne. Chevalier Blanc, qu'on surnomme l'Américain, n'a jamais voulu le croire. Cette fois, force lui est de constater cette absence inexplicable et inexpliquée.

Cette nuit-là, les membres du personnel de l'Hôtel des Voyageurs à Flumet entendent tous des cris atroces dans la montagne. On parle d'une truie égorgée, d'un chevreau dévoré par un loup ; on évoque les revenants, et surtout des cris humains ; une femme entend même un hurlement étrange, comme un enfant qui se transformerait au fil des secondes en un vieillard – et, elle en est sûre, cela vient de la mine, du côté du col des Saisies et du col des Aravis. A l'Hôtel des Voyageurs, le patron est intraitable : puisque le deuxième voyageur n'est pas là, il remet la chambre retenue en circulation ! Toutes les maisons à galerie de bois ont leurs volets fermés à double tour, et la mine est gardée par les soldats de la Brigade de Savoie dont on sait qu'elle va être supprimée. C'est sans doute la dernière fois que les habitants de Flumet voient leur ville traversée par les célèbres soldats en habit bleu aux doublures et parements noirs, cravate rouge et képi. Quand Chevalier Blanc ouvre la fenêtre de sa chambre, le vent lui apporte une odeur de terre mouillée et de feuilles mortes, entraînant avec lui des papillons de nuit qui surgissent des ténèbres et volettent dans la lumière jaune de la lampe. Annonciateurs d'une sorte de frayeur ancestrale, ces messagers de l'au-delà vivent leurs derniers instants, tandis que se répand dans la chambre le parfum de leurs ailes brûlées.

28

Si quelques-uns – le curé, les austères, les envieux, les râleurs, les grenouilles de bénitier – n'hésitent pas à affirmer, sans compassion aucune, que cette mort, avec la grande conscience d'une chose qui devait être bien faite, débarrasse enfin la surface de la Terre d'une bête nuisible, la majorité des habitants du val d'Arly, plus exactement la majorité des habitants « mâles » du val d'Arly, trouve que l'assassinat de celle qu'on appelait la « sorcière aux yeux de gentiane » est une crapulerie sordide. Le meurtrier a tapé si fort dans sa façon de tuer que les anciens font immédiatement un rapprochement avec la légende du seigneur de Pontverre. L'histoire raconte que ce dernier, venu avec son page rôder du côté du manoir de Montrottier, fut pris en chasse par les arbalétriers qui lui décochèrent une pluie de carreaux. Pour leur échapper, il décida de franchir d'un bond le gouffre entrouvert du Fier, mais son page, qui était à pied, se suspendit à la queue du cheval. Sans hésiter, le maître trancha alors d'un coup d'épée le poignet de l'enfant qui disparut dans les abîmes.

Si la légende rapporte que les fées habitant les cavernes ont recueilli le corps du jeune garçon, la réalité d'aujourd'hui est tout autre. La sorcière a bien le poignet tranché net mais elle n'est plus qu'un amas de chairs et d'os broyés déchiqueté au fond du précipice. La route conduisant à la mine passe et repasse à plusieurs reprises d'une rive à l'autre de l'Arly. Face au diable, aux fées, aux histoires aussi merveilleuses que sanglantes qui vivent encore dans la mémoire de tous les villageois des environs, se dressent les travaux engagés par Chevalier Blanc pour faciliter l'accès à la mine. Travaux d'art, viaducs, tranchées, tunnels, aqueducs se succèdent sans interruption ; et cette violence-là vaut largement la sauvagerie des anciennes légendes. La vieille fille de joie est morte de cet enchevêtrement de consoles et de poutres de fer qu'on croirait tout droit sorti de l'imagination de ce monsieur Gustave Eiffel qui vient de construire le pont de Bordeaux avec plus de 2 650 tonnes de poutrelles métalliques !

Le meurtre a eu lieu dans une des grottes couvertes de cristaux qui conduit à l'entrée de la mine et qui a un accès direct à la rivière coulant cinquante mètres plus bas. Là encore, les tenants des esprits des Montagnes, qui font de ces rochers en surplomb un lieu de sabbat – témoin ces arbres brisés par le vol tumultueux des démons, l'eau noire de la rivière noircie par les sorcières qui s'y sont baignées –, s'opposent aux modernes qui ne voient dans cette mort que l'acte d'un boucher fou qui a traîné la vieille femme sur le bord du précipice, lui a coupé la main d'un coup net et l'a jetée par-dessus bord. La main retrouvée sur le rebord métallique d'un pont en construction prouve qu'elle a été déposée à cet endroit, bien en vue, pour qu'on la remarque. Très blanche, très froide, et toute couverte encore des bagues dont elle était parée. L'énigme principale de cette mise en scène funèbre, qu'aucun des deux camps ne sait résoudre, c'est l'antagonisme existant entre le corps écrasé, qui semble être celui d'une femme âgée, et la main coupée, qui est celle d'une enfant entrant dans sa quinzième année...

La populace fait circuler des rumeurs et commence à livrer des noms à sa vindicte, parmi ceux-ci celui de Giobert qui a bel et bien disparu depuis que Chevalier Blanc a perdu sa trace quelque part entre Saint-Nicolas-la-Chapelle et Flumet. L'armée s'en mêle, et la police laisse sa porte ouverte à toutes les hypothèses – aucune piste n'est exclue, aucun indice n'est pris à la légère. C'est le huitième meurtre dans la région depuis l'assassinat de Petit-Cœur en janvier 1859, il y a à peine plus d'un an... Les gazettes s'en mêlent. *Le Bon Sens* y voit une diversion politique des déçus de l'annexion. *Le Courrier de Savoie* lance l'idée d'un règlement de comptes entre chasseurs de cristaux qui ne se contenteraient plus de frapper sur les rocs avec des pics mais s'en prendraient aux gêneurs. *L'Indépendant d'Annecy* évoque la possibilité de meurtres rituels. Chevalier Rouge, quant à lui, sans aller jusqu'à attribuer tous ces meurtres à la même personne, se demande si Giobert n'a pas participé à l'un quelconque d'entre eux, ou du moins en aurait été le témoin, et préfère ne rien dire pour ne pas tomber dans les filets de la justice dont on ne sait jamais, surtout si l'on est innocent, quand celui qui est entré dans son labyrinthe va pouvoir en sortir. Chevalier Rouge a des soupçons. Mais il n'ose se les formuler. Regarder cette possible vérité en face.

La rumeur ayant à plusieurs reprises abouti à Giobert, Chevalier Rouge a mené son enquête, a reçu les témoins, les voyeurs. Un marchand de sel l'a aperçu à Saint-Jean-de-Sixt, qui sortait d'un magasin de jouets en bois ; un drapier à Albertville ; un ouvrier cloutier à Bourg-Saint-Maurice ; plus précis, le patron d'une taillanderie assure l'avoir vu passer au milieu de son stock de charrues, de tridents, de pioches, de pelles, de haches, de poêles à frire ! Mais l'imprécision, la diversité de ces témoignages spontanés font que tous s'annulent : Giobert ne peut être en même temps à la foire et au moulin... Le seul récit auquel le policier semble accorder attention est celui de cette curieuse madame Costa : spécialisée dans les modes d'assolements, accessoirement fournisseuse d'armes aux libérateurs de la Sicile, et épisodiquement cliente des maisons closes de Turin où elle se rend habillée en homme. Quand il la reçoit dans son bureau, c'est son versant féminin qu'elle semble vouloir mettre en valeur : visage couvert d'une poudre de riz très épaisse, lèvres peintes fortement en rouge vermillon, cheveux frisés « à la mouton » et remplis de rubans.

— Donc, vous avez vu ces derniers jours monsieur Giovanni Antonio Di Gioberti, plus connu sous le nom de Jean Antoine Giobert ?

— Oui.

— Où cela ?

— Dans une de ces gargotes où l'on dîne à la seringue d'un morceau de pain, d'un bouillon et d'un fragment de bœuf appréhendé avec une fourchette en fer dégraissée sur les lèvres de la servante...

— Vous vous souvenez précisément du jour ?

— Nous sommes vendredi… C'était samedi dernier. Il pensait faire rire à la cantonade en hurlant : « Pas de femmes, pas de femmes, nom de Dieu, elles ne savent pas manger, les bougresses ; elles font du tort aux truffes, elles gâtent la digestion ! »

— Vous êtes sûre que c'était lui ? En général, il préfère les restaurants armés de menus copieux, sur lesquels figurent en bonne place : potage, relevé, entrée, premier entremets, deuxième entremets, dessert, vins capiteux, liqueurs exquises…

— Vous connaissez beaucoup d'hommes au visage bleu ?

— Vous êtes fille de teinturier du rouge, de ceux qui estiment que ceux qui teignent en bleu sont des traîtres et des imposteurs ; vous pourriez vouloir venger votre père…

— Je n'ai pas de temps à perdre, vous savez… J'ai croisé à plusieurs reprises cet homme bizarre, assez pour le reconnaître sans me tromper.

— Croisé ?

— Oui, il n'y a pas de mal à ça.

— Qu'entendez-vous exactement par « croisé », insiste Chevalier Rouge qui n'a pas l'intention de se satisfaire d'une réponse aussi évasive.

— Disons que je soutiens certaines entreprises politiques que monsieur Cavour développe actuellement en Sicile.

— Ne tournez pas autour du pot, voulez-vous ! Vous vendez des armes à Garibaldi ?

— A Garibaldi, avec le soutien occulte de monsieur Cavour…

— C'est dans ce cadre que vous connaissez Giobert ?

— On ne peut rien vous cacher, monsieur Sue !

— Giobert est indigotier, pas marchand d'armes !

— En tout cas, c'est bien pour parler armes et munitions que je l'ai croisé samedi dernier, à Turin !

— A Turin !

— Chez « Orfanelle et Rosine ».

— « Orfanelle et Rosine » ?

— Oui, la gargote de la via Pò, tenue par les deux grosses servantes qui aspirent à l'aide d'une seringue le bouillon qui mijote sur son brasier et qu'elles déversent ensuite sans ménagement dans les écuelles de fer. Tout un programme !

— Cette histoire se passe bien à Turin et non à Flumet ? Vous en êtes certaine ?

— Que voudriez-vous que je fasse à Flumet, Hauteluce ou La Giettaz ?

Tout en se tenant la tête dans les mains, Chevalier Rouge se disait qu'il venait d'entendre un témoignage qui lui fournissait peut-être – et encore, il faudrait vérifier tout cela – des renseignements sur les activités de Giobert ; il comprenait que, d'une certaine façon, ces propos innocentaient en partie l'indigotier qui ne pouvait se trouver à la fois à Turin et à Flumet… Madame Costa, imperturbable, qui n'est évidemment ni dans la tête ni dans les pensées du policier, poursuit son idée fixe :

— Allez voir de l'autre côté, du côté de Hauteluce. On y fait actuellement de nombreuses transactions en bestiaux, beurre, fromage, miel, planches, charbon, cuirs, mais aussi… munitions pour l'armée de Garibaldi… Giobert y est certainement – de retour de Turin.

Chevalier Rouge qui, dans cette affaire, ne veut rien négliger est parti seul à la rencontre hypothétique de Giobert. Il a chevauché de nuit, parcourant la distance de Signal-de-Bisanne à Hauteluce, en passant par le col des Saisies. Le voilà sur le bord d'un petit cours d'eau au sortir d'un bois de bouleaux et de vernes. Il passe un premier pont, formé de trois troncs d'arbres juxtaposés et reliés ensemble par des lianes. C'est le pont au Renard. Puis gravit le sentier des Gradins qui accède à la route plus large menant à la ville. Mais il doit encore franchir le pont des Granez, puis le pont du Petit-Grépont. A sa gauche, les sapins et les mélèzes qui poussent sur les rochers au-dessus des torrents qui descendent des sommets ; à sa droite, une zone plus alpestre annoncée par la rareté de la vigne. Alors qu'il entend le vent commencer de siffler dans les arbres et qu'il constate que de grands nuages, sous forme de brouillard, enveloppent la Tête-Noire, traînant le long des cimes, laissant pendre sous eux des lambeaux grisâtres, ou débordant en bouillonnant les crêtes qu'ils dérobent à la vue, il entend derrière lui un galop furieux qui se rapproche. A peine a-t-il le temps de se retourner que le cavalier est déjà sur lui, en sueur, homme et cheval haletants : c'est Sang-Dragon.

— Que fais-tu ici ?

— Si le meurtrier rôde, mieux vaut être deux, répond celui-ci, armé jusqu'aux dents, tout baveux à l'idée d'abattre un homme comme un loup ou un ours croisé sur son chemin.

— Je n'ai pas fait appel à toi, ce me semble !

— Je pensais que...

— Eh bien, tu penses mal ! Je voulais être seul !

Tandis que Chevalier Rouge, continuant son explication, se justifiant malgré lui plus qu'il ne devrait le faire, s'apprête à renvoyer Sang-Dragon à ses mastiffs et à ses envies de sang, ce dernier, de la pointe de son pistolet, montre, dans le jour qui se lève, une caravane d'ânes et de mulets lourdement chargés emmenée par un homme monté sur un alezan qui tient par les rênes un cheval tirant une charrette. Dans le jour qui se lève, accompagné par les grincements d'essieux, les craquements de roues, les cris, les appels, les hennissements des chevaux, les braiements des ânes, l'équipage se rapproche lentement des deux cavaliers, négociant, en grandes nappes de poussière soulevées par les sabots, les détours de la montagne. L'homme ne semble pas avoir remarqué la présence des deux observateurs, juchés sur leurs chevaux, fumant comme si on les avait baignés d'eau bouillante.

Cheval à l'arrêt, Chevalier Rouge sort sa lunette d'approche de son étui de cuir et observe la caravane.

— Un contrebandier ?

Chevalier Rouge fait signe à Sang-Dragon de se taire.

— Le meurtrier ? ne peut s'empêcher de demander ce dernier.

— Mon Dieu !

— Que se passe-t-il ?

— Giobert. C'est Giobert.

Quand Chevalier Rouge voit Sang-Dragon armer son arme et la diriger vers Giobert, il comprend – même si cette idée a du mal à tracer en lui son sillon – que cet homme à cheval en tête du cortège, cheveux flottant dans l'air froid, engoncé dans son manteau de peau de mouton et fumant la pipe, est peut-être celui qu'il cherche depuis plusieurs semaines. Et que, peut-être, Giobert et le meurtrier ne font qu'un. Tout juste a-t-il le temps d'intimer l'ordre à Sang-Dragon de rengainer son arme :

— Non !

— Pourquoi ?

— Non, je te dis ! hurle Chevalier Rouge, fermant nerveusement les yeux pour refouler ses larmes.

— J'ai le meurtrier au bout de mon fusil !

— Premièrement, la distance est trop grande. Deuxièmement, nous n'avons pour l'instant aucune preuve de la culpabilité de Giobert. Troisièmement, en imaginant que Giobert soit celui que nous cherchons, une fois mort, qui nous donnera la clef de l'énigme ? Quatrièmement, une justice existe à laquelle nous ne pouvons nous substituer.

A contrecœur, Sang-Dragon exécute l'ordre et se plie à la volonté du policier : suivre discrètement le convoi.

29

A chaque arrêt, Chevalier Rouge, à distance respectueuse, sort délicatement sa lunette d'approche et observe insatiablement l'homme qu'il poursuit. Les arrêts sont fréquents car les deux chevaux, peu habitués à grimper et à descendre cette montagne très rude, se déferrent à tous moments, et le convoi éprouve beaucoup de difficultés à avancer grâce au seul soutien de Giobert. L'homme est blessé, Chevalier Rouge en est certain. Lors des arrêts, celui-ci grimace et refait sans cesse un pansement qui lui enserre tout le bras gauche, de l'épaule au poignet. « Il est comme un chien qui a planté ses dents dans un morceau de viande et ne veut pas le lâcher », prétend Sang-Dragon, l'œil collé à la lentille de la longue-vue.

La veille du jour où le convoi va faire son entrée dans Rumilly, les deux observateurs assistent à une scène incroyable. Giobert, dont le pansement est de plus en plus rouge, constatant sans doute le peu de chances qu'il a de rencontrer dans cette montagne un barbier capable de soigner sa blessure, et devant la rapidité avec laquelle le mal gagne chaque jour du terrain, décide de faire lui-même l'intervention nécessaire. Ainsi, Chevalier Rouge, médusé, voit-il dans le rond de sa lunette l'homme bleu préparer une cuvette et de la charpie, sonder sa blessure avec la pointe de son couteau et, après en avoir extrait sans doute une bonne dose de chevrotine, la cisailler soigneusement puis la cautériser avec un tisonnier de fortune rougi au feu. « Il y a des distractions plus agréables », ne peut s'empêcher de lancer, ironique, Sang-Dragon.

Mais Sang-Dragon et Chevalier Rouge ne sont pas au bout de leur surprise. Arrivé à distance respectable de Rumilly, Giobert donne plusieurs tapes sur la croupe des mulets et des ânes. Alors que ceux-ci décampent à pas de sénateur, une nuée d'hommes sortis d'on ne sait quels taillis se ruent sur les bêtes, s'emparent des malles, des paquets et des boîtes diverses avant de disparaître avec leur précieux chargement dans la nature. L'affaire semble bien rodée... Il a suffi à peine de quelques minutes pour que Giobert, ni vu ni connu, pénètre seul dans Rumilly. Il porte ses sacoches de selle en besace et s'avance vers la ville, tenant encore les rênes du cheval qui tire la charrette. Après une petite heure de marche, le vent rabat vers les trois cavaliers l'odeur caractéristique d'une meule à charbon de bois en combustion. « Les charbonniers de profession, tous forcément complices des brigands, vont déguerpir », pense Chevalier Rouge qui se trompe. Les hommes « déguerpissent » bien, mais, après avoir vidé la charrette de son contenu, en un clin d'œil. Ni les charbonniers ni Giobert n'ont parlé. Cela s'est fait rapidement, en silence et en secret. Quand Sang-Dragon et Chevalier Rouge pénètrent à leur tour dans la forêt, il n'y a plus âme qui vive. Au sol, des traces de sabots témoignent du passage des chevaux ; quant à la charrette, elle est bien là, vidée de son contenu, abandonnée, éventrée. La forêt dépassée, Chevalier-Rouge ajuste une nouvelle fois sa lunette sur l'homme seul qui s'apprête à pénétrer dans Rumilly, le visage caché par le haut col de son manteau en peau de mouton.

C'est en entrant dans Rumilly que Giobert comprend qu'une chose inattendue est advenue, si étrange, si terrible que bien des années après le souvenir de cet événement restera gravé dans toutes les mémoires. Un barrage de civils, armés de fusils et accompagnés de molosses, garde la porte où arrive Giobert. Un silence effrayé accompagne son entrée. L'homme a toujours fait peur, mais la peur d'aujourd'hui est de nature différente. Quand il passe, les conversations sont comme gelées dans la bouche de ceux qui quelques secondes auparavant jacassaient à l'envi, les têtes se détournent, les regards viennent buter contre le sol. C'est tout juste si un léger murmure, longtemps après qu'il fut passé, accompagne Giobert qui ouvre une brèche dans le frêle barrage. Le village est un village mort, une ville en quarantaine, un repaire de pestiférés. Les cafés et les boutiques de la rue principale, traditionnellement animés, sont vides et les rares promeneurs silencieux. Au Café d'Annecy, grand rival du Café des Alpes, où s'attardent les viveurs grossis de quelques journaleux, potiniers, écrivains sans génie, apprivoisés par le nouveau pouvoir issu de l'annexion, et qui oscillent bruyamment entre l'épate et la science, l'art de dîner et la passion de s'exhiber, l'atmosphère funèbre est là aussi de mise. Les enseignes rutilantes des boutiques battent en plein vent, et le menu du tout nouveau restaurant de la gare dresse une liste des plats qui ne seront commandés par personne : culotte de bœuf Salomon, pommes Anna, écrevisses bordelaises, mousse de volailles, mauviettes en cerises. Avisant un curé qui traverse la rue, tel un corbeau sortant de son lierre en quête d'une charogne à bénir, et accélère l'allure quand il l'aperçoit, Giobert le rattrape, le dépasse et, se dressant devant lui, de toute sa hauteur, de toute la blessure saignante de son bras, de tout le bleu qui lui mange le visage, demande :

— Que se passe-t-il dans cette ville ?

— Rien, mon fils, rien, la tristesse habituelle des jours.

— Mon père, répondez-moi.

— Dieu vous bénisse, mon fils, rentrez chez vous.

— Que se passe-t-il, nom de Dieu, ou je vous fracasse la tête, beugle Giobert en pressant sur la gorge du prêtre un pistolet chargé, chien levé. Que se passe-t-il ? Voulez-vous retrouver dès maintenant tous vos saints du Paradis ?

— Un nouveau meurtre, mon fils, dit le prêtre en se signant plusieurs fois, tout en finissant par lâcher tout, une vraie diarrhée ; du moins tel qu'ont pu le raconter les journalistes, du meurtre de la « sorcière aux yeux de gentiane », et de la main de jeune fille, et du corps déchiqueté « comme si un boulet de Solferino était venu se perdre du côté du val d'Arly ». « Une misère, mon fils ! La vengeance de Dieu ! Et tout ce sang ! Tout ce sang ! »

Ce n'est qu'une fois rentré chez lui, et après avoir constaté qu'une huitième étoile avait rejoint les sept autres, que Giobert hurle comme jamais il n'avait hurlé auparavant. Alors que toute la ville fait silence et porte une sorte de deuil partagé, Giobert est le seul à crier, et à boire. Il ne fête aucune victoire, il crie pour se sentir exister. Pour que la blessure qui lui saigne le bras gauche soit moins douloureuse. Pour que toutes ces morts qui l'entourent, et dont il sait qu'une identité commune, qu'il finira bien par découvrir, les assemble, cessent de le torturer. Que peut-il maintenant faire ? se demande-t-il en regardant, un par un, les pentacles qu'il étale sur la table, devant lui. Jeu de piste diabolique. Jeu d'échecs pour des pièces devenues folles. Il ne va tout de même pas prendre place à bord d'un lourd et vaste omnibus ou d'un chemin de fer américain pour fuir vers Carouge, naguère refuge de tous les banqueroutiers, meurtriers et autres individus échappés du territoire italien, et désireux de mettre la frontière entre eux et la justice de leur pays ! Il est innocent ! Il le prouvera ! Dans les semaines qui viennent, et dans les jours. Et pourtant, lorsqu'il remet les pentacles dans leur tiroir, il aperçoit une pièce nouvelle au fond, bien au fond du tiroir, qu'il doit aller rechercher en allongeant le bras, à bout de doigts – avec la sensation de plonger la main dans une boîte sombre grouillante d'araignées ou de serpents.

L'objet – si on peut appeler ça un objet – qu'il remonte de l'enfer le fait littéralement hurler de rire, sans doute parce que la dose de morphine qu'il vient de s'infliger est forte et très pure : une main ! Une main pleine de bagues. Une main de vieille femme. Le récit du curé évoquait une main de jeune fille sur un corps de vieille prostituée. Le curé, comme les agents de police, comme les gazetiers n'ont rien compris. Lovati sans doute, lui, doit savoir. Giobert formule une hypothèse :

la vieille femme de quatre-vingts ans, en mourant, est redevenue la jeune fille qu'elle était à quinze. Du temps à l'envers, en somme ; retourné comme un gant ; comme la peau d'une outre. Giobert en est persuadé : le corps retrouvé au fond du gave est celui d'une jeune fille ; la main, tranchée avant de suivre le reste du corps dans sa chute, n'a pas suivi la transformation : elle est restée celle d'une vieille femme, ridée, marquée par le poids des années, abîmée par les tâches diverses, les petits esclavages quotidiens consentis.

Avec le mois de juin, les horreurs du val d'Arly, sans être oubliées, n'occupent plus le devant de la scène. Peut-être peut-on y voir l'effet conjugué du temps qui passe et des réjouissances destinées à fêter l'annexion qui se préparent. Giobert lui-même est repris par sa quête du bleu. D'un côté, il doit faire face à la nécessité de répondre aux besoins d'une industrie moderne : dans l'avenir, il faudra coûte que coûte que l'indigo soit extrait de plantes indigènes. De l'autre, de façon moins prosaïque mais tout aussi urgente, il doit préparer sa rencontre avec le Cavalier Bleu qui lui a demandé de trouver lui-même la couleur qui serait le but de sa nouvelle recherche. En somme, de se fixer lui-même les limites de son défi. L'idéal serait de pouvoir mener de front les deux recherches, celle de la modernisation et celle de la réponse à la question. Cette voie parallèle, il l'emprunte en introduisant dans un mélange vert blanchâtre des feuilles cueillies en septembre, puis des molécules terreuses très fines de couleur rouge ; en modifiant le temps de battage nécessaire à la précipitation de l'indigo – trop chaude et trop longue, la précipitation devient bleu perse et tire sur le violet ; trop froide et trop courte, elle se colore en bleu de ciel ; en introduisant, dans la liqueur, une dose de fécule qui conduit à un bleu sans éclat, surtout en essayant de trouver de l'indigo dans l'anil ou dans la *Galega officinalis*, ou dans l'*Amorpha fruticosa*, ou dans le *Kelidonium glaucum*, ou dans le *Lablab*, ou dans les feuilles de l'*Iris germanica*, ou dans celles de la *Coronilla emerus*, ou de la *Colutea arborescens*. En vain. Toujours en vain. Aucune de ces plantes n'a donné le moindre indice d'indigo susceptible de trouver une couleur totalement nouvelle, inconnue jusqu'alors. Giobert a même poussé l'humiliation jusqu'à écrire, sur recommandation de son ami, le voyageur Aventino Roero auteur du célèbre *Ricordi dei Viaggi al Cashemir, Piccolo e medio Thibet e Turkestan*, au professeur Homar Balbiano, directeur du jardin botanique de l'Académie de Dibrougarh, aux Indes, afin qu'il lui envoie des graines de *Dolicos Lablab* – sans résultat aucun.

En réalité, au point ultime où il se trouve, il sait très bien à quel bleu il devrait désormais s'attaquer. Mais les sacrifices pour l'obtenir sont trop grands, trop vastes pour l'entendement et les possibilités humaines. Le « Bleu d'Infini », pour ne pas le nommer, est irréalisable. Un but inatteignable. Un sommet qu'il est impossible de toucher. Certains alchimistes ont proposé des moyens pour ne serait-ce que l'entrevoir : en mélangeant au précipité des larmes d'enfant. Alors, disent-ils, le véritable état de dessication qui rend l'indigo propre à cette opération est celui-ci : « Lorsqu'en cassant un angle des cubes avec le doigt on entend un petit cri. »

— Et cela vous choque sans doute ?

Alors que Giobert, penché sur le livre qu'il écrit depuis déjà tant années, recopie inlassablement les mots « azur », « céleste », « horizon », « jacinthe », ainsi que ses dernières expériences – en ajoutant de la lavande, en ajoutant du lin, en ajoutant du cobalt, en ajoutant du myosotis, en blanchissant avec un mélange d'eau de Javel et de bleu Nattier –, il entend une nouvelle fois la question posée à laquelle il n'a pas répondu :

— Et cela vous choque sans doute ?

— Qu'est-ce qui me choque ? finit-il par répéter, constatant en relevant la tête que le Cavalier Bleu est là, devant lui, dans la pièce, entré, comme d'habitude, par on ne sait quelle porte close ou fenêtre fermée, ou anfractuosité du temps.

— Les larmes des enfants, sans doute.

— Oui, les larmes des enfants.

— Je constate que vous avez choisi votre prochain défi...

— Non.

— En êtes-vous sûr ?

— Non, je... ne sais pas...

— Nommez-le, Giobert.

— Une fois nommé, je ne pourrai plus changer, n'est-ce pas ?

— Exactement...

— Bleu...

— Bleu ?

— « Bleu d'Infini ».

— Bien. Enfin, nous y sommes. Tout va s'éclairer. Vous allez enfin savoir.

— J'ouvre mon *Traité de l'indigo* par un poème...

— Qui a un dédicataire, je suppose ?

— Oui, finit par répondre Giobert, après un long silence.

— Un poème de réconciliation quand vous aurez accepté l'existence du dédicataire... Puis-je entendre ce poème ?

— Les quatre premiers vers. Seulement les quatre premiers vers.

— Très bien.

— *Pleure, mon enfant, mon fils, ma douceur.*
Pleure de tes pleurs nécessaires au bain de couleur.
Le cœur des hommes a besoin de tes larmes.
Le « Bleu d'Infini » en fera pour nous une arme.

— Bravo, Giobert.

— Je n'y arriverai jamais...

— Mais si. A ce stade ultime, je peux, j'ai le devoir, l'honneur de vous aider.

— Maître, je suis votre serviteur.

— Voyons, vous lisez la Bible, je crois...

— Chaque jour.

— Un passage, me semble-t-il, vous tient particulièrement à cœur... Genèse, 22, 2. N'est-ce pas ?

— Oui, en effet. Le seul que j'aie souligné...

— Pouvez-vous me lire ce texte que vous connaissez par cœur. Lisez-le-moi, je vous en prie.

— « Dieu dit : Prends ton fils, ton unique, celui que tu aimes, Isaac ; va-t'en au pays de Morija, et là offre-le en holocauste sur l'une des montagnes que je te dirai. »

— Eh bien, nous y sommes.

— Je ne comprends pas.

— Tu as bien un fils ?

— Je ne sais ce que vous voulez dire, Maître.

— Tu n'as pas de fils ?

— Je ne me connais pas de fils, que je sache...

— Je te pose la question une troisième fois : les jouets que tu transportes à chacun de tes voyages, en Savoie ou à Turin, sont bien destinés à un fils ? Tu as bien un fils ?

Cette fois Giobert se lève, et, droit en face du Maître, perdant le contrôle de lui-même, comme jaillissant tout armé d'un rêve éveillé, se met à lancer des imprécations puis à jurer, et après s'être calmé, amer, lâche :

— Pour avoir un fils, il faut une femme ! Et je n'ai ni l'un ni l'autre !

Quand Giobert semble sortir de son état de douleur, il s'aperçoit qu'il est seul dans la pièce. Il se met à la fenêtre. Les bois alentour sont noirs, les collines rousses sombres. Le jour n'est pas encore levé. Les terres couvertes de chênaies basses sont tout embrumées. Giobert n'est pas loin de penser comme Claude, évêque de Turin au début du IXe siècle, puis comme saint Bernard au XIIe, que la couleur n'est pas de la lumière mais de la matière, qu'il verrait bien, lui, visible et immatérielle. Suger avait raison : Dieu s'exprime d'abord par les couleurs, et c'est à lui, Giobert, qu'est dévolue la tâche de rendre grâce à Dieu en mettant au monde la couleur « Bleu d'Infini ». Il fait froid. L'homme bleu va se préparer un vin chaud. Le vent de la nuit a entassé dans sa tête des nuages anthracite. Il sait que dans Rumilly toutes les rues sont désertes, ce qui ajoute à la désolation. Et toutes les portes sont gardées par des hommes en armes, des chiens monstrueux qu'on a volontairement affamés et que leurs maîtres sont prêts à lâcher sur le moindre suspect déambulant à proximité de la ville ou dans ses ruelles. Bientôt, cependant, le jour va se lever. Les réverbères à pétrole seront méthodiquement éteints par le père Antoine, monté sur son petit escabeau. Le vieil homme, avec son regard fixe et sa longue silhouette qui n'a que la peau sur les os, un court instant, ressemble à l'image de la mort dans les vieux livres.

Mais ce 14 juin 1860 est un jour spécial, qui va chasser une partie de la morosité des uns et des autres. Pour fêter l'Annexion, les commissaires et les procureurs, en grande tenue, vont se rendre à la mairie en délégation. A midi un quart, le drapeau français va être hissé sur la plus haute tour de la ville et salué par le canon et toutes les cloches. Et la fête va se poursuivre toute la journée. Après entente entre les autorités civiles et militaires, les fonctionnaires, les professeurs et leurs élèves, les décorés de la médaille de Sainte-Hélène vont assister à une messe chantée. Le soir, il y aura illuminations, banquets et bals. Ainsi oubliera-t-on une journée entière les meurtres et la sauvagerie.

Observant le jour qui se lève, les mains serrées sur son bol de vin chaud, Giobert entend le coq chanter. D'une voix claironnante, dressé sur ses ergots, le coq fixe de ses yeux vides, du fond de l'ombre nocturne diminuant, la terre damnée de Rumilly.

30

La Savoie n'arrête pas de fêter son rattachement à la France. Puisque sa destinée est désormais liée à celle du second Empire, l'ancien duché est à présent divisé en deux départements formés par les divisions de Chambéry et d'Annecy. Le peuple et certains élus y voyant matière à se réjouir indéfiniment, chaque maison, depuis le 22 avril, arbore son transparent et ses lampions. Aux flonflons des musiques militaires se joignent ceux de la musique de la ville. Et tout le monde se bouscule, et crie « Vive l'Empereur ! Vive l'Impératrice ! Vive le Prince Impérial ! Vive la France ! ». Avec beaucoup de majuscules et d'exclamations. Des mâts de cocagne continuent d'être escaladés par des soldats acrobates ou de pauvres bougres qui y laissent leur vie en venant s'écraser au sol. Le gaz siffle au nez des enfants pour former en lettres de feu de flamboyants N, comme Napoléon, et E, comme Eugénie. Les valses répondent aux *Te Deum*, les polkas au *Domine, Salvum Fac Imperatorem*. La nourriture y trouve aussi son compte. A travers les carreaux des charcuteries, on distingue des pyramides de saucisses, des montagnes de boudins, des minarets d'andouilles, sans compter les chapelets de cervelas de toutes grosseurs dont plusieurs même n'hésitent pas à figurer d'énormes phallus que les bourgeoises reluquent en rougissant. Et que dire des pièces de lard glissant sur le pavé jusqu'à venir graisser les bottes des passants ; et des filets de bœuf, des lièvres, des perdreaux, négligemment oubliés sur les fenêtres des restaurateurs mais tous mis là avec préméditation. Partout, la course à l'ostentation est une recherche de l'éloquence. La Savoie peut être heureuse, oui, comme une grosse dinde, bien fourrée de farce avant d'être mise au four : la France, qui ne voyait jadis en elle qu'une contrée habitée par des ramoneurs, des marmottes ou des idiots affublés de goitres, va désormais traiter ceux-ci en égaux – c'est du moins ce que pensent les gorges locales qui entonnent à tous les coins de rue *La Savoisienne*. Dans l'artère principale de Rumilly, un transparent laisse voir en ombres chinoises sur son calicot ces vers pleins d'espoir :

Salut, noble pays ! Salut, belle patrie !
Sous l'aile de ton aigle au vol si glorieux
L'Allobroge retrouve une terre chérie ;
Vers elle tes drapeaux l'entraînent avec eux.

Décidément, tout le monde est bien heureux. Même la nature s'en mêle. Les pommes de terre, qu'on ne récolte qu'en octobre, sont devenues folles et prêtes à être ramassées. Voilà qu'on va devoir les manger en juillet – comme une gourmandise d'été !

Giobert, avec son visage bleu, est donc le seul à être triste. Il suffit parfois d'une journée à un homme pour que sa vie change du tout au tout. Il peut trouver femme, passer une frontière qu'il pensait imperméable, gagner une victoire à la tête d'une armée. Enfin, tomber dans une vie nouvelle, ouvrir les yeux, quoi ; s'éveiller, se réveiller ; retrouver le sens perdu. Mais rien de tout cela ne semble vouloir advenir. Depuis son retour du val d'Arly, Giobert, le bon vivant, affiche une austérité peu commune. Ayant renoncé entièrement au vin, au café, et autres excitants du même genre, il s'est restreint aux aliments les plus simples, le riz, les viandes bouillies ou rôties, et a jeté au feu ses boîtes de petits cigares de tabac noir. La recherche du « Bleu d'Infini » est un sujet épuisant. Une chimère qui chaque jour obscurcit davantage le ciel de sa vie. Voilà pourquoi il ne sait même plus pour quelles raisons il a accepté de répondre à l'invitation que lui a lancée Blausein. Celui qu'il considère toujours comme un vulgaire profiteur veut absolument le voir. Cela semble urgent. Alors il est là et attend dans l'antichambre que le maître des lieux arrive.

— Giovanni Antonio, vous êtes venu, dit Blausein en lui serrant chaleureusement les mains ; trop chaleureusement sans doute.

— Vous aviez ma parole... Et puis cela semblait urgent.

— Oui, en effet, rétorque Blausein en invitant son hôte à s'asseoir.

Giobert ne prend ni thé ni café. Aucun petit gâteau. Aucune de ces friandises offertes à Blausein par ses clients du nord de l'Afrique. Un verre d'eau fraîche suffira.

Blausein tourne, comme on dit, autour du pot, hésite à révéler à Giobert ce pourquoi il lui a demandé de venir sans délai. Comme toujours dans de pareilles situations, il égrène ses dernières trouvailles culinaires – féra du lac d'Annecy qu'il a mangé jusqu'aux arêtes, énorme faisan fourré de truffes, salmis de dix ortolans dont il n'a fait que dix bouchées, asperges fondantes, petits pois à se damner, et excellence des desserts les plus simples : ananas et fraises – avant de se raviser, se souvenant que Giobert joue aux anachorètes…

— Désolé, mon ami, je n'ai pas votre éducation. Ma vie est une suite de bourdes et de grossièretés. Toutes les femmes me le disent. Si je n'avais pas d'argent pour en acheter quand l'envie m'en prend, aucune ne viendrait dans mon lit…

Giobert observe et attend, tout en se disant que, de toute façon, le coup ne viendra certainement pas du côté où il voit le canon du fusil pointer. En premier lieu, Blausein explique qu'il va complètement changer d'orientation professionnelle. Cette fois radicalement, « une autre planète », articule-t-il crânement. Puisque la société change, encore plus vite que prévu, il faut précéder ses bouleversements, être éclaireur et ne jamais fermer la marche. Après avoir fait admirer à Giobert de belles reproductions de la place d'Armes de Rumilly montrant la gradation de la luminosité à cinq heures du matin en été, à deux heures et à sept lors du coucher du soleil, le tout saisi dans une seule couleur monochrome, il explique qu'il va se mettre dans les pas de monsieur Daguerre et se lancer dans la photographie :

— Cette technique possède une vérité – une *Wahrheit*, comme disent les Teutons – que n'atteint aucun tableau, aucune gravure sur cuivre…

— Je ne vous savais pas intéressé par les variations du chlore d'argent, rétorque Giobert.

— La lumière m'intéresse, cela peut vous paraître étrange… La lumière mais aussi l'économie. Voilà pourquoi je vends tout et…

— Et ?

— En conséquence, j'ai décidé de mettre fin à notre collaboration, finit-il par lâcher, comme s'il se débarrassait d'un cadavre encombrant.

Giobert, qui d'ordinaire, face à une telle annonce, aurait fait exploser la tête de son interlocuteur, garde son calme, fait le tour des conséquences possibles, analyse, décortique la situation, le tout en quelques secondes. Les yeux tournés vers le sol comme pour y trouver une réponse, il estime que la raison profonde de ce désengagement n'est pas celle fournie par son interlocuteur. Le regardant droit dans les yeux, il lui lance :

— La raison véritable pour laquelle vous ne souhaitez plus travailler avec moi est ailleurs.

— Que voulez-vous dire ?

— On rapporte que vous pourriez vous présenter à la députation, comme candidat officiel de l'empereur Napoléon III.

— Peut-être… J'envisage, en effet… On est venu me chercher… Pourquoi pas ?

— Un député ne peut avoir comme associé un tueur, c'est ça ?

— Giobert, vous m'insultez !

— Je ne vous insulte pas, monsieur le futur député. Les rumeurs courant sur mon compte ne vous touchent pas, vraiment ?

— Quelles rumeurs ?

— Enfin, Blausein, vous savez très bien que toute la région pense que je suis la bête féroce qui égorge les bergères, découpe les vieillards en morceaux, pend, mutile, viole ! Monsieur Sue est en train de fourrer son nez partout, me tend des pièges, a lancé sa meute à mes trousses ! J'ai du sang sur les mains, c'est ça ?

— Mais non !

— Mais si !

— Ce n'est pas si simple...

— Vous voyez...

— Mes fournisseurs me lâchent les uns après les autres. J'ai dû fermer trois fabriques. Les commandes reculent.

— La députation...

— Je vous le concède... Dans un certain sens... La vie étant ce qu'elle est...

— Arrêtez, Blausein ! Vous croyez que je suis coupable, oui ou non ?

— Très sincèrement, mon ami, je me sens perdu, déstabilisé. Toutes ces rumeurs, ces soupçons...

Giobert sait maintenant qu'il n'a jamais été aussi seul, aussi vulnérable. C'est à peine s'il écoute Blausein tenter de justifier sa position et lui expliquer qu'il a besoin de lui pour une dernière mission, rémunérée, bien sûr, un dernier travail en commun : dresser l'état des lieux de sa fabrique de Faverges et de ses cent cinquante métiers à tisser qui marchent tous sous l'impulsion de l'eau et fabriquent une des meilleures étoffes de soie d'Europe...

— Giobert, vous m'écoutez ?

— Oui, Blausein, répond Giobert, partagé entre l'envie de rejeter cette offre et le besoin d'argent qui se fait chaque jour de plus en plus pressant.

— Je peux compter sur vous, encore une fois ? C'est important. Quatre cents ouvriers travaillent à Faverges, et mes soieries sont exportées dans toutes les Amériques.

— Je sais, Blausein. Je sais tout cela...

— Donc, c'est d'accord ?

— Oui, je vous donne ma parole, répond Giobert, debout, déjà en train de se rhabiller, prenant congé de Blausein, tout en assurant qu'il vérifiera tout avec soin, du moulinage au dévidage, en passant par l'ourdissage, et qu'il restera à Faverges « le temps qu'il faudra ».

Sur le chemin qui le ramène à Rumilly, Giobert, qui a contrôlé sa colère durant toute sa rencontre, n'en peut plus et pousse, dans les bois qu'il traverse en galopant, des cris de bête traquée. Blausein fait bien honneur à sa profession ! pense-t-il. Dans la société nouvelle qui est en train de s'installer par l'ascension progressive de la classe bourgeoise, on entre dans l'ère de ce qui pourrait s'appeler la « civilisation industrielle ». Les méthodes scientifiques, les efforts continus régissent, et régiront de plus en plus les affaires, qu'elles soient de commerce ou de banque. Blausein, le profiteur de guerre qui a traversé sans heurt la Révolution et l'Empire, est le type même de tout ce que Giobert déteste : un digne représentant de cette nouvelle société française qui permet à l'épicerie, profitant des relais trop crédules ou volontairement aveugles, de mettre un pied dans les ministères et de s'acheter un arbre généalogique. La fortune de Blausein, née dans le sang de la Révolution, peut prospérer dans celui moins voyant de la spéculation ; et l'on peut affirmer sans risque que le bonhomme a déjà fait la répartition de ses biens dans des mains sûres – stipulant sans doute leur dévolution *post mortem.*

Plusieurs jours durant, Giobert reste cloîtré chez lui, digérant comme il peut le rejet de Blausein. Se demandant ce que peut bien faire Chevalier Rouge et à quel moment il va débarquer pour venir l'arrêter avec ses sbires. La recherche du « Bleu d'Infini » piétine. Un matin, alors qu'il se dit qu'un voyage à Faverges pourrait ne pas lui être totalement inutile, puisqu'il en profiterait pour acheter des cuves nécessaires à la conservation de l'indigo ainsi que des flacons, des verres et un certain nombre de tamis qui commencent à manquer et qu'on trouve à profusion dans les fabriques de Faverges, il est confronté à un de ces coups de pouce du destin prouvant que le hasard, qui se présente comme un arrangement avec les faits, n'existe pas. Comment expliquer alors qu'un homme devant se rendre à Faverges malgré lui, et qui essaie de trouver toutes les bonnes raisons pour s'y rendre, tombe, tandis qu'il erre désœuvré dans sa bibliothèque, sur un livre de monseigneur Dupanlouve, archiviste adjoint du diocèse de Haute-Savoie, curieusement intitulé : *Sarabande de Mlle Loyson ou les Folies amoureuses* ?

Attiré par le titre, qu'il trouve bien scandaleux sous la plume d'un homme d'Eglise, Giobert en tourne les pages puis finit par s'y plonger totalement. Etudiant la vie à Sévrier sous Louis XIV, l'érudit ecclésiastique évoque deux gracieuses célébrités du Grand Siècle, les demoiselles Danelet de Loyson, Doguine la blonde et Tontine la brune, et s'arrête sur un fameux tableau où on peut voir, écrit-il, les deux jeunes filles « assez peu couvertes d'une draperie bleue couleur de l'infini ». Faverges, petite ville où tout respire l'aisance ; où les rues sont bien larges et bien pavées, et fort pourvues de cafés, d'hôtels, d'auberges et de maisons de belle apparence ; où de tous côtés on entend le marteau du forgeron et les métiers à tisser, est connue dans la région pour son église, son château, ses fonderies de cuivre et de fer, et ses guinguettes, attirant le dimanche la jeunesse d'Annecy. C'est dans l'une d'entre elles, dans la maison de madame veuve Domenjoud, que monseigneur Dupanlouve dit avoir pu admirer le fameux tableau et engage donc tout voyageur de passage dans la région à faire un détour par ce havre de calme. A quelque distance de la Glière, que l'on traverse sur un pont de pierre, au débouché de la combe de Tamié, la guinguette est là, entre une forêt de noyers et la petite fabrique de martinets de la mère Gondrade.

Giobert relit plusieurs fois le passage consacré aux deux sœurs, referme le livre et part pour Faverges. Il se dit que ce voyage est celui de la dernière chance.

31

Madame veuve Domenjoud étant morte d'apoplexie en 1857, la guinguette a été rachetée par monsieur Gourd. Marié avec madame Duport, fille d'un négociant en étoffes de coton, elle-même décédée en 1859, c'est monsieur Gourd, appelé à siéger au sénat de Savoie où il sera alors, prétend-il, décoré du titre de baron, qui ouvre à Giobert la porte du cabinet où est accroché le fameux tableau. Après lui en avoir confié les clefs, il l'abandonne à sa contemplation et retourne à sa clientèle.

Monseigneur Dupanlouve assurait que les deux jeunes filles faisaient les délices des salons parisiens. Que tous, hommes et femmes – sans préciser le type de relations que ceux-ci entretenaient avec elles –, étaient à leurs pieds et soupiraient pour elles. A droite, la blonde, en coquet déshabillé, qui tient sur ses genoux un amour ; deux colombes folâtrent dans ses bras et voltigent autour de ses jambes. A gauche, la brune, coiffée à la Montespan, le bras et le sein nus, sortant d'un nuage de dentelles blanches ; devant elle, un autre amour, en tenue d'Adam, lui lance un tendre regard. Toutes deux voient leur gorge mise en valeur par un grand collier de perles embelli de pendeloques de diamants. Toutes deux sont à moitié couvertes – c'est-à-dire à moitié nues – de la draperie « couleur bleu d'infini » évoquée par Dupanlouve.

Après plusieurs longues minutes durant lesquelles Giobert ne peut détacher son regard de ce bleu si intense, celui-ci décide d'accomplir un geste qu'il estime ignoble mais nécessaire. Ne pouvant ni acheter ni voler le tableau, il en détache « soigneusement » un carré de cinq centimètres sur cinq qui troue l'œuvre d'art et la mutile à jamais. Après avoir glissé l'objet de son rapt dans un étui de cuir qu'il introduit dans la poche de sa veste, il sort de la pièce, la referme à clef, redonne le trousseau au propriétaire et s'apprête à reprendre le chemin de Rumilly. Il passera par Dousard, les rives du lac d'Annecy et la profonde forêt domaniale du Semnoz où se trouvent encore en grand nombre ours, loups, renards et sangliers.

C'est au sortir de Faverges, alors qu'il vient de dépasser la partie la plus basse et la plus marécageuse de la vallée, que, tandis qu'il se retourne pour voir si personne ne le suit, Giobert est frappé par les masses énormes des montagnes traçant autour de la vallée un demi-cercle presque hostile : Bauges, Belle-Etoile, Mortènes, la Tournette. Debout sur ses étriers, sentant contre le cuir de ses bottes battre les flancs de son cheval, échantillon bleu en poche, Giobert se perd dans la contemplation des cimes. Ici, il se sent tout à coup pénétré par un sentiment diffus, inexplicable, mais constant – celui de la divinité –, et se dit qu'il doit bien exister d'autres endroits dans le monde où ce sentiment peut surgir. Du temps où Chevalier Blanc était son ami – et qui avait visité les cinq continents – il lui avait laissé entendre qu'il avait éprouvé ce sentiment dans la toundra en Russie ; en Islande, « près des bouches à feu de la Terre » ; dans le désert minéral du Sahara ; sur la banquise de l'Antarctique. Giobert le revit intact, ici, ce même sentiment, au bord de la forêt, avec, au loin, près du ciel, le faîte de la Tournette. Avec sa lorgnette, il distingue parfaitement les aiguilles de granit couronnant les sommets de la foule des pics rangés comme une armée en ordre de bataille.

Un jour, il en fait le serment, il montera au sommet de la montagne. Au-dessus de la dernière ceinture de roches qui en couronnent la cime, là où pointe la roche isolée, dite du fauteuil de la Tournette. Il évitera les abîmes, les précipices, tous les pièges de l'ascension, et ceux des glaciers. Il plongera ses mains dans la neige, à huit mille pieds au-dessus du niveau de la mer. Un jour, il vaincra sa peur. Il montera au sommet de la montagne pour aller y chercher les Tables de sa Loi.

Arrêté sur la route qui s'éloigne de Faverges, il sent une force énorme et douce qui circule dans ses épaules, ses bras, ses jambes, ses mains, qui monte de la terre humide de Savoie. Les deux poings tendus vers le ciel, il se balance comme un tilleul sauvage dont le vent fait craquer les branches.

Voilà trois jours et trois nuits qu'il est rentré à Rumilly et qu'il tente en vain de percer les mystères de l'échantillon de toile bleue des demoiselles Danelet de Loyson. Les confrontations du fameux prélèvement avec de l'eau, fortement ou légèrement acidulée, n'ont rien donné. Des dosages de plus en plus minutieux, effectués à partir de la poudre bleue grattée directement sur l'échantillon de toile, ont permis d'épouser – le temps de l'expérience – tout le spectre des bleus puis se sont soudain arrêtés aux portes du « Bleu d'Infini », comme pour narguer l'indigotier. La couleur exacte recherchée disparaissait au moment même où celui-ci croyait l'avoir fixée définitivement sur son petit support de bois. Giobert crut même avoir atteint son but en pensant avoir découvert le secret du peintre : la présence infinitésimale de la pierre d'Orient dans sa couleur. Puis tout est parti, en un clin d'œil, s'éventant comme essence au débouché du flacon.

Poursuivant ses recherches dans la pièce la plus secrète du Château, là où lui-même hésite toujours à se rendre, Giobert confronte ce qui reste de l'échantillon au bleu lumineux, tirant sur le vert, de la turquoise, laquelle – et Giobert de se demander si une part du secret ne réside pas dans ce passage de main en main – n'est pas produite en Turquie puisque celle-ci, revend, en réalité, la turquoise d'Iran aux Occidentaux. Puis vient le tour du bleu de Perse, le bleu couleur jacinthe, le bleu pers du visage blême ; le bleu persan, le bleu Athéna, le bleu turquin du marbre de Mauritanie. Chaque jour, chaque nuit, Giobert soumet l'échantillon bleu du tableau à toutes les expériences. Jusqu'à ce qu'il ne reste plus dans le plateau de sa balance que quelques grammes de bleu auxquels il fait subir d'ultimes expérimentations : procédé de Gresset, dissolution de Pavie, purification de Pugh, extraction de Sutorius, précipité de Michelotti, réaction de Bonfico, modification de Dive, altération de Darraq. En vain. Toujours en vain.

Cela fait maintenant plus d'une semaine qu'il n'est pas sorti de chez lui. Au village, pense-t-il, on doit le croire mort ! Finalement, en cette heure matutinale de juillet 1860, il fait une découverte, plus terrible peut-être que celle à laquelle il s'attendait. La pièce secrète dans laquelle il a tenté toutes ses expériences fait partie de ces machineries construites au XVIIe siècle, quand Louis XIII et Richelieu avaient envahi la Savoie et qu'il fallait se cacher pour survivre. Elle n'est pas sans rappeler le fameux polémoscope d'Hévélius : placé en lieu de sûreté derrière un parapet ou un épaulement qui le dérobe à la vue de l'ennemi, celui-ci permet à un observateur de suivre les mouvements qui s'opèrent au-dehors, sans exposer autre chose que l'instrument lui-même. La chambre secrète où se cache Giobert peut être considérée comme la version « architecturale » de l'instrument inventé par Hévélius. D'ici, l'indigotier peut tout entendre, tout voir de ce qui se passe dans la grande salle de réception de son château, sans être ni entendu, ni vu. Et ce qu'il voit et entend, ce matin, lui fait froid dans le dos.

La troupe qui vient de pénétrer chez lui, sans ménagement, est une meute de chiens affamés qui court partout, renverse tout sur son passage, souille, saccage, éventre. En d'autres circonstances, Giobert serait intervenu, mais là il ne peut pas bouger. Il a peur. Il se terre. Cela lui rappelle les pillages perpétrés dès 1792 afin d'approvisionner les galeries du Muséum central des arts, énorme butin formé des collections royales augmentées progressivement des saisies révolutionnaires aux dépens des émigrés et des couvents, puis de toutes les autres nations envahies quand Bonaparte poursuivit les massacres amorcés par ses prédécesseurs, butin de toiles crevées, de dessins éraflés, de sculptures exposées aux gravois, à la poussière, aux intempéries, aux restaurations abusives, franchissant les cols, prenant les voies maritimes, circulant sur les routes, sous la pluie et la neige, dans des carrioles de fortune.

La troupe qui a pénétré chez lui est celle qui traverse ses rêves. Celle qu'il croise chaque nuit. Celle de la Terreur à l'ordre du jour et de la mise en vigueur de la loi des suspects. Celle des commissaires révolutionnaires qui dénoncent, déportent, assassinent. Celle de ces hommes et de ces femmes, de ces soldats qui ont massacré ses parents une fin d'après-midi de mars 1794. Torches en main, les envahisseurs fouillent les moindres recoins du Château. Et lorsque, après plusieurs heures de vaines recherches, le petit groupe des meneurs se rassemble de nouveau dans la grande salle de réception, Giobert, qui peut à loisir pointer son polémoscope dans leur direction, croit mourir de tristesse. Ce qu'il voit et ce qu'il entend lui fait revivre, pense-t-il, ce qu'ont dû voir et entendre ses parents avant d'être lynchés par la foule – expérience terrible qui, il le sent confusément, doit être aussi la sienne :

— Il est introuvable. C'est plus qu'étrange, tout de même, dit Chevalier Noir.

— Ce n'est pas « étrange », c'est une preuve irréfutable, la preuve de sa culpabilité, renchérit Sang-Dragon.

— Je ne l'aurais tout de même pas cru capable d'accomplir tous ces meurtres, lance Chevalier Vert. On ne connaît jamais vraiment bien les gens qu'on croit connaître…

— D'un autre côté, je ne vois pas ce qu'il aurait bien pu avoir à faire à Faverges, dit Chevalier Rouge.

Dans l'objectif du polémoscope, Giobert observe la moue dubitative du policier – pourquoi parle-t-il de

Faverges ? –, puis passe en revue, les uns après les autres, les visages des hommes vautrés dans ses fauteuils, assis sur les coins de table, adossés aux meubles. Après quelques minutes de silence, il reconnaît la voix de Blausein. Même lui fait partie de la bande ! Et est accepté par ce cercle fermé qui jadis le méprisait. Dans le rond formé par l'objectif du polémoscope, il voit distinctement la bouche du profiteur de guerres donner le renseignement majeur :

— Il y était pourtant bien… à Faverges…

— Comment le sais-tu ? intervient Chevalier Rouge, inquisiteur.

— C'est moi qui lui ai demandé de s'y rendre. Je voulais qu'il vérifie les métiers à tisser de ma fabrique avant que je ne la vende…

Les mots de Blausein tombent sur l'assemblée comme grêlons sur la vigne, et comme toute tempête sont suivis d'un calme terrible, d'un affreux silence. Mais la trahison suprême, aux yeux de Giobert, ne vient pas de Blausein – au fond, qu'importe qu'il ait confirmé avoir demandé à son ex-associé d'accomplir une dernière mission à Faverges, ce dernier a bien le droit de se rendre à Faverges. Non, la trahison suprême vient de Chevalier Blanc, et en écoutant les propos tenus par l'« Américain », Giobert comprend pourquoi le fait d'aller à Faverges constitue un voyage en enfer.

— Cette fois, c'en est trop, dit Chevalier Blanc, le visage blême, défiguré par la honte et la peur. Nous devons coûte que coûte mettre la main sur cette bête sanguinaire ! Il nous a bien roulés dans la farine, le salaud !

L'œil plaqué contre le verre du polémoscope, Giobert est sur le point de défaillir. Un nouveau cadavre a été découvert, à Faverges, justement, visiblement vidé méthodiquement de tout son sang et le sexe tranché, dans la vaste prairie ceinte de murs qui entoure l'ancienne église servant de sécherie, et dans laquelle travaillent les ouvrières chargées de surveiller la qualité des mordants et des couleurs. Le corps, entièrement nu, était en partie dissimulé sous une des toiles mises à sécher dans la prairie, de telle sorte qu'un voyageur distrait eût presque pu penser que le jeune homme, sous sa toile d'un bleu intense, dormait paisiblement.

— Depuis l'annexion, le gouvernement français a entrepris de percer une route qui relie Faverges à Albertville. Il y a beaucoup d'ouvriers venus des quatre coins du pays. Plusieurs ont été arrêtés... Pas de preuves... Rien de très convaincant..., fait remarquer Chevalier Rouge. Il est vrai que ce voyage de Giobert à Faverges change tout ! L'étau se resserre.

— D'ordinaire, les vignerons de la région exhument avec leur houe des armes brisées et des pièces de monnaie de diverses époques, mais cette fois..., ajoute Chevalier Blanc. L'homme qui a trouvé le cadavre est paraît-il devenu fou. Le spectacle était insoutenable !

Ce qui choque plus particulièrement Giobert, indépendamment de sa mise en accusation et du récit sordide de la découverte du cadavre, c'est la description physique du jeune homme. Grand, blond, un œil vert l'autre bleu, toujours vêtu, ont rapporté les témoins, de bottes à la navarraise, d'un gilet de peau d'agneau, d'une veste de chasse fourrée munie de grandes poches, il porte à la ceinture un revolver anglais pourvu d'une baïonnette repliable. Tous ces détails, toutes ces précisions perturbent Giobert à tel point qu'il se sent comme au bord du malaise. Aussi étrange que cela puisse paraître, il a l'impression de connaître, non point tant ce jeune homme qu'un épisode crucial de sa vie. Il lui paraît qu'il l'a souvent croisé dans ses rêves. Surnommé maître Lucas, âgé de dix-sept ans, le jeune homme fait partie de ces Savoyards qui accompagnaient les soldats de Dumas lorsque ceux-ci mettaient la Savoie à feu et à sang, en 1794. Il jouait auprès d'eux le rôle d'éclaireur et de guide.

Giobert sent la présence presque physique du jeune garçon. Voit son visage se pencher au-dessus du sien. Il tient dans sa main son pistolet, presse le bouton situé près de la bouche de l'arme, ce qui a pour effet de projeter la lame vers l'avant. Giobert sent la poudre du revolver, le froid du métal contre sa joue. Puis tout s'efface, tout se perd. Giobert entend une affreuse détonation, tandis que la lame s'enfonce dans une matière molle, indéfinissable, et que des gouttes de sang lui tombent en pluie sur le visage. Cette scène, il l'a vécue plusieurs fois en rêve. Il se souvient aussi qu'elle se termine non seulement dans le bruit et le sang, mais également par la mort du jeune homme. Il y a une lutte. Des coups échangés. Une autre détonation. Une autre pluie de sang. Il aperçoit très nettement l'homme mort, allongé, le corps désarticulé. Comme si l'homme était mort depuis longtemps, et que lui, Giobert, avait assisté il y a longtemps à cette mort. Ce qui voudrait dire que le jeune ouvrier de la fabrique de basins, de percales et de piqués a été tué une seconde fois. C'est un homme déjà mort que le meurtrier de Faverges a émasculé !

Prisonnier dans sa pièce secrète, Giobert attend le départ de la meute qu'il observe toujours grâce à son polémoscope. Un moment, Chevalier Rouge et Blausein s'isolent, ce dernier négociant avec le policier une sorte de mansuétude contre des renseignements supplémentaires concernant l'indigotier. L'art pratiqué par monsieur Daguerre nécessitant une certaine « clarté », Blausein, qui a décidé de tourner la page sur son passé sombre, cherche en somme à marchander une virginité retrouvée auprès du policier.

— Je vous écoute, dit Chevalier Rouge.

— C'est donnant donnant, n'est-ce pas ?

— Vous avez ma parole, Blausein. La parole d'un policier vaut bien celle d'un profiteur trafiquant d'armes ! Entre crapules...

— Giobert est peut-être à Turin.

— A Turin ?

— Une plaque tournante pour le trafic d'armes.

— Je sais... Ecoutez, la police de Napoléon III m'a chargé d'un rapport annuel afin d'analyser l'attitude des partis politiques, les propos séditieux, l'évolution de la presse, de la moralité publique, le rôle joué dans le désordre par les débits de boissons... Si je pouvais y ajouter quelques pages sur le trafic d'armes entre l'Italie et la France, je pense que nous pourrions nous entendre...

Blausein, cherchant du papier pour écrire, ouvre plusieurs tiroirs du petit secrétaire dont un, Giobert le voit parfaitement dans la circonférence de sa lentille, contenant les pentacles auxquels il ne prête d'ailleurs aucune attention. Ce qui n'est pas le cas de Chevalier Rouge qui les sort, un par un, de leur cachette et les aligne sur la commode, en compte neuf puis les remet à leur place et referme le tiroir, le tout sous la vigilance lointaine mais tenace de Giobert...

Pendant ce temps, Blausein, ayant fini par trouver ce qu'il cherchait dans une commode attenante, commence son travail de délation. Sur la première feuille de papier, il inscrit les noms de ses relais piémontais et savoyards chargés de convoyer les armes. Sur la seconde, quelques noms et quelques adresses susceptibles d'aider le policier à retrouver la trace du fuyard, dont une certaine Glaccina ou Grossina ou Glacinta dont lui a souvent parlé Giobert et qui semble quelqu'un de très important pour toute cette histoire. Lisant et relisant plusieurs fois les feuilles de papier qu'il plie ensuite soigneusement avant de les remettre à Chevalier Rouge, Blausein s'abandonne dans le fauteuil qui fait face à la grande cheminée du salon, épuisé par la trahison qu'il vient d'accomplir et presque effrayé de cette pleine conscience de lui-même qu'il a acquise en cet instant.

Les deux hommes ayant fini par regagner le reste de la meute, Chevalier Rouge fait un résumé de la situation et établit l'ordre de marche pour les jours à venir. Giobert observe toujours et pense plus que jamais que l'être humain est un drôle d'animal. Alors que le monde change, que la violence, la fraude, la perfidie, le charlatanisme, la subornation, l'imposture, l'affranchissement de tout scrupule et de toute pudeur deviennent force de loi, la ville de Rumilly, sourde aux grands bouleversements, joue à la chasse à l'ours, s'anime pour des petits faits d'intérêt local – même si ceux-ci sont particulièrement dramatiques – et des querelles de personnes...

Chevalier Rouge propose à tous une collaboration étroite avec la police de Napoléon III, qui a déjà installé partout ses services de répression et sa police politique, comme il l'a confié à Blausein au sujet de l'affaire qui les concerne. Sans doute, cette toute nouvelle police nationale aura-t-elle à cœur d'aider à retrouver le monstre sanguinaire qui étripe le tout récent territoire français... Il contactera donc le citoyen Nicolas, tout frais, tout jeune, tout vert capitaine de la gendarmerie, afin qu'il mette à sa disposition ses trois brigades de gendarmes. Ainsi pourraient-ils organiser ensemble la traque qu'il est nécessaire d'engager, et à laquelle devront participer tous les habitants de Rumilly et des villes alentour, à pied, à cheval ou entassés pêle-mêle sur des voitures roulières.

— En moins d'une semaine, la bête doit être éventrée par nos piques ! conclut Chevalier Rouge après avoir distribué à chacun le rôle qu'il doit tenir.

— Et quel sera le vôtre ? demande Chevalier Blanc.

Le policier ne répond pas. Fait un petit sourire entendu, comme s'il s'agissait de garder le plus grand secret autour de sa personne. L'« Américain » sait ce que cela veut dire. Il connaît Chevalier Rouge depuis si longtemps ! Il sait que l'homme, en vrai Chamoniard, préfère la chasse au chamois, dangereuse et pénible, à la traque en groupe avec rabatteurs, chiens, tambours et trompettes. Chevalier Rouge aime la ruse nécessaire et la persévérance indispensable à qui veut capturer un animal aussi agile que défiant. Il sait qu'il va lui falloir braver la faim, la soif, se priver de sommeil durant des affûts nocturnes de plusieurs heures, escalader les crêtes escarpées, franchir les profonds abîmes et les crevasses des glaciers, mettre sa vie en danger. Ainsi, dès qu'il le pourra, Chevalier Rouge partira à la recherche de Giobert, et il n'arrêtera sa course qu'une fois sa proie prise dans ses filets. Peut-être se fera-t-il accompagner d'une, voire de deux personnes au maximum, mais il évitera le cirque Barnum lâché dans toute la Savoie et, pourquoi pas, se dirigera du côté du Piémont et de Turin, empruntant des équipages de quatre chevaux pour aller plus vite ou, dans certaines portions de son trajet, le tout nouveau chemin de fer :

— Quand il s'agit de poursuivre un meurtrier, mieux vaut utiliser tous les moyens modernes mis à notre disposition !

En revanche, ce que Chevalier Rouge ne sait pas, et ce dont personne d'ailleurs n'a conscience, c'est que Giobert, caché derrière son polémoscope, suit toute la scène et sent qu'il peut choisir ce moment pour descendre l'escalier dérobé qui conduit à l'écurie, afin de fuir au nez et à la barbe de ses poursuivants.

Giobert se sent comme un renard de la Saint-Jean, enfermé dans un sac et jeté dans un brasier autour duquel dansent frénétiquement des godelureaux échauffés. Tenant son cheval par la bride et évitant de sortir de son havresac sa longue pipe en terre dont la fumée pourrait l'énerver, il s'éloigne lentement du Château avec la certitude que quelque chose d'extraordinaire va désormais arriver. La nuit vient. Les premiers arbres de la forêt atteints, il monte sur son cheval et fend une première clairière d'un trot allongé et solide. Le temps, couvert, est tiède, en attente de l'orage. A la ferme de l'Alpage, il ralentit pour ne pas éveiller les soupçons face à l'homme qui s'avance sur la route. C'est un chasseur. Une carabine à la main, celui-ci tient deux chamois sur ses épaules : une biche et son faon, tous deux tués à balle franche. Le chasseur salue le cavalier qui poursuit sa route.

Interrogé par la police trois jours plus tard, le chasseur dira qu'il avait vu un cavalier déboucher de la tranchée qui venait de Rumilly. Que c'était sans doute un très bon cavalier qui dominait bien son sujet, un cheval tout en nerfs, en courbettes et en pétarades. Que le cavalier portait une redingote boutonnée jusqu'au cou, sanglée très étroit, sans brandebourgs, mais qu'on voyait bien que, malgré l'absence de fioritures, elle était de drap fin, et que les bottes en beau cuir semblaient vraiment impeccables. En somme, rien que de très normal dans tout cela, si ce n'est peut-être, mais ce qu'il va dire alors est à mettre au crédit de « dame subjectivité », que le bonhomme en question semblait vraiment « avoir le feu dans le cul », comme s'il venait de croiser le diable.

32

Les informations fournies par Blausein, conseillant à Chevalier Rouge de se promener dans Turin à l'intérieur d'un carré dont les quatre coins sont constitués par le Palazzo Reale, la piazza San Carlo, le Ghetto Ebraico et la via Pò, afin de récolter, entre autres, des renseignements concernant une certaine Glaccina ou Grossina, ne le font guère avancer dans ses investigations. A croire que le policier est tombé dans un piège tendu par l'associé de Giobert. Le récent et très à la mode café Baratti & Milano, donnant d'un côté sur la Galleria Subalpina et de l'autre sur la piazza Castello, ne lui est pas d'une grande aide. Cela fait plusieurs jours déjà qu'il vient lustrer son fond de pantalon sur les banquettes de ce restaurant accueillant des messieurs décorés, actrices au bras et les tripotant là où il faut ; des dames de la haute affublées de quelque jeune homme leur tendant un à un des biscuits qu'il trempe dans des jaunes d'œuf battus mélangés au café ; et nombre de journalistes et politiciens. Quand les uns, évoquant l'amputation de la Savoie, susurrent « quand nous voyons un fleuve, nous ne disons jamais fleuve ; nous disons Savoie », les autres répliquent : « Il n'y a aucune gloire à être savoyard. La seule gloire que nous connaissons, c'est d'être vivant. »

Barrati & Milano, c'est le café du Commerce – et de ce point de vue un lieu d'observation des plus intéressants pour qui a des loisirs, ce qui n'est pas le cas de Chevalier Rouge – où éclate le vice dominant chez l'homme de la deuxième partie du XIXe siècle : l'égoïsme. De toutes ces conversations saisies au milieu de la fumée des cigares, des rires inopportuns et des bruits de fourchettes surgissent des idées-force donnant une image terrible de ce siècle en marche vers sa fin. L'homme n'étant plus au temps où, pour lutter contre la nature ou l'incursion de peuplades hostiles, on avait besoin de se serrer les uns contre les autres, mais où tout est si bien arrangé que la sécurité personnelle est complète, lorsqu'un grand crime ou quelque terrible catastrophe vient rappeler que le danger existe toujours, c'est avec étonnement qu'on en reçoit la nouvelle, et avec un certain scepticisme qu'on se félicite de n'être pas parmi les victimes. La charité elle-même, tendant à s'effacer, est devenue sectaire : avant de délier sa bourse pour soulager quelqu'un, on veut que ce quelqu'un ait sur toutes choses des opinions conformes aux nôtres. « Aujourd'hui, dit un grand homme roux dégustant une absinthe de Neuchâtel, il existe une charité religieuse et une bienfaisance laïque ! » Ce à quoi ce qui semble être un vieux sénateur aux favoris lui mangeant la moitié des joues réplique avec ironie : « Eh oui, mon cher, nous ne sommes plus au temps où l'on mourait pour une idée ; de nos jours, les Macchabées mangeraient de la charcuterie en face du bourreau, et, rentré dans sa maison, Regulus rirait au nez des Carthaginois. »

A tort ou à raison, Chevalier Rouge persiste. Commandant *bicerin* sur *bicerin*, il estime que le renseignement qu'il cherche, il le trouvera aujourd'hui. Et puis ces conversations l'intéressent. Après tout, énoncer, comme le fait cette vieille belle, la main dans la culotte de son giton, que ce qui caractérise l'esprit public de la fin de ce siècle c'est la voracité avec laquelle la masse se lance à la conquête de l'argent n'est pas totalement inepte. Il suffit de lire les journaux, d'écouter – comme il le fait – les conversations de salon : le grand peintre est aujourd'hui celui qui vend cher ; le grand savant celui dont la découverte est en commandite ; le grand romancier, celui qui tire son cinquantième mille, son œuvre fût-elle la description d'un tas d'ordures ou d'une latrine.

— Vous n'êtes pas d'accord avec tout cela ? demande à Chevalier Rouge son voisin de table, un journaliste au *Langhe and Roero Weekly*, plongeant avec un soin extrême sa cuillère dans une coupe de *ciliege al Barolo*.

— Sans doute, sans doute, répond le policier, surpris, mais heureux de penser que ce contact doit être le bon et que cet homme s'adresse à lui parce qu'il a des choses à lui dire.

— J'irai même plus loin. J'ai bien peur que la maladie épidémique de l'esprit ne soit, au siècle prochain, le délire du carnage, la folie du sang et de la destruction.

— Regardez, lance l'acolyte du journaliste, lui-même attaché dans le même journal aux questions religieuses et plongé dans la délectation moelleuse d'une *gianduja* : aujourd'hui 8 septembre 1860, jour de la fête de la naissance de la Vierge et de la grande procession fêtant la délivrance de la ville assiégée par les Français en 1706, le mariage, base de la famille, est en train de disparaître.

— Il suffit d'aller chez les prostituées et le tour est joué, dit à voix basse le journaliste roux.

— Avec les risques encourus, cela en vaut-il vraiment la peine ? lance avec un gros sourire plein de sous-entendus le deuxième journaliste.

— Qu'entendez-vous par là ? demande Chevalier Rouge au journaliste roux, la vérole est aisément déjouée si certaines précautions sont prises...

— Il ne s'agit pas de « précautions », mon ami. On voit bien que vous n'êtes pas de Turin.

— Monsieur est perspicace.

— La Grassini cachait des armes dans ses dentelles.

— La Grassini, dites-vous ? La Grassini, c'est bien cela ?

— Mais mon cher ami, dit le journaliste, presque moqueur, il n'y a qu'une Grassini, tout le monde la connaît, ici !

— En particulier, nombre de ces illuminés qui prêchent le renversement de toutes choses et vendent des fusils aux rébellions européennes... Alors, imaginez un peu : vous êtes occupé avec une petite jeunesse, les quatre fers en l'air, et voilà la police qui soulève les draps pour voir si vous ne cachez pas des armes pour les révolutionnaires grecs ou hongrois ! L'honnête homme ne peut même plus coïter en paix !

— Vous semblez soudain très intéressé, dit le journaliste roux. Par le trafic d'armes ou par autre chose ?

Voyant que les investigations qu'il menait depuis plusieurs jours allaient enfin porter leurs fruits, Chevalier Rouge décide de jouer la carte de la fraternité masculine concernant certaines questions essentielles quant aux relations des hommes avec la gent féminine :

— « Autre chose », mes amis. Je suis savoyard mais n'en suis pas moins homme...

— Evidemment, vous ignorez tout de la typologie turinoise, et il ne vous déplairait pas de faire connaissance avec la Grassini ?

— En effet.

— Bien. Vous descendez la via Pò, tournez à gauche via Ortavio, à droite via Verdi, enfin à gauche via Roero. Là, au numéro 12, vous verrez une maison à quatre étages, le *casino* Santa Margherita, club fermé tenu par la Grassini, un cul de fer dans une culotte de velours ! Vous ne pouvez pas vous tromper, elle est juste à côté d'une boutique vendant des dizaines d'objets parfaitement inutiles mais tous peints en bleu, de la même couleur que la devanture du magasin : L'Ouvroir bleu.

— Certains affirment qu'elle appartient, ou a appartenu, à une secte qui, sous couvert de réconcilier les filles perdues avec leur famille, pratiquait le trafic d'enfants. Vous savez, l'Eglise catholique ne qualifie pas Turin de « Cité du Démon » pour rien, et la Gran Madre di Dio, située de l'autre côté du fleuve, possède un dôme qui n'est pas surmonté de la croix. Ce qui, pour une église, vous en conviendrez, n'est guère catholique. Et vous savez pourquoi ?

— Non...

— Parce que c'est sur ce dôme que le Dragon de l'Apocalypse viendra planter ses griffes au jour du Jugement dernier...

Derrière sa façade austère, le *casino* Santa Margherita est une maison close d'un genre particulier, dont l'aménagement fait davantage penser à un intérieur piémontais classique qu'à un hôtel de rendez-vous. Ainsi accède-t-on au vestibule par une rampe en noyer, non pourvue de colonnettes de marbre, comme si le propriétaire des lieux voulait signifier au pauvre mortel s'y risquant que, puisqu'on était comme cela la veille, on monterait encore ici comme cela le lendemain. La trentaine de marches assez douces gravies lentement, Chevalier Rouge se retrouve dans une petite salle, lambrissée de chêne noir, de fresques et de tableaux écaillés, défoncés ou troués. Dans le fond, adossé au mur, un grand banc recouvert d'un drap vert usé, parsemé de taches et garni de franges. Et sur ce banc, une femme grassouillette, serrée dans sa mantille ornée de dentelles, les mains cachées dans le manchon de renard bleu qui pend à son cou, et coiffée d'un large chapeau à la Hernani : Caterina Grassini.

C'est un mauvais jour. La maison est sens dessus dessous. Objet d'une vengeance entre filles, les mauvais sujets d'une maison rivale sont venus casser les carreaux à coups de pierres et de coquilles d'huître, mais, surtout, ont envoyé dans la nuit une phalange d'amants, de soldats et de fripons qui a battu et maltraité sévèrement les filles.

— Et tout ça parce que notre maison est mieux tenue et que notre étalage est mieux fourni que celui d'en face, se plaint la Grassini. Je suis désolée, monsieur, ce n'est vraiment pas le jour ! Vraiment pas le jour ! Repassez demain. Je vais mettre un panneau, d'ailleurs... Je vais fermer provisoirement la boutique...

Devant Chevalier Rouge ayant décliné son identité, la Grassini se radoucit quelque peu. A peine.

— Vous venez pour nous aider ou nous enfoncer encore plus, monsieur le policier ? Je ne vous ai jamais vu. Si c'est encore pour nous emmerder avec les *Instructions du 20 juillet 1855*, je vous préviens que je ne serai pas très coopérative…

— Non, madame. Je poursuis une enquête concernant un trafic d'armes…

— Je n'ai rien à vous dire.

— Je cherche un homme qui est peut-être venu régulièrement ici…

— Ils sont des centaines à venir « régulièrement » ici, comment voulez-vous que je vous aide !

Pendant que Chevalier Rouge tente vainement d'obtenir des informations auprès de la maîtresse de maison, plusieurs filles passent et repassent, plus ou moins jolies, car, comme le dit la taulière, « il en faut pour tous les goûts et pour toutes les bourses ! », plus ou moins vêtues, toutes visiblement énervées, choquées, ébranlées par ce qui s'est passé durant la nuit. A court d'arguments, et n'ayant aucun moyen de pression sur la Grassini qui le sait fort bien, Chevalier Rouge lâche son dernier atout :

— Enfin madame, un homme au visage bleu, entièrement bleu, ça ne s'oublie pas.

— Non, vraiment, monsieur, je ne vois pas. Tous les hommes qui viennent ici en ressortent souvent les pommettes rouges et les joues violettes.

— Je ne plaisante pas, madame. L'une de vos filles s'en souvient peut-être.

— Le « travail » n'est plus ce qu'il était, vous savez. Elles vont, elles viennent. Dès que l'une d'entre elles se retrouve enceinte, elle va noyer son bébé dans le torrent et disparaît. Sans parler de celles qui meurent de trop boire ou de trop fumer, qui deviennent folles parce qu'à la moindre migraine elles se mettent sous le nez un mouchoir d'éther sulfurique qu'elles aspirent avec délices et dont elles ne peuvent plus se passer. Un homme bleu ? Non, vraiment ça ne me dit rien. Notre maison n'est pas ouverte aux Touariks.

Alors que Chevalier Rouge, en panne d'arguments et sentant pourtant qu'il n'est pas loin du but, laisse s'installer un silence grâce auquel il pourrait mettre la Grassini en difficulté, celle-ci le somme de sortir ou, « puisqu'il est là, de ne pas perdre totalement son temps et de monter avec une fille ».

Depuis le début de la conversation, Chevalier Rouge a remarqué une jolie brune, en jupon tournure rose, qui le dévisage avec insistance, mais dont le regard, les manières, l'attitude ne laissent nullement entendre qu'il s'agit de l'aguicher. La Grassini, dont le moins qu'on puisse dire est qu'elle a l'œil, a évidemment cru repérer le manège :

— La petite Monticello, elle devrait vous plaire. Une aristocrate dont le mari, capitaine dans le régiment de Savoie-Cavalerie, est allé vivre à Paris. Totalement désespérée, mais folle de la chose. Sans ma protection, on l'aurait déjà exorcisée.

La chambre de la Monticello est des plus rudimentaires : vieux guéridon en marqueterie, lampe à pétrole reléguant dans l'ombre toute la pièce, hors un cercle lumineux au plafond marbré d'or, parquet aux lames disjointes, et au milieu, un lit à la duchesse avec ses rideaux et ornements de soie à ramages, et à sa tête une Madone entourée d'une population de saints et de saintes.

— Je suis très croyante, dit la jeune femme tout en commençant de se déshabiller.

— Non. Je ne suis pas ici pour ça. Mais je vous paierai…

— Merci, monsieur.

— Vous avez des choses à me dire, c'est ça…

— Promettez-moi de ne jamais révéler que c'est moi qui…

— N'ayez aucune crainte.

— L'homme bleu est venu souvent ici… Très souvent, et depuis longtemps…

— Avec vous ?

— Non. Il nous faisait à toutes très peur. La patronne l'a collé dans les pattes d'Asmodée. Très vite, ils sont devenus inséparables. Il payait très cher. Ne voulait qu'elle. Prévenait quand il allait venir afin d'être sûr qu'elle soit là.

— Vous pensez que cette « Asmodée » voudra me parler ?

— Elle est partie, monsieur. Enfin, c'est plutôt la patronne qui l'a jetée dehors. Elle faisait d'étranges convulsions, des contorsions de son corps, se courbait en arrière en forme d'arc. Ça faisait très peur. Parfois, elle restait évanouie une demi-heure, sans respirer, les mains raides, les yeux fixes. Tout le monde pense que c'est une sorcière.

— Vous aussi ?

— Je ne sais pas.

— Où est-elle ?

— Je ne sais pas exactement. Dans un petit village, en Savoie, non loin de la Tournette. Elle m'a parlé d'une sorte de petit paradis couvert de thym, de pervenches. Des étables, un peuplier très beau, une colline. Des vignes, je crois... Une maison avec des volets peints en rouge...

— C'est déjà beaucoup comme renseignements, vous savez, dit Chevalier Rouge en posant sur le coin du guéridon des billets de dix lires piémontaises.

— Ce dont je suis certaine en tout cas, c'est que Giovanni Antonio l'a aidée...

— L'homme bleu ?

— On ne le connaissait que sous le nom de Giovanni Antonio. Mais il avait le visage bien bleu. Et le reste aussi, paraît-il. Sans lui Asmodée aujourd'hui serait morte, même si parfois on avait l'impression qu'elle l'était déjà.

— Déjà quoi ?

— Morte...

33

C'est en repassant devant L'Ouvroir bleu que Chevalier Rouge a une sorte d'illumination : la secte des « *Bambini Azzurri* », des Enfants Bleus. Tout cela est encore très vague. Mais les pièces du puzzle se mettent lentement en place, les unes après les autres. Il se souvient d'une sombre histoire liée au saint suaire, à un pigment organique délayé dans un excipient inorganique, à des meurtres d'enfants, à des enlèvements. Et si cette boutique avait un lien quelconque avec la secte, et si la Grassini avait un lien avec cette secte ? La boutique est fermée, visiblement depuis longtemps. Comptoirs vides. Etagères couvertes de poussière. Le plus étrange, c'est ce bleu délavé, déteint, du sol au plafond ; et ces pentacles en pile dans la vitrine. Les mêmes que ceux qu'il a vus chez Giobert, les mêmes que ceux qui semblent liés à toute cette série de meurtres…

De retour chez Baratti & Milano, il retrouve les mêmes mannequins aux mêmes places, comme une sorte de cabinet des figures de cire : les vieux messieurs et les jeunes filles, les dames et leurs éphèbes, les politiciens, les gazetiers ; et bien entendu le journaliste du *Langhe and Roero Weekly*, le grand homme roux devant son verre d'absinthe de Neuchâtel, et le vieux sénateur aux joues dévorées par d'énormes favoris.

— Alors, vous avez trouvé ce que vous cherchiez ? demande le journaliste, avec un petit air plein de sous-entendus.

— Davantage, même.

— Ça ne m'étonne pas, croit nécessaire d'ajouter le grand homme roux devant une « Glace Coupe Baratti & Milano », la maison est bonne, les plats succulents, les produits frais...

Au risque de briser une ambiance des plus conviviales et masculines, Chevalier Rouge, tout en commandant un *Cioccolata calda* avec double portion de *crema di latte*, fait part de son désir de compulser les archives de certains journaux turinois.

— Dans quel but ? demande le politicien soupçonneux, la Savoie est rattachée à la France, ça ne vous suffit pas...

— Ce n'est pas la question, cher monsieur...

— Alors quelle est la question ?

— La secte des « *Bambini Azzurri* », cela vous dit quelque chose ?

— Une histoire sans intérêt, tranche le politicien.

— Bien au contraire, mon cher sénateur... Je reconnais là votre goût pour le silence. On étouffe les affaires. *Zitto*, *zitto*, motus et bouches cousues... rétorque le journaliste.

— Un sujet très troublant, tout de même, avance Chevalier Rouge.

— On ne remue pas la boue, décrète l'homme roux.

Après un bon quart d'heure d'argumentations contradictoires et d'éclats de voix, le journaliste, un certain Pier

Massimo Prosio, et Chevalier Rouge se retrouvent seuls, leurs deux acolytes ayant fui le café comme si le bacille de Yersin venait d'élire domicile à leur table.

— C'est si grave que cela, cette histoire de « *Bambini Azzurri* » ?

— Beaucoup d'implications politiques, juridiques...

— Ce n'est tout de même pas la peste !

— Au moins le choléra...

— Vous pouvez m'aider ? demande Chevalier Rouge en posant la main sur l'avant-bras du journaliste.

— Voulez-vous que nous allions ensemble à *La Gazette officielle de Turin*, je connais l'archiviste ?

Chevalier Rouge fait un signe affirmatif de la tête, tout en ajoutant une cuillère de crème fraîche dans son verre.

Affublé de sa longue blouse grise, plume mouillée avec art le long de sa tempe droite, lunettes en chrysocale sur le front, l'archiviste de *La Gazette officielle de Turin* est là depuis presque trente ans, c'est dire s'il connaît tout de l'histoire de la capitale du Piémont. Beau parleur par habitude, actif par devoir, adroit quand son intérêt l'exige, voilà un homme important dont il est peu de dire qu'il est compétent.

— La secte des « *Bambini Azzurri* » ? dit-il, réfléchissant à haute voix. De novembre 1845 à mai, non mars 1850... La dizaine d'articles publiés de janvier à avril 1850, c'est-à-dire au moment du procès, vous donneront une idée exacte de toute cette affaire...

Lorsqu'il revient de sa plongée dans les couloirs et les labyrinthes des archives du journal, l'homme pose une pile de journaux soigneusement étiquetés, tout en demandant aux deux curieux la plus entière discrétion :

— Je sais bien que c'est mon métier, Pier Massimo, mais sois discret, je t'en prie, toute cette histoire sent la diablerie et je ne tiens pas à me retrouver au fond du Pô dévoré par les silures…

Les deux hommes passent ainsi toute l'après-midi jusqu'au soir et une partie de la matinée du lendemain à lire des articles qui conduisent à d'autres articles, des chroniques menant à des billets d'humeur, et finalement à compulser la totalité du dossier consacré au procès qui, il y a une dizaine d'années, avait conduit Cristina Grassini et les membres de la secte des « *Bambini Azzurri* », dont elle était une des dirigeantes, à passer en jugement. L'affaire, très complexe, très sombre, avait abouti à un non-lieu. La secte avait été dissoute et la maquerelle remise en liberté faute de preuves. Aucun des acteurs du drame n'avait véritablement reconnu les faits qui leur étaient reprochés. En résumé, la maquerelle et ses sbires prétendaient que la seule façon de sauver l'humanité du désastre imminent était d'offrir à une sorte d'Etre suprême qu'ils nommaient « Dieu De La Vie » le sang de jeunes enfants élus, reconnaissable au fait que celui-ci, mêlé à certains pigments et autres excipients organiques et inorganiques, prenait une magnifique couleur bleue, laquelle, toujours d'après les membres de la secte, était celle à partir de laquelle l'Univers s'était formé… Personne n'avait pu prouver que les corps des enfants et ceux des prostituées, retrouvés ici et là dans le royaume de Savoie, éviscérés pour la plupart, affreusement mutilés, l'avaient été par des membres de la secte. Les journalistes qui, à l'époque, avaient suivi de près le procès étaient morts les uns après les autres. Le dernier en date étant un certain Carlo Pezza qui avait soutenu que la secte était loin d'avoir disparu, qu'elle manipulait encore dans l'ombre les acteurs politiques et économiques, allant même jusqu'à affirmer que « des morts-vivants tiraient toujours les ficelles » !

Sans doute est-ce le mot de trop qui convainc Pier Massimo Prosio de laisser Chevalier Rouge poursuivre seul ses recherches. A trop vouloir comprendre une affaire qui n'a ni queue ni tête, cela finit par ne plus avoir aucun sens et ressemble davantage à une version macabre de la *commedia dell'arte* qu'à une véritable histoire susceptible d'atteindre la société dans ses fondements. C'est donc seul, assis derrière sa pile en croissance exponentielle, que Chevalier Rouge découvre avec stupeur un dernier article, non signé, laissant entendre que la solution à toutes ces questions se trouve sans doute dans une enquête à mener quant à l'utilisation systématique du pentacle comme élément fondamental de la secte. « L'homme courageux qui aura l'audace de se plonger dans cet univers de sang et de boue, pour tenter d'y circuler avec, pour toute boussole, un pentacle couvert du sang de jeunes enfants et de prostituées sacrifiés, trouvera sans aucune doute la réponse à cette énigme », concluait le numéro 1753 de *La Gazette officielle de Turin,* daté du 22 juillet 1850, quelques mois après la clôture du procès. Numéro dont l'impression, aux dires de l'archiviste, avait été stoppée par suite d'un incident mécanique, de telle sorte que cette livraison avait été la seule, de toute l'histoire du journal, à ne jamais avoir été distribuée... Tous les exemplaires avaient été mis au pilon, excepté celui-ci, miraculeusement conservé grâce au professionnalisme de l'archiviste.

Quand il quitte l'immeuble de *La Gazette officielle de Turin*, sous l'œil de l'archiviste qui l'observe derrière la vitre sale de son magasin, Chevalier Rouge n'a plus aucun doute : la réponse à toutes ces questions, il la trouvera dans ce petit village au pied de la Tournette. Il n'a qu'une certitude : le temps presse.

Autant le trajet effectué en Italie est rapide, autant celui qui traverse la Savoie, à partir du col du Petit-Saint-Bernard semble interminable. Quand Chevalier Rouge arrive au village de Giez, il est exténué mais ravi. Il sait qu'il touche au but. La montagne qui s'élève devant lui est un monstre de roches, une pieuvre puissante qui s'étale de Faverges à Thônes, projette un de ses tentacules du côté du lac, et les autres vers les côtes des Mortènes, le mont Charvin et la chaîne des Aravis. Quittant la route départementale, Chevalier Rouge avance au trot sur un chemin vicinal qui traverse les hameaux de Vezone et de Mont-Bogon. Puis il s'engage dans la combe du Felelaz et longe le petit nant. Au terme d'une grosse heure, il arrive au village de Montmin où les bouviers, les bûcherons, les charbonniers consultés ne lui sont d'aucun secours. Personne n'a jamais entendu parler d'une certaine Asmodée et encore moins d'une maison aux volets couleur de sang. Le maire, qui est aussi boulanger et cabaretier, comprenant immédiatement que cet étranger est un personnage important qui pourrait lui être utile dans l'avancement de sa carrière politique, puisque la Savoie nouvelle va avoir besoin d'hommes nouveaux, de politiciens avertis susceptibles de renseigner le pouvoir sur la manière de gérer ce nouveau territoire, l'invite à se reposer, à se laver, à partager avec lui son modeste déjeuner.

— Il faut excuser mes villageois, mes *concittadini*, vous savez. Ils ne connaissent rien du monde ni de tout ce qui peut se passer hors de la combe. Ils ne savent même pas ce que peut signifier l'Annexion.

— Ils ont l'air dignes, droits...

— C'est vrai. Leurs points cardinaux, c'est le curé qui baptise, marie et enterre ; le percepteur qui active la rentrée des impôts ; les commissionnaires en fromage ; et les rares touristes qui tentent l'ascension de la Tournette.

— Ce que je suis...

Le maire qui n'est pas homme à être facilement dupé rit dans sa barbe :

— Un drôle de touriste qui cherche une maison aux volets rouges...

— Je ne vous en ai pas encore parlé...

— A moi, non, mais à tous les villageois que vous avez croisés, oui, qui se sont empressés de venir me le raconter.

— Je n'ai obtenu aucune réponse de leur part. Sont-ils muets ?

— Point du tout. Prudents, monsieur l'officier de police, prudents... A leurs yeux, la femme qui vit dans cette maison est une sorte de sainte... Pour les hommes, j'entends.

— Que voulez-vous dire ?

— Au début de son installation, disons qu'elle vendait ses charmes aux bûcherons de toutes les montagnes alentour. C'est un rude métier, vous savez. Et c'est une rude bonne femme. Grâce à elle, beaucoup de mort, de détresse et de tristesse n'ont jamais vu le jour dans notre combe…

— Elle ne « pratique » plus ?

— Non, depuis que…

— Depuis que ?

— Rien, monsieur. Rien. Elle habite dans un cabanon au milieu des hêtres… Enfin, que lui voulez-vous ?

— Une histoire très compliquée, ancienne…

— Liée aux meurtres inexpliqués qui ensanglantent la Savoie depuis un an ?

— Ah ! vous êtes au courant ?

— Qui peut les ignorer ? Plus le village est perdu dans la montagne, isolé de tout, comme le nôtre, et plus la peur est palpable. Tout ce que je peux vous dire, sur mon honneur, c'est que cette femme, très étrange par ailleurs, je vous le concède, ne peut être liée en quoi que ce soit à cette histoire de meurtres.

— Elle vit seule ?

— Ecoutez, si vous avez des questions à lui poser, faites-le vous-même. Je vais vous dire comment la trouver mais ne vous en dirai pas plus. Si vous avez l'intention de me tirer les vers du nez, bernique !

— Où est-elle ?

L'homme sort de la pièce où il a mangé avec Chevalier Rouge d'un gros morceau de pain accompagné de fromage et d'une bouteille de vin blanc, et montre un chemin avec la pointe de son bâton :

— Vous laissez à gauche le sentier de Talloires, et juste en face le pas de Loe qui mène au col de Nantes. Vous me suivez ?

— Oui, oui.

— Vous allez vous engager tout droit dans un sentier difficile et pierreux. Et là, vous allez aborder les prés du Lars. Vous amorcez une sorte de descente très rapide, dangereuse même, vous allez encore apercevoir quelques chalets et des troupeaux. Le sentier prend les prairies de biais, c'est plus long mais plus facile. Juste à la limite de la Croix des Prés, au moment où l'herbe est remplacée par une zone de cailloux et de rochers, se trouve le cabanon de la femme que vous cherchez.

— On m'a parlé d'un champ de thym et de pervenches, d'un petit peuplier adossé à une étable, d'une colline, de vignes.

— Alors vous savez tout. Vous ne pouvez pas manquer les volets rouge sang ni cette étrange odeur de tonneau mouillé et de bois écrasé, de lie, de boue de cuve. Elle a quelques vignes qui donnent un vin couleur bleue, aussi bleu qu'est rouge l'écume rouge qui tombe en pluie dans la cuve quand elle écrase les grappes dans de gros corsets de planches.

— On ne m'avait pas parlé de cette odeur de vin.

— Parce que la personne qui vous a renseigné n'est jamais venue ici… Comme elle ne vous a pas non plus dit que notre femme porte parfois un grand chapeau d'osier tressé, et que lorsqu'elle presse son vin ses mains sont couvertes de mouches comme les mains des morts sur les champs de bataille…

— Non, en effet.

— Sans doute avez-vous beaucoup à apprendre, monsieur l'officier de police. Hâtez-vous, il vous faudra trois grosses heures pour atteindre la Croix des Prés. Emportez avec vous deux bonnes gourdes bien pleines…

34

Sans le bruit de son cheval qui mâchouille son mors, Chevalier Rouge peut presque croire que le monde de la Croix des Prés, car il s'agit bien d'un monde en soi, a sombré dans le silence. Au bout du chemin, rendu glissant et boueux par le passage d'une source qui laisse échapper un mince filet d'eau, il aperçoit une forêt de sapins au milieu de laquelle se glissent quelques mélèzes au feuillage plus léger et plus délicat. A sa droite, un pré où s'épanouissent des plantes vivaces : rhododendrons d'un rose vif, gentiane bleue, renoncules des glaces d'une belle couleur jaune. A sa gauche, au bout d'un champ de thym et de gentianes, le chalet, ou plus exactement une sorte de grande baraque de planches pourvue de volets rouge sang. La femme qui en sort est blanche, grasse. Une tête ronde, des cheveux noirs lissés d'huile, une poitrine généreuse. Alors qu'elle se rapproche de lui, Chevalier Rouge constate qu'elle ouvre de grands yeux comme des amandes et qu'ils sont couleur de gentiane.

— Que me voulez-vous ?

Chevalier Rouge ne répond pas immédiatement, tout à la fois fasciné par cette femme sensuelle et troublé parce qu'il a l'impression de la connaître, de l'avoir déjà rencontrée. La femme doit poser une nouvelle fois sa question :

— Mais enfin, monsieur, que me voulez-vous ?

— Je voudrais parler avec vous…

— Vous êtes monté jusqu'ici pour « parler avec moi » !

— Pourquoi pas ?

— Vous êtes de la police de Napoléon III, c'est ça ?

— De la police, répond Chevalier Rouge tout en regardant l'intérieur de la maison par les fenêtres entrouvertes, ajoutant : vous aimez le rouge…

— Pour oublier, laisse échapper la jeune femme.

— Pour oublier quoi ?

— Ce serait trop compliqué… Oubliez ce que je viens de dire.

— Il faudra cependant que vous parliez.

— Ah bon, et pourquoi ?

— C'est la Monticello qui m'a demandé de vous retrouver.

— Luisa ! dit-elle, accusant le coup. Comprenant qu'il est inutile de résister davantage au policier.

— Elle ne vous a pas trahie, madame. Au contraire, elle voulait visiblement vous protéger. Elle m'a parlé des « *Bambini Azzurri* », de Cristina Grassini, du *casino* Santa Margharita.

— Tout ça est bougrement compliqué, vous savez. Voulez-vous entrer que nous parlions…

— Je peux tout entendre. Je dois tout comprendre…

Plus cossu qu'il n'y paraît de l'extérieur, le chalet comprend plusieurs pièces, distribuées autour d'une grande salle dominée par une énorme cheminée et autour de laquelle sont rassemblés des fauteuils. Tout en buvant un grand bol de café, la jeune femme, qui confie à Chevalier Rouge s'appeler effectivement Asmodée, lui raconte son histoire. Travaillant dans une manufacture de textile ayant suspendu ses travaux, elle s'était retrouvée sans le sou et avait commis quelques petits larcins qui l'avaient conduite en prison. C'est là qu'entre un plat de légumes farineux et sa part hebdomadaire de viande cuite désossée elle avait croisé une bonnetière, petite compagne d'infortune, qui lui avait fait rencontrer la patronne du *casino* Santa Margharita. Après avoir connu quelques semaines de bonheur, l'enfer s'était vite installé. La Grassini était la chef de cette secte des « *Bambini Azzurri* » qui faisait des enfants les intermédiaires entre son dieu et les humains, et de leur sang le liquide primordial de la connaissance. Le rouge des volets, le rouge partout dans la maison, c'est pour oublier le bleu de la secte, pour recouvrir le bleu du malheur. Droguée, battue, elle serait aujourd'hui morte si un homme n'était venu la sortir des griffes du monstre.

— Luisa Monticello m'a confié que la Grassini vous avait jetée dehors.

— Luisa vous en a dit déjà beaucoup, et au risque de sa vie…

— La Grassini ne vous a pas jetée à la rue ?

— Pas du tout. Je me suis enfuie une première fois et n'ai été reprise qu'à Rumilly, puis une seconde, et suis retournée à Turin. Enfin, un homme est arrivé et m'a sauvée. Il venait souvent au *casino*, à sa manière il m'aimait. Aucune des filles ne voulait aller avec lui. Il leur faisait peur. Il m'a installée ici. Depuis, il vient me voir dès qu'il peut, passe des semaines, parfois des mois ici. Quand il va à Turin, à Flumet, à Faverges, pour ses affaires...

— Et cet homme, qui est-il ?

— Un homme étrange, au visage... bleu.

Chevalier Rouge n'en croit pas ses oreilles. Il est venu chercher une réponse à sa question. Il subodorait, à mesure que la conversation avançait, qu'elle pouvait être celle-là. Il l'espérait et la craignait tout à la fois. Et voilà qu'elle arrive soudain, et se pose devant lui – tel un oiseau de proie :

— Giovanni Antonio Di Gioberti !

— Vous le connaissez ?

— Oui.

— C'est lui que vous êtes venu chercher ?

— Oui.

Asmodée reprend le cours de son récit, reparle de toutes ces années passées dans l'étonnement et la stupeur, et comment Giobert l'en a sortie et lui a redonné le goût de vivre. Et à mesure qu'elle égrène ses souvenirs, le temps passe. Elle parle de leurs dîners dans les petits mastroquets de la région où pour trente sous une patronne accorte et légère offre un potage, trois plats au choix, un dessert et une demi-bouteille de vin ; et de toutes leurs matinées passées à regarder la montagne, à respirer l'odeur du fumier, à observer un cheval qui va boire seul à la fontaine ; et de toutes leurs promenades à travers bois ; et du jour où Giobert s'est attaqué à une souche de genévrier dans le jardin, « grosse comme ma cuisse ».

— Avec lui, je suis née une seconde fois. Sans lui, je n'aurais jamais supporté de vivre après la mort de mon premier fils, tué par la secte. Il y a si longtemps, maintenant. Longtemps après je voyais encore son petit corps, immobile, couché sous son drap. Tout droit, tout froid, dans ses habits du dimanche. Il est mort pendant que j'étais avec un client. Une seconde d'inattention, et la mort qui vient comme du vent qui pénètre dans la pièce – comme de l'eau, qui bouscule tout.

Pendant que la jeune femme, les mains accrochées à la table, les yeux baissés vers le sol, laisse le silence prendre la suite de ses paroles, Chevalier Rouge attend le moment où il va pouvoir poursuivre son interrogatoire...

— Vous avez dit « mon premier »...

— Fils.

— Vous...

— Oui, j'en ai un second.

— Il est indiscret de vous demander quel est le père ?

— Lui.

— Qui « lui » ?

— Giovanni Antonio.

— Giobert père de famille ! Nom de Dieu, il sera donc dit que je ne connais rien à la vie ! Giobert père de famille ! ne cesse de répéter Chevalier Rouge, tout en se grattant le menton, en hochant la tête, sa grosse tête comme un melon, se passant nerveusement les doigts dans les cheveux, méticuleusement, méthodiquement. Giobert père de famille, nom de Dieu !

— Cela faisait partie de notre « marché ». Il voulait que je lui fasse un enfant.

— Et qui a quel âge ? Fichtre Dieu, le manège doit durer depuis des années !

Comme si elle ne semblait prêter aucune attention particulière aux remarques du policier, la femme continue de dire ce qu'elle croit nécessaire de dire :

— Il voulait avoir un fils et qu'il s'appelle Isaac.

— Isaac ?

— Oui, Isaac. Et il voulait aussi se marier avec moi.

— Giobert, marié ?

— Oui, qu'y a-t-il là de si extraordinaire ?

Chevalier Rouge ne sait pas s'il assiste à une comédie ou à une tragédie. Toutes ces informations, ces révélations collent si mal avec l'image que l'indigotier renvoie au monde. N'est-il pas en train de rêver… Il pense : « On me roule dans la farine, nom de Dieu ! »

— C'est un bon père ?

— Sévère et tendre. Il aime lui lire la Bible.

— La Bible… Evidemment, la Bible…

— Il aime aussi lui apporter des jouets de ses voyages, des petits objets, des souvenirs de toutes sortes. L'enfant ne sait pas que Giovanni Antonio est en train de lui écrire un livre dans lequel il consigne les secrets de l'indigo, comme il ne sait pas non plus qu'il est son père.

— L'enfant ne sait pas que Giobert est son père !

— Non. Il m'a interdit de le lui dire, répond Asmodée.

— Je pourrais voir votre fils ?

— Comme vous pouvez le constater, il n'est pas là…

— Giobert non plus.

— Ils sont ensemble. Ils partent souvent dans la montagne.

— Quand comptent-ils rentrer ?

— Je ne sais pas. Giovanni Antonio voulait aller à Rumilly avec son fils, et lui montrer le Château, les champs d'indigo.

— A Rumilly ?

— Oui, dit Asmodée, ajoutant en regardant les montagnes par les fenêtres ouvertes : la nuit est tombée, permettez-moi de vous offrir l'hospitalité, vous ne pouvez plus galoper dans la montagne à cette heure...

Chevalier Rouge n'arrive pas à dormir. Tout ce qu'il a appris aujourd'hui tourne dans sa tête. Il envisage mille pistes, échafaude des dizaines de théories sans pouvoir fermer l'œil. Il revoit les pentacles dans la vitrine de L'Ouvroir bleu, repense à la secte. A la lumière de la bougie, il scrute la carte de la Savoie étalée sur la table. A aucun moment il n'a oublié la raison fondamentale pour laquelle il est ici : essayer de faire toute la clarté sur les meurtres qui ensanglantent la Savoie depuis deux ans. Lescheraines, Montmélian, Aiguebelle, Saint-Michel, Moûtiers, Lanslebourg... A mesure qu'il entoure au crayon ces villes sur la carte, il sent une étrange excitation monter en lui... Flumet, Faverges... Neuf villes, neuf meurtres. Tout à coup, un dessin apparaît qui lui saute au yeux, parce qu'il vient de voir sur l'une des étagères de la chambre un pentacle. Les neuf villes forment les neuf points d'une étoile à cinq branches, le dixième point étant Rumilly ! La Bible posée sur la tablette près du lit comporte un signet. Lorsqu'il l'ouvre à la page 17, il sent ses jambes agitées de multiples tremblements, comme s'il venait de mettre le doigt sur un événement crucial. Genèse, 22 : « Abraham mis à l'épreuve par l'Eternel, qui lui ordonne d'offrir en holocauste son fils Isaac. »

Faisant les cent pas dans la chambre, il repense à certaines paroles prononcées par Asmodée : « Il m'a fait venir les choses de très loin », ou encore « Nous pouvons être tellement habiles, nous arrivons à des résultats si extraordinaires quand nous prenons la peine d'être méchants ». Il doit partir sur-le-champ. Même s'il fait nuit. Même si l'orage presque silencieux qui, il y a une heure encore, enveloppait ce coin du monde totalement isolé fait maintenant un boucan d'enfer. Chevalier Rouge, qui ne s'était pas encore déshabillé, n'a plus qu'à remettre son manteau de cuir et à replacer la selle sur le dos de son cheval. Dans l'écroulement de la nuit, les nuages roulent à toute vitesse au ras des herbes. C'est un orage sec. Sans une goutte de pluie. Tout en étincellements froids, en blocs de granit cassés à la masse en morceaux. Par instants, un jour blanc éclaire toute la montagne, bondit de crête en crête comme une bête étrange, lumineuse. Une bête désespérée.

Tandis qu'il fixe les harnais sur le cheval qui piaffe, Chevalier Rouge comprend qu'il est tombé dans un piège. Cette femme s'est moquée de lui. Voici une plaisanterie morbide, pleine de sang, pleine de vengeance et qui risque de lui arracher un morceau de sa vie d'homme. Le voici maintenant en pleine montagne, cible pour l'orage, prêt à galoper dans la nuit vers la tache sombre que font plusieurs mélèzes au cœur de la forêt de sapins. Pourquoi Giobert aurait-il voulu se marier avec une prostituée ? Les hommes qui recherchent les prostituées en mariage sont généralement des saltimbanques, des garçons de cabaret, d'estaminet, de maison de tolérance, dont le but est que leur maîtresse devienne « dame de maison ». On trouve aussi parfois quelques ouvriers que la déception punit presque toujours de leur choix honteux, voire des esprits faibles que les représentations de leur famille, de leurs amis ne peuvent détourner de cette résolution pour l'accomplissement de laquelle ils n'ont pas honte de recourir aux sommations légales et de braver l'opinion publique. Mais Giobert, quel intérêt avait-il à ce mariage ?

Asmodée, la complice de Giobert, s'est moquée de lui. En l'envoyant ainsi en pleine nuit à Rumilly, elle l'a écarté du lieu où se trouvent précisément Giobert et son fils. Les dix points de l'étoile ne disent pas tout. Le dixième meurtre n'aura pas lieu à Rumilly mais à la Tournette. Il faut rebrousser chemin, longer les étroites corniches qui courent le long des précipices et rejoindre Montmin, à partir de quoi, après six heures de marche, arriver au pied de la Tournette. Quand il repasse devant le chalet, Chevalier Rouge, pour la première fois de sa vie peut-être, lui qui en a tant vu, lors de ses enquêtes ou sur les champs de bataille, est pris d'une frayeur soudaine. Asmodée fait toujours partie de la secte des « *Bambini Azzurri* », tout comme Giobert, nouvel Abraham allant sacrifier son fils Isaac au sommet de la montagne. C'est pour lui une certitude. Et la femme qu'il aperçoit derrière sa fenêtre, à peine éclairée par une bougie, est une morte. Chevalier Rouge n'a plus aucun doute : il a déjà croisé Asmodée. Sous la forme d'une gravure, accrochée dans le hall de réception de la mairie de Rumilly. C'est la jeune sorcière noyée il y a vingt ans dans les eaux du Chéran.

C'est à devenir fou.

35

Giobert, blotti dans une couverture, alimente un feu de camp afin qu'il ne meure pas. Il est au pied de la Tournette, ce gros rocher qu'il ne quitte pas des yeux et qui forme le point extrême de la montagne, cette grosse chose qui ressemble à une tour massive et qui paraît inaccessible. Il sait qu'une fissure étroite et perpendiculaire partage la cime en deux parties inégales et qu'elle permet aux plus hardis d'en risquer l'escalade. Pour gravir cette fissure, que tous appellent « la Cheminée », il faut se cramponner aux aspérités de la roche, s'aider de ses pieds et des mains, des épaules et des genoux, comme font les ramoneurs. C'est là qu'il veut emmener Isaac, qui dort près de lui, et plus haut encore, s'il en a la force et le désir : au sommet, au « Fauteuil » qui s'élève à 2 350 mètres au-dessus du niveau de la mer, et qui n'offre une superficie que d'une vingtaine de pieds.

Giobert ne sait pas ce qui est en train de se tramer dans les montagnes alentour. Il ignore tout de la course de Chevalier Rouge et de la meute partie à sa recherche. Hier, le père et le fils sont entrés peu à peu dans le sacro-saint de la montagne, là où la piste sablonneuse, dissimulée sous les chênes qui étouffaient leurs bruits, a été remplacée par de la caillasse. Quand les feuillages qui s'ouvraient sur leur passage s'écartaient pour ne plus les laisser qu'en pleine altitude. Là où il s'en est fallu de peu qu'ils ne rencontrent une pente couverte de neige et de glace.

Le ciel est d'un bleu intense. Des odeurs fines et piquantes font froid dans le nez. L'horizon, sous eux, danse. Quel matin ! pense Giobert tandis que l'enfant se réveille. C'est un beau garçon à tête d'ange, avec en lui sa part de mâle et sa part de femelle, le visage anguleux parsemé de minuscules grains de beauté. Un vrai cadeau du ciel, un prince, un *divino* que Giobert ne regarde jamais s'endormir sans que les larmes lui montent aux yeux, car ce fils qui est le sien, qu'il a si longtemps attendu, prolongera son être dans l'autre siècle, poursuivra la chaîne de la vie. L'enfant, heureux, se réveille, et Giobert le prend dans ses bras tendrement. Un thé chaud l'attend, avec un gros morceau de pain, une part de fromage savoyard et une épaisse tranche de jambon, victuailles que sa mère a glissées en abondance dans les musettes de peau. Tirant de la poche de son paletot un étui d'or rempli de demi-cigares, Giobert en allume un et, se retournant vers l'enfant, en faisant tourbillonner la fumée bleuâtre du tabac turc, lui annonce qu'il veut lui confier un secret.

— Moi aussi, dit le garçonnet.

— Tu commences, alors ?

— Non, toi.

Giobert prend un ton solennel. Il paraît très ému :

— Isaac, je suis ton père.

L'enfant sourit, boit une longue gorgée de thé, puis parle à son tour :

— Je le savais.

— Comment, tu le savais ? Ta mère te l'a dit ?

— Non. Maman sait garder les secrets. Surtout les tiens…

— Alors, comment le sais-tu ?

— Depuis que je suis bébé, je fais toujours le même rêve : des Touariks, dans leurs vêtements en coton bleu, teints à l'indigo, m'emmènent du Mali au Sahara en passant par le Niger. Je ne sais ce que sont ces hommes, ni ce que sont ces pays. Mais je sais seulement que leur peau est bleutée, comme celle de ton visage et comme celle de mon dos. Tu as le visage bleu. J'ai le dos bleu. Comme toi, je ne me contente pas de vivre mais j'ai une raison de vivre… une raison de vivre dans la grandeur.

Giobert, les larmes aux yeux, ne sait que dire. Il n'a jamais été aussi près d'une forme supérieure de la volupté. Il se sent bouleversé par cet enfant qui a en lui et autour de lui les éléments de la grandeur.

— Qu'allons-nous faire aujourd'hui ? demande Isaac.

— Monter tout en haut de ce rocher, répond Giobert en montrant la grande tache bleue de la Tournette, la Cheminée qui la prolonge, le passage par le pont naturel de la Pierre, et enfin le Fauteuil.

— On dit qu'on ne traverse la Pierre qu'en rampant sur le ventre…

— Ou en se mettant à califourchon sur sa surface, c'est vrai.

— Et qu'il faut être fou pour franchir cet obstacle debout.

— C'est exact. Dix pieds de long sur trois de large ! Le moindre faux pas et c'est la chute mortelle. L'œil, d'ici, ne peut sonder la profondeur sans être pris de vertige.

Giobert prend l'enfant par les épaules, en un geste des plus virils :

— Tu es prêt, mon fils ?

— Oui, père.

— Alors, allons-y, tous les deux...

En bas, dans la vallée, la meute, qui n'est pas constituée de montagnards chevronnés, commence à trouver la plaisanterie un peu longue. On dirait une sorte d'armée en déroute, sans chef, une bande de gueux prêts aux pillages et aux exactions. Chacun donne son avis, indique la direction à prendre. Cela fait maintenant plusieurs jours qu'ils sont là à battre la campagne, sans résultat. Les soldats ne s'entendent pas avec les gendarmes, qui méprisent les représentants des autorités locales, qui trouvent tous ces citoyens assoiffés de vengeance et armés jusqu'aux dents plus dangereux qu'efficaces, et bien encombrants. Cela d'autant plus que cette chasse au loup a lieu en même temps que le voyage de Napoléon III, et l'on pourrait presque penser que les deux cents personnes et les mille huit cents chevaux du cortège impérial traversant la Savoie dans la chaleur et la poussière, comme dans la boue et sous les cataractes du ciel, font partie du groupe de chasseurs. Quant aux poursuivants mêmes, ils traversent des villes pavoisées où chaque rue a son arc de triomphe, où les arbres sont reliés entre eux par des guirlandes de buis et de feuilles de chêne, tandis que des couronnes de mousse et de roses se balancent un peu partout avec des boules dorées et des oriflammes accrochées aux mâts. Voilà une fête commune bien étrange.

A mesure que la vague bruyante se rapproche de la Tournette, des clans se forment, des factions apparaissent, des dissidents, et avec eux la discorde. Les uns voudraient participer à ce jour historique jalonné d'arcs de triomphe, d'écharpes tricolores, de curés et de discours, tandis que d'autres préféreraient avancer et en terminer au plus vite avec la bête sanguinaire : « Qu'on en finisse avec Giobert ! Qu'on lui file douze balles dans la peau ! Qu'on le pende ! Qu'on le guillotine ! Qu'on lui arrache le cœur ! Qu'on lui suce le sang ! Qu'on lui coupe les couilles et qu'on les lui enfonce dans la bouche, comme en 94 ! » A Faverges, la troupe est arrêtée par des chars allégoriques qui bloquent la route, et tente en vain de se frayer un chemin au milieu des vendangeurs couverts de pampres, des bûcherons en costume national, des mineurs portant leurs outils, des carriers s'affairant autour d'un faux bloc de marbre en papier mâché. Un char portant une pyramide de fromages entourée de fermiers et de fermières en costume régional est dévalisé par la horde, et certains chasseurs de chamois avec gourdes et carabines censés figurer l'agriculture descendent de leur charrette pour rejoindre le cortège lâché à la poursuite de Giobert.

Pendant ce temps, Giobert et son fils ont commencé leur ascension, s'arrêtant pour se reposer, se restaurer, boire. Pour parler aussi, comme jamais ils ne l'ont fait jusqu'à aujourd'hui. Comme si ce jour était un jour particulier. « Un jour à marquer d'une étoile. Pour la première fois, je ne me sens plus seul », dit Isaac, songeur.

— Ce n'est pas difficile de vivre seul, dit Giobert. Ce qui est difficile c'est de souffrir seul. Voilà pourquoi tant de gens recherchent Dieu.

— Et toi, tu l'as trouvé ?

— Je ne l'ai pas trouvé, je l'ai inventé. Pour pouvoir vivre au-delà de la vie.

— Tu veux dire après la mort, la vie au-delà, le paradis, quoi ?

— Oui, en quelque sorte.

— Tu sais, fait alors remarquer Isaac, le front plissé, l'air soucieux. J'ai l'impression de n'avoir jamais vu le monde réel, de devoir créer tout ce dont j'ai besoin.

Et la conversation se poursuit ainsi toute la journée, au fil des haltes, jusqu'à cette dernière où l'homme et l'enfant, sur le point de se coucher, jouissent d'une vue imprenable sur la région bientôt recouverte par la nuit. Dans le lointain, un feu d'artifice est noyé par la pluie qui commence à tomber, tandis que des centaines de torches tremblent comme des lucioles le long des sentiers et des chemins. Sous ces lumières voletantes, les vallées et les flancs des montagnes perdent leurs frontières et semblent occuper tout l'espace de la nuit noire. Non loin de là, un torrent fait un bruit épouvantable, et la fraîcheur du soir exhale un parfum de rosier blanc :

— La Savoie fête Napoléon III et Eugénie sous la pluie, dit Giobert.

— On dirait plutôt une chasse au loup, réplique l'enfant. Une chasse à l'homme. Papa, j'ai peur.

C'est la première fois que le petit Isaac appelle Giobert « papa ».

— N'aie aucune crainte. Je suis avec toi. Armé, ajoute-t-il en montrant ses pistolets et un grand poignard qui brille comme un couteau de sacrifice. Et puis, la pluie entame toutes les ardeurs.

— Je veux être indigotier, comme toi, dit Issac.

— Oui, tu le seras. Endors-toi tranquillement contre moi, mon fils.

— Je veux trouver des nuances de bleu inconnues.

— Tu les trouveras. Nous les chercherons ensemble. C'est pour ça que nous sommes ici. Allez, dors maintenant.

— Un bleu qui n'existe pas encore.

— Regarde, dit Giobert en montrant une grosse masse rocheuse, aux bords rendus flous par la nuit, de la pointe de son poignard qui étincelle comme un miroir. C'est là que nous allons demain. Il faut que tu prennes des forces.

Tandis que l'enfant s'endort, paisiblement, la pluie redouble. Dans la vallée, en bas, du côté des humains, quelques lueurs vacillent encore. Giobert enfile la lame du poignard dans son fourreau de cuir, délicatement, et pense : « Vivre n'est qu'un fragment… de quoi ? Vivre n'est qu'un écho… de quoi ? »

Demain, ils toucheront au but.

Ils ont dépassé le rocher de la Tournette. Ils ont franchi le haut de la Cheminée. Ils ont traversé la Pierre. Ils ont atteint le Fauteuil. La roche est effritée par l'action simultanée de la pluie, du soleil et des gelées. On peut y voir aussi de gros blocs amoncelés, et sur l'un d'eux, c'est Isaac qui le fait remarquer à son père, gravés à la pointe du couteau, les noms des ascensionnistes parvenus jusque-là avant eux. De l'étroit espace de la plate-forme, le panorama de trente ou quarante lieues de circonférence qui se déroule sous leurs yeux est impressionnant. L'homme et l'enfant touchent au bonheur. Désormais, ils ne se quitteront plus. La main sur le manche de son poignard, Giobert exulte. Il repense au texte de la Genèse, à Abraham qui étend sa main et qui prend son couteau pour égorger son fils, et à l'Ange de l'Eternel qui l'appelle alors des cieux et qui retient son bras. Isaac, l'ange aux cheveux bruns, sourit à son père. Il lui redit qu'il prendra sa succession. Le père, alors, plonge la main dans le sac de cuir qu'il tient lacé à sa ceinture, l'ouvre et donne à son fils le livre qu'il écrit pour lui depuis des jours et des nuits, et qui contient toute sa science, son industrie, ses formules les plus secrètes : son *Traité de l'indigo*. Singeant ses parents, Isaac, qui joue à l'homme, remercie son père et dit qu'une vie heureuse les attend désormais, durant laquelle ils iront manger « des truites du Giffre marinées, et boire une picholette de cidre ou de vin blanc ou un verre de ce houblon sauvage si léger ». Puis il redevient sérieux quand son père lui annonce avec une certaine émotion que tout ce qu'il a construit, découvert, rassemblé est à lui, à lui et à sa mère, à tous les deux, et que cela va tous les rendre verts, tous ces envieux, tous ces pisse-froid qui l'ont empêché de respirer, qui ont entravé son essor :

— Tout est déjà à vous, mais lorsque je partirai, tu deviendras, toi seul, le maître du bleu.

— Regarde, dit l'enfant, montrant les vallées et les montagnes qui s'étalent sous leurs yeux : ça semble mort sous nous.

Ce fils au dos bleu profère des paroles bien étranges, pense Giobert en lui caressant la tête. Mais l'enfant poursuit :

— Père, je bois du ciel, à longues goulées. Père, la vie sur terre, ça n'est pas le grand large : c'est un petit bout de nuit dans laquelle ne brille qu'une seule étoile...

Et le père et le fils restent ainsi, une journée entière, avant de décider de redescendre sur la terre, là où vivent des hommes perdus sur des radeaux, en pleine terre, dans les hautes vagues de la montagne qui sont comme celles de la mer. Ils refont le chemin en arrière, lentement : Fauteuil, Pierre, Cheminée, Tournette. Marches le long des corniches. Marches le long des précipices. C'est juste avant le chemin qui mène à la Croix des Prés, alors qu'ils escaladent un éboulis de rochers fleuris de rhododendrons, que leur vie bascule, prend une autre direction, s'arrête tout net. Ni l'un ni l'autre n'ont vu l'homme sur son cheval, qui monte comme un Autrichien, très droit, les jambes en arrière et serrant la bête avec ses jarrets, qui leur barre le chemin ; ni la foule derrière lui, soldats dépenaillés suivant un général habillé comme un mendiant, tous sales, tous fatigués, armés de pics, de pioches, de fourches, de fusils, de pistolets. Giobert les reconnaît tous, les uns après les autres, les lieutenants du général Chevalier Rouge, lesquels, il y a bien longtemps, avaient été ses amis – Chevalier Vert, Chevalier Noir, Chevalier Blanc, Blausein –, et Sang-Dragon, tenant ses molosses au bout de chaînes terribles, et Galeani Napione, ancien du régiment de Savoie. Giobert n'a qu'un regret, alors qu'il était là-haut, en pleine lumière, en plein bleu, il aurait dû prendre son envol, comme un marin qui se tient au bord de la falaise et qui transperce l'horizon avec son regard avant de pousser la pirogue vers la haute mer.

Mais maintenant, il est trop tard. Et tout va très vite. La dernière image que Giobert conserve de son fils, c'est celle d'un enfant qui se sauve à travers la prairie et qui pénètre dans un fouillis d'épilobes, un oiseau à la pointe de chaque doigt. L'ultime vision qu'Isaac a de son père, à travers le rideau d'épilobes, c'est celui d'un homme, les bras levés, qui ne lutte plus et dont le monde éclate comme un soleil quand la balle tirée par le cavalier lui traverse l'épaule.

En cette journée de septembre 1860, les esprits superficiels soutiennent que tout est rentré dans l'ordre. A moins que ne survienne une nuit de scandale. Ce à quoi ils ne croient guère. Le meurtrier est enfin arrêté. Les neuf assassinats bientôt seront élucidés, neuf et non dix, comme le pensait Chevalier Rouge.

36

Dans sa prison, à l'extrémité sud de Rumilly, Giobert attend son procès puis la mort. On ne l'a pas autorisé à voir sa femme, et encore moins son fils. Nuit et jour, des groupes d'hommes et de femmes viennent dans l'avenue qui longe la prison hurler sous ses fenêtres, l'injurier, exiger sa tête, exiger des aveux. Giobert ne comprend pas ou semble ne pas vouloir comprendre. Il a beau retourner toute cette boue, s'y enfoncer jusqu'à en crever étouffé, il ne trouve aucune réponse à ses questions. Chevalier Rouge est venu à plusieurs reprises tenter de lui extorquer des aveux : en vain. La secte des *« Bambini Azzurri »*, les pentacles, la Grassini, le trafic d'armes : tout cela n'a aucun sens. Giobert nie tout en bloc. Sans haine, sans colère, si ce n'est que son visage semble encore plus bleu que jamais, presque bleu-noir, bleu sombre. Après lui avoir exposé sa théorie sur les dix meurtres et les dix emplacements, Chevalier Rouge se fait plus virulent :

— Tu n'as aucune chance. Les nouvelles autorités judiciaires françaises voudront faire un exemple.

— Je ne suis pas le coupable que tu cherches.

— Les preuves son accablantes.

— Et ton dixième meurtre qui devait avoir lieu à Rumilly ? Nous n'en sommes qu'à neuf !

— Il a été évité de justesse...

— Je n'étais pas à Rumilly, mais à la Tournette.

— Tu devais tuer Isaac...

— Je ne suis pas Abraham ! Ecoute, Sue, si tu prononces encore une seule fois le nom de mon fils, je t'étrangle pour de bon !

— Et tu auras accompli le rite : dix meurtres en forme d'étoile et le dernier à Rumilly...

— Mon pauvre ami, je te plains.

— Et ça, c'est quoi ? demande Chevalier Rouge à Giobert en sortant un pentacle de sa poche.

— Où l'as-tu trouvé ?

— Ça ne te regarde pas... C'est le dixième pentacle, ajoute-t-il, triomphal.

Et pendant que Chevalier Rouge repart pour une nouvelle fois dans sa démonstration tendant à démonter les mécanismes de ses crimes successifs, Giobert le regarde fixement dans les yeux en ayant l'air de s'amuser beaucoup. L'image de Lovati lui traverse l'esprit, il repense à toutes ses expériences autour de l'hypnose et du somnambulisme. Il regarde une bougie dans laquelle il se perd et pousse sans qu'il s'en rende compte Chevalier Rouge à se perdre à sa suite. C'est une sorte de défi dans lequel se trouvent embarqués les deux hommes. Celui qui tiendra le plus longtemps possible dans l'être de la bougie – qui saura s'abstraire du monde. Giobert est vainqueur, évidemment, et c'est lui qui sort Chevalier Rouge de la torpeur dans laquelle il est tombé. Les deux hommes ne se souviennent de rien. C'est ce qu'ils prétendent, à commencer par Giobert, qui sait très bien, lui, qu'il a eu un dialogue avec Chevalier Rouge, qu'il lui a parlé de choses profondes, terribles, qui ne lui dit rien de tout ce qu'ils se sont dit, mais il n'en pense pas moins.

— Nous nous reverrons, Giobert, nous nous reverrons, je ne lâcherai pas le morceau. Je ne te lâcherai pas, dit Chevalier Rouge, menaçant, presque pathétique.

— Laissons faire le temps, veux-tu.

— C'est tout vu, monsieur Giovanni Antonio Di Gioberti. Tu seras reconnu coupable et pendu, comme un voleur de vies. En attendant, je vais chercher des tonneaux de vin pour fêter la Savoie et la paix retrouvée !

— A Mieudry ?

— Comment le sais-tu ? Comment le sais-tu, sorcier ? hurle Chevalier Rouge qui ne se maîtrise plus, se jette sur Giobert, sauvé de justesse par l'arrivée des gardes qui, pensant qu'il venait d'agresser le policier, l'assomment d'un violent coup de crosse.

Sang-Dragon n'en croit pas ses yeux. Lui, l'homme du sang et des molosses, est au bord de la syncope. Il était venu à Mieudry, comme chaque mardi après-midi, pour manger une fricassée de fressure de porc, parce que la grosse Mina qui tient l'auberge, au croisement avec la route de Boussy, est une des rares à faire encore un plat que beaucoup de gens ne réservent plus qu'à leur chat sous prétexte qu'il s'agit de gros viscères peu ragoûtants. Mais ce qu'il voit devant lui dépasse l'entendement. Déjà, il se doutait, au silence étrange qui régnait dans l'auberge, que quelque chose de pas très catholique avait dû se passer. D'ordinaire, la grosse Mina, poitrine à l'air couverte de graillons, beugle plus qu'elle ne chante et accueille Sang-Dragon, qu'elle voit venir de loin depuis la fenêtre ouverte de sa cuisine, par de grands gestes démonstratifs. Mais là, rien. Pas un signe. Pas un éclat de voix. C'est lorsqu'il pénètre, par-derrière, dans le hangar à foin que Sang-Dragon comprend en titubant ce qui est en train de se passer. La grosse Mina est couchée sur le flanc, dans sa robe blanche à dentelles, comme un cochon, les jambes et les bras attachés, essayant de respirer, battant de la bouche dans l'herbe, son intimité toute rose largement ouverte. Un homme à califourchon sur sa tête la tient par les cheveux, ayant au préalable posé au sol une cuvette dans laquelle commence de couler un sang épais qui jaillit à gros bouillons, en faisant un bruit épouvantable. Puis soudain, tout s'accélère. L'homme en train de saigner Mina aperçoit Sang-Dragon, laisse tout en plan et court en direction du nant de la Nanche. Si seulement Sang-Dragon était venu avec ses chiens, mais ceux-ci sont au chenil en train de déchirer des quartiers de mou de bœuf rose tendre... La poursuite qui s'engage est longue, pénible. Après s'être dirigé vers Marlioz, l'homme a coupé par la forêt, puis a pris à travers champs vers le Crûet, et, plutôt que de se retrouver de l'autre côté du Chéran, a longé le torrent jusqu'aux Balmes. De temps en temps, il se retourne pour voir si on le suit. Et puis, sans trop savoir pourquoi, il ralentit son allure, longe le mur de la tannerie, entre dans Rumilly, laisse son poursuivant le rejoindre, et alors qu'il le sent sur ses talons se retourne et fait mine de tirer, obligeant ce dernier à sortir lui aussi son arme et à l'abattre de deux balles en plein visage.

Voilà comment Sang-Dragon raconte du mieux qu'il peut à la police savoyarde ce qu'il a vu, ce qu'il a vécu et comment ça s'est passé. Ce n'est pas si facile, en réalité, de raconter toute cette bouillie de sentiments et de sang. Les policiers qui l'écoutent doivent bien se rendre à l'évidence, même s'ils ont tendance, dans un premier temps, à croire à une sorte de règlement de comptes, à une vengeance. Et puis le témoignage de Mina est là, lui aussi, pour corroborer celui de ce témoin que tout le monde ici considère comme un dément qui devrait depuis longtemps être interné à l'asile départemental. L'homme au visage en bouillie, abattu par Sang-Dragon, est bien celui du monstre qui voulait la saigner comme un cochon, « avec son regard fixe, de fou furieux, comme si une voix intérieure guidait sa main ».

— Et cet homme, monsieur le policier, je n'arrive pas à y croire, c'est monsieur Sue, celui qui a poursuivi et arrêté monsieur Giobert, répète Sang-Dragon.

— Oui, c'est bien lui, ajoute la grosse Mina, en tremblant, la voix nouée par l'émotion. A m'enfoncer ses gros doigts là où vous savez, monsieur le juge, avec sa chose toute gonflée entre les jambes ! Il voulait me saigner, monsieur le juge !

37

Voilà, tout est fini. Giobert est revenu chez lui, avec sa femme et son fils. C'est à n'y rien comprendre. Tout est calme. Tout est dans la paix revenue. Bientôt, pour les gens du village, une fois la surprise passée – le meurtrier, c'était donc le policier chargé d'arrêter le monstre... –, tout sera oublié et tout rentrera dans l'ordre. Qu'en est-il pour Giobert ? Le rêve qui l'a poursuivi toute sa vie aurait-il pris fin ? Et ce bleu, derrière lequel il a couru tant d'années, ne serait-il plus qu'un vieux souvenir oublié, une chimère ? Alors que tout le monde dort et que le feu craque dans la cheminée de la bibliothèque du Château, Giobert refait une nouvelle fois le rêve éveillé qui le poursuit depuis sa plus petite enfance. Mais ce soir, ce même rêve va au-delà du rêve habituel. C'est comme si toute l'histoire lui apparaissait enfin dégagée des scories du temps et de la mémoire. Ce soir, enfin, il revoit la scène du meurtre de ses parents auquel il a assisté alors qu'il n'était âgé que de quelques mois, et dont il a réchappé par on ne sait quel miracle, quelle volonté divine. Il revoit tout, il ressent tout de cette journée du 15 ventôse an II.

Le carrosse traverse à vive allure le plateau de la Semine. Les sabots des chevaux sont ralentis par les épais bois-taillis, les roues de la voiture par la boue épaisse des chemins. Quand les soldats de Dumas et les sbires du commissaire Carelli de Bassy stoppent le convoi, l'enfant de quelques mois, curieux enfant doué d'une future mémoire infernale qui lui permettra soixante-cinq ans plus tard de tout revivre, observe et voit tous les visages de ceux qui vont mettre le feu au carrosse, égorger ses parents et les dépecer vivants. Et ce soir, les voilà tous, à présent, entrant en scène, les uns après les autres, dans la bibliothèque, comme sur une scène de théâtre. Etres vivants venant s'asseoir autour du feu, pour une dernière représentation.

Il y a François Vibert, propriétaire d'un relais de poste sur la route d'Italie, héros de Valmy : c'est lui qui sort la jeune marquise de la voiture et la jette au sol. François Vibert aura un fils, Joseph Vibert, betteravier de son état, qui aura deux fils, Grand-Cœur et Petit-Cœur – on retrouvera ce dernier le crâne défoncé à coups de massue, le long du mur qui longe la tannerie de Lescheraines.

Il y a là François Bocquet, cabaretier rougeaud, avec ses gros yeux bleus : c'est lui qui donne des coups de galoche dans le ventre et les reins de la jeune marquise – on retrouvera sa fille Joséphine, dans sa belle robe de mariée, éventrée, baignant dans son sang, éviscérée, au fond d'une des cuves de l'indigoterie de Montmélian.

Il y a là Luigi Cherasca, un drôle de Turinois au visage poupin, qui fait partie de ces Italiens rapportés par Buonaparte dans ses sacoches après la première campagne d'Italie, et qui pensent que le futur du monde sera jacobin. La baïonnette qui pénètre profondément, et à plusieurs reprises, dans le corps du jeune marquis alors qu'il tente de protéger sa femme, c'est la sienne. Dégoûté de l'Empire, Luigi Cherasca retournera vivre à Turin, et aura une fille, Clara, qui exercera le métier de prostituée – c'est elle que Giobert a vue pendue à la branche d'un arbre avec sa ceinture, jupon relevé, corsage déchiré, chemise claquant au vent comme un drapeau, dans la campagne à Aiguebelle.

Il y a là Jean Argan, jeune soldat de vingt ans qui a suivi Dumas dans toute sa campagne savoisienne, révolutionnaire convaincu, et qui porte de drôles de souliers à bouts carrés, des bottes à trompette pour être précis – c'est lui qui tranche la gorge des deux aristocrates pendant que d'autres mettent le feu aux malles pleines d'effets contenues dans la deuxième voiture. C'est le corps de cet homme, vieillard âgé de quatre-vingt-six ans, qu'on a retrouvé noyé dans un étang, près de l'ancien couvent qui jouxte l'hôpital de Saint-Michel, le visage broyé par la chevrotine.

Il y a là un certain Riécar, ascensionniste réputé et commissaire politique. Les gens qui accompagnaient le jeune couple de fuyards ont tous été assassinés, leurs corps mis en tas près d'une voiture, c'est Riécar qui prend la jeune marquise et le jeune marquis et les jette sur le monticule de cadavres. Au moment des faits, Riécar a quinze ans, c'est un jeune garçon fanatique. Quand on retrouve sa tête, détachée de son corps, en compagnie de certains de ses os soigneusement équarris, à Moûtiers, il vient de fêter ses quatre-vingts ans.

Il y a là François-Melchior Frêterol, qui a élevé le pillage révolutionnaire au rang de vertu. C'est lui qui achève à coups de pique les jeunes aristocrates jetés sur le tas de cadavres. Une trentaine d'années après les faits, il se marie avec une bimbelotière d'Allevard qui lui donne une fille, Pauline Frêterol – qu'on retrouve en carmagnole, bonnet rouge sur la tête, cocarde sur le sein, sabots de bois aux pieds, sauvagement violée et assassinée dans une église près de Lanslebourg.

Il y a là Jean-Baptiste Bouffay. Ce n'est pas le vieil homme de soixante-dix-huit ans, retrouvé dans sa chambre d'hôtel à Albertville, le corps en partie brûlé comme un cep touché par la foudre et habillé en femme, mais le jeune conventionnel et administrateur jacobin qui se vante de faire danser rondement la carmagnole partout où il est. C'est lui qui a l'idée de dépouiller de leurs vêtements les jeunes aristocrates assassinés et de les exposer, nus, aux insultes de la populace.

Il y a là celle qu'on appelle la Sorcière parce qu'elle a des yeux de gentiane et qu'elle n'a qu'une main, et qu'on laisse entendre qu'elle a donné l'autre au diable. Elle a quinze ans, à peine. C'est elle qui prend l'initiative de mutiler les deux corps et de charger un canon avec leurs jambes. Bien des années plus tard, on retrouve sa carcasse broyée au fond du val d'Arly à hauteur de Flumet. Ce n'est pas la vieille femme, ridée, déchiquetée qui est assise devant Giobert, dans sa bibliothèque, mais la jeune fille arrogante, machette en main, qui faisait en 1794 office de chirurgienne.

Il y a là maître Lucas, grand, blond, un œil vert, l'autre bleu, avec ses bottes à la navarraise, sa veste de chasse fourrée, et son revolver anglais pourvu d'une baïonnette repliable. Il fait partie de ces Savoyards qui ont joué auprès des soldats de Dumas le rôle d'éclaireurs et de guides. C'est lui qui avait indiqué comment retrouver le convoi qui fuyait en direction de l'Italie par le plateau de la Semine. C'est lui aussi qui promène au bout d'une pique la tête arrachée des deux aristocrates. C'est lui qu'on a découvert, à Faverges, dans une prairie près d'une église désaffectée utilisée comme sécherie, le corps vidé de tout son sang, et le sexe tranché.

Il y a là, aussi, un homme de dos que Giobert connaît bien, qui avait cinq ans en mars 1794. Et qui accompagnait ses parents, par hasard sans doute. Et qui observait cette scène étrange, de meurtres et de sang, sans trop savoir ce qui était en train de se tramer. Et ce dont se souvient alors Giobert, c'est un fait secondaire comparé aux autres. L'enfant pisse sur les moignons sanguinolents, le tas de viande, les os, ce qui reste de la vie des deux jeunes aristocrates tués sous ses yeux. L'enfant tient sa petite quéquette dans ses doigts et pisse tout son soûl, jouant à l'arrosoir. Cette image n'a cessé de poursuivre Giobert, sa vie entière – comme elle a dû poursuivre l'enfant, mais ça, c'est une autre histoire. Cet enfant, devenu adulte, donc, c'est l'homme de dos, appuyé contre le tablier de la cheminée dans la bibliothèque de Giobert et qui se retourne enfin : c'est monsieur Sue, auteur d'un livre « touristique » inachevé sur l'indigo, policier de son état, limier redoutable, plus connu sous le nom de Chevalier Rouge et qui vient de mourir, à Rumilly.

Giobert a sous les yeux la carte de la Savoie. Les villes, aux dix meurtres, forment, lorsqu'on les relie entre elles avec un trait de carbone, une étoile : Lescheraines, Montmélian, Aiguebelle, Saint-Michel, Moûtiers, Lanslebourg, Albertville, Flumet, Faverges, Rumilly. Et lorsque Giobert range la carte dans le secrétaire, il en profite pour regarder si les pentacles sont toujours à leur place. Le mouchoir qui les protège de la poussière en contient désormais dix : dix pentacles. Qu'il observe, comme aimanté par eux.

Le lendemain de cette nuit des rencontres, Giobert se sent comme délivré d'un fardeau, et quand son fils vient le rejoindre, il retrouve son père perdu dans la contemplation de cet étrange jeu de dames constitué d'étoiles de bronze à cinq branches. L'adulte et l'enfant se sourient. L'un par expérience, l'autre par intuition savent que les canons ont beau gronder et les révolutions bouleverser le monde, les moissons toujours mûrissent, les forêts se couvrent de verdure et les lacs continuent à refléter l'azur du ciel. En mars 1794, en pleine tourmente, la nature fleurissait et embaumait, comme elle avait coutume de fleurir et d'embaumer depuis le commencement du monde. Et ce matin de fin d'été 1860, le père et le fils parlent immédiatement de ce qui les réunit, de ce pourquoi ils sont sur terre : l'indigo. L'isatis peut être semé en juillet sur chaume, et fournir alors une première récolte à la mi-septembre, une deuxième à la mi-octobre, enfin une troisième en novembre, si la saison est favorable.

— Avec tous ces événements, on n'a rien semé, dit Giobert.

— Il va falloir se rattraper. On est deux, maintenant, je vais t'aider, père.

— On peut semer entre le 15 août et le 15 septembre…

— Pour avoir de la graine au printemps.

— Je vois que tu as retenu la leçon.

— J'ai lu ton livre…

Giobert est heureux. Au-dessus de sa tête, il entend Asmodée qui se lève et fait craquer les lattes du parquet. Dans quelques instants, elle viendra rejoindre son fils et son mari. L'indigotier a de nouveau envie d'investir. Une nouvelle vie commence pour lui. Il a lu dans un journal professionnel qu'un petit Juif bavarois installé à San Francisco pour y vendre de la toile de tente et des bâches pour chariot, comprenant que dans cette Californie en proie à la fièvre de l'or on avait besoin de pantalons solides et fonctionnels, a décidé de tailler des pantalons dans ses stocks de toile. Il cherche des associés. En Europe notamment. Sa toile, de couleur blanc cassé ou brun foncé, est solide mais trop lourde. Ce monsieur Levi Strauss envisage de nouveaux matériaux, de nouveaux coloris. Giobert pense au *denim*, cette étoffe faite de laine et de déchets de soie fabriquée dans la région de Nîmes qui, teinte à l'indigo, donne une toile d'une belle couleur bleue. Après tout, pourquoi ne pas entrer en contact avec cet homme entreprenant qui, assure l'article, fabrique des vêtements pour les mineurs, les ouvriers et les esclaves noirs des Etats-Unis ? Ce *denim* bleu pourrait avantageusement remplacer la grossière étoffe que monsieur Levi Strauss appelle *jean*.

Tandis qu'il laisse son esprit vagabonder par-delà l'océan Atlantique, Giobert sent son fils venir se blottir contre lui tel un chat, les paumes de ses petites mains sont d'un bleu extraordinaire, d'un bleu auquel il est difficile de donner un nom, à moins qu'on ne décide de l'appeler « Bleu d'Infini ». Voilà, la boucle est bouclée. Le fils a pris la suite du père. Le Cavalier Bleu, absent depuis longtemps, va sans doute faire une réapparition. Ce que n'a pu lui donner l'un, il va le prendre chez l'autre. Le même sang coule dans les veines du père et dans celles du fils.

Le jour est maintenant totalement levé. Le ciel est paisible comme un pré. Les cheminées fument bleu. Les daims ont réintégré leur forêt. Tandis que Giobert range les pentacles dans la commode, il retrouve au fond du tiroir sa seringue à morphine qu'il observe en souriant et le livre de Théodore Lovati qu'il avait oublié et dans lequel celui-ci explique comment faire naître, chez certains sujets, les rêves et les diriger, ou comment provoquer, par suggestion, des actions que tel ou tel effectuera « en état de somnambulisme hypnotique ». Bientôt, le vent qui agite et fait ployer les branches des arbres soulèvera des farandoles de feuilles mortes dans les allées de gravier, les raisins mûrs seront vendus au coin des rues, et les premières gelées de l'automne installeront des matins froids. Bientôt, Giobert s'appuiera contre le chêne de la cour du Château, un grand chêne glacial craquant de neige, et regardera dans la bibliothèque passer et repasser la silhouette de son fils.

Quand Asmodée arrive dans la pièce, elle entend Isaac répondre à une question que lui a posée son père, et dont elle ignore la teneur. La voix de l'enfant ne semble manifester aucun regret – bien au contraire :

— Dans cent ans, c'est sûr, il n'y aura plus de héros.

DU MEME AUTEUR

ROMANS, RECITS

Le Livre de la morte, Aubier-Montaigne, 1980.
Giuliana, Belfond, 1986 ; Le Livre de poche, 1987 ; Babel/Actes Sud, 1998.
Elle demande si c'est encore la nuit, Belfond, 1988.
L'Amour dans la ville, Albin Michel, 1993 ; Le Livre de poche, 2005.
L'Ange de mer, Flammarion, 1995.

Le cycle familial des *Enfants s'ennuient le dimanche* (7 titres parus) :
Les enfants s'ennuient le dimanche, Hachette, 1985 ; Babel/Actes Sud, 1999.
Une chambre à Turin, éditions du Rocher, 2001, prix Cazes-Lipp 2002. Folio/Gallimard, 2002.
Spaghetti !, Gallimard, 2005.
Miss Monde, Gallimard, 2007.
« Le géorama Montparnasse », in *Paris Portraits*, Folio/Gallimard, 2007.
De Gaulle en maillot de bain, Plon, 2007.
Gitane sans filtre, Gallimard, 2008.

Le cycle des *Vice-Rois* (4 tomes) :
Assam, Albin Michel, 2002, prix Renaudot 2002 ; Le Livre de poche, 2004.
Aventino, Albin Michel, 2005 ; Le Livre de poche, 2007.
Les Vice-Rois, Actes Sud, 1998 ; prix de la Ville de Blois, 1998, prix Baie des Anges, 1999 ; Babel/Actes Sud, 2000 ; J'ai lu, 2002.
Cyclone, Actes Sud, 2000 ; Babel/Actes Sud, 2002 ; J'ai lu, 2004.

Banditi, Albin Michel, 2004 ; Le Livre de poche, 2006.
« La course de sa vie », in *Va y avoir du sport*, Gallimard, 2006.
Laura, Plon, 2006 ; Folio/Gallimard, 2008.

ESSAIS

Le Surréalisme, MA éditions, 1985 ; réédition augmentée : *Le Monde du Surréalisme*, Veyrier, 1991 ; réédition augmentée : *Le Monde du Surréalisme*, éd. Complexe, 2005.

La Mémoire de Borges, Dominique Bedou, 1987.
Le Baroque, MA éditions, 1987 ; réédition augmentée : *Promenades baroques*, éditions de l'Arsenal, 1995.
Antonio Saura, l'exil biographique, La Différence, 1990.
Tobiasse ou le patient labyrinthe des formes, La Différence, 1992.
Españas y Américas, La Différence, 1994.
Antonio Saura, La Différence, 1994.
Ateliers d'artistes, Le Chêne, 1994.
Dossier Paul Auster, Anagrama, 1996.
Le New York de Paul Auster, Le Chêne, 1996
La Solitude du labyrinthe. Entretiens avec Paul Auster, Actes Sud, 1997 ; réédition augmentée : Babel/Actes Sud, 2004.
Le Madrid de Jorge Semprun, Le Chêne, 1997.
Hemingway à Cuba, Le Chêne, 1997 ; Folio/Gallimard, 2002.
Zao Wou-Ki, La Différence, 1998.
Jean-Marie Gustave Le Clézio : le nomade immobile, Le Chêne, 1999 ; Folio/Gallimard, 2002.
L'Acier sauvage (avec des photos de Hélène Moulonguet), Actes Sud, 2000.
Philippe Sollers ou la Volonté de Bonheur, roman, Le Chêne, 2001 ; rééd. sous le titre *Sollers, vérités et légendes*, Folio/Gallimard, 2007.
Jorge Semprun, l'écriture de la vie, Folio/Gallimard, 2004.
Paul Auster's New York, Le Livre de poche Hachette, 2004.
Long-courrier, éditions du Rocher, 2005.
Richard Texier. La route du Levant, Somogy, éditions d'art, 2006.
L'Atelier intime, éditions du Rocher, 2006.
Le Goût de Turin, Mercure de France, 2007.
Une gigantesque conversation, éditions du Rocher, 2008.

POÉSIE

Au seuil : la fêlure, PJO, 1974.
Altérations, éditions d'Atelier, 1973.
U. Cenote, Alain Anseuw éditeur, 1980.
Los Angelitos, Richard Sébastian Imprimeur, 1980.
La Muerte solar, Pre-textos, 1985.
Jours dans l'échancrure de la nuque, La Différence, 1988.
La Porte de Cordoue, La Différence, 1989.
Le Mouvement des choses, La Différence, 1999 ; prix SGDL-Charles Vildrac, 1999.

ANTHOLOGIES

Huidobro/Altazor/Manifestes, Champ Libre, 1976.
America libre, Seghers, 1976.
Une anthologie de la poésie latino-américaine, Publisud, 1983.
Littératures espagnoles contemporaines, éditions de l'Université libre de Bruxelles, 1985.
Cent ans de littérature espagnole, La Différence, 1990.

THÉÂTRE

Le temps revient, L'Avant-Scène, 2002.

ALBUM POUR ENFANTS

Méli Mélo a la tête à l'envers, Gallimard, 2007.

Composition et mise en page

NORD COMPO
multimédia

Cet ouvrage a été imprimé en France par

CPI
Bussière

à Saint-Amand-Montrond (Cher)
en janvier 2009

N° d'édition : 14390. — N° d'impression : 090073/1.
Dépôt légal : janvier 2009.